国粹文丛

古 耕 \主编

瓷寓乡愁

初国卿 \著

中国言实出版社

图书在版编目（CIP）数据

瓷寓乡愁 / 初国卿著. -- 北京：中国言实出版社，
2018.10
（国粹文丛 / 古耜主编）
ISBN 978-7-5171-2851-9

Ⅰ.①瓷…　Ⅱ.①初…　Ⅲ.①散文集－中国－当代
Ⅳ.①I267

中国版本图书馆 CIP 数据核字（2018）第 151691 号

出 版 人：王昕朋
总 监 制：朱艳华
责任编辑：严　实
文字编辑：赵　歌
责任校对：张　强
出版统筹：冯素丽
责任印制：佟贵兆
封面设计：杰瑞设计

出版发行　中国言实出版社
　　　　　地　　址：北京市朝阳区北苑路 180 号加利大厦 5 号楼 105 室
　　　　　邮　编：100101
　　　　　编辑部：北京市海淀区北太平庄路甲 1 号
　　　　　邮　编：100088
　　　　　电　话：64924853（总编室） 64924716（发行部）
　　　　　网　址：www.zgyscbs.cn
　　　　　E-mail：zgyscbs@263.net
经　　销　新华书店
印　　刷　北京温林源印刷有限公司
版　　次　2019 年 7 月第 1 版　　2019 年 7 月第 1 次印刷
规　　格　710 毫米 × 1000 毫米　1/16　18.75 印张
字　　数　246 千字
定　　价　68.00 元　　ISBN 978-7-5171-2851-9

活着的传统　身边的国粹

——国粹文丛总序

古　耜

在实现中华崛起、民族复兴的伟大历史进程中，文化自信至关重要。而若要问：文化自信"信"什么，哪里来？这就不能不涉及优秀的中国传统文化——对于国人而言，优秀的传统文化既是孕育文化自信的沃土，又是支撑文化自信的基石。唯其如此，我们说：从中国历史的特定情境出发，坚守中国文化立场，赓续中国文化血脉，弘扬中国文化风范，重建中国文化传统，是历史的嘱托，也是时代的呼唤。

怎样才能把优秀的传统文化发扬光大，使其重新进入国人的精神生活与社会实践？围绕这个大题目，一些专家学者发表了很有建设性的意见。譬如刘梦溪先生在一次演讲中就郑重指出："传统的重建，有三条途径非常重要：一是经典文本的研读；二是文化典范的熏陶；三是文化礼仪的训练。"（《文学报》2010 年 4 月 8 日）应当承认，刘先生的观点高屋建瓴而又切中肯綮。事实上，近年来中国传统文化在全社会的强势回归与有效传播，也主要是从这三个方面展开的。

在刘先生所指出的三条路径中，所谓"经典文本研读"，自然是指对承载着传统文化基本精神与核心理念的经典著作进行研究和解读。这方面的工作以学术界为主体，着重在"知"的层面展开，其系统梳理和准确诠释固然必不可少，但更重要的恐怕还是立足于时代的高度，扬长避短，推陈出新，最终实现传统文化的创造性转化和创新性发展。而所谓"文化礼仪训练"，则包含对人，尤其是对青年一代进行思想、伦理、道德教育的内容，因而涉及学校、家庭、社会等多个领域，并更多联系着"行"——付诸实践，规范行为的因素。《论语·泰伯》曰："兴于诗，立于礼，成于乐。"意思是说，达"礼"行"礼"是人在社会上安身立命的根本和标志。孔子所言之"礼"与今日所兴之"礼"，固然有着本质不同，但圣人对礼的高度重视和反复强调，却依旧值得我们作"抽象继承"（冯友兰语）。

相对于"经典文本研读"和"文化礼仪训练"，刘先生所强调的"文化典范熏陶"，显然是一项"知"与"行"相结合的大工程。毫无疑问，在通常情况下，"文化典范"自然包括先贤佳制、经典文本，只是在刘先生演讲的特定语境和具体思路中，它应当重点指那些有物体、有形态，可直观、可触摸的优秀文化遗存。如古建筑、古村落、著名的人文胜迹、杰出的历史人物，还有艺术层面的书法、国画、戏剧、民歌、民间工艺，器物层面的"四大发明"，以及青铜、陶瓷、漆器、丝绸、茶叶、中药，等等。如果这样理解并无不妥，那么可以断言，刘先生所说的"文化典范"在许多方面同非物质文化遗产有交集、有重合，就其整体而言，则属于一种依然活着的传统，是日常生活里可遇可见的国粹。显而易见，这类文化遗产因自身的美妙、鲜活、具体和富有质感，而别有一种吸引力、亲和力与感染力。将它们总结盘点，阐扬光大，自然有益于现代人在潜移默化中走近传统文化，加深对它的理解，提高对它的认识，增强对它的感情，进而将其融入生活和生命，化作内在的、自觉的价值遵循。这应当是"典范熏陶"的优势和力量所在。

正是基于以上体认，笔者产生了一种想法：把自己较为熟悉和了解的当下散文创作同文化典范熏陶工作嫁接起来，策划组织一套由优秀作家参与、以艺术和器物层面的"文化典范"为审视和表现对象的原创性散文丛书，以此助力传统文化的重建与发展。这一想法很快得到中国言实出版社社长、实力小说家王昕朋先生的积极认同。在他的鼎力支持和热情推动下，一套视野开阔、取材多样、内容充实的"国粹文丛"，顺利地摆在读者面前。

"国粹文丛"包含十位名家的十部佳作，即：瓜田的《字林拾趣》，初国卿的《瓷寓乡愁》，乔忠延的《戏台春秋》，王祥夫的《画魂书韵》，吴克敬的《触摸青铜》，刘华的《大地脸谱》，刘洁的《戏里乾坤》，马力的《风雅楼庭》，谢宗玉的《草木童心》，张瑞田的《砚边人文》。

以上十位作家尽管有着年龄与代际的差异，但每一位都称得上是笔墨稔熟、著述颇丰的文苑宿将，其中不乏国内重要奖项的获得者。长期以来，他们立足不尽相同的体裁或题材领域，驱动各自不同的文心、才情与风格、手法，大胆探索，孜孜以求，其粲然可观的创作成绩，充分显示出一种植根生活，认知历史，把握现实，并将这一切审美化、艺术化的能力。这无疑为"国粹文丛"提供了作家资质上的保证。

值得特别指出的是，这十位作家不仅是文学创作的行家里手，而且大都有着相当专注的个人雅爱，乃至堪称精深的专业修养和艺术造诣。如王祥夫是享誉艺苑的画家、书法家；张瑞田是广有影响的书法鉴赏家和书法家；吴克敬是登堂入室的书法家，也是有经验的青铜器研究者；初国卿常年致力于文化研究与文物收藏，尤其熟悉陶瓷历史，被誉为国内"浅绛彩瓷收藏与研究的标志性人物"；刘华多年从事民间艺术和民风民俗的田野调查与理论探照，不仅多有材料发现，而且屡有著述积累；马力一生结缘旅游媒体，名楼胜迹的万千气象，既是胸中丘壑，又是笔端风采；乔忠延对历史和文物颇多关注，而在戏剧和戏台方面造诣尤深，曾有为关汉卿作传和遍访晋地古戏台的经历；瓜田作为大刊物的大编辑，一向钟情于汉字研究，咬文嚼字是其兴趣所在，也是志业所求；刘洁喜欢中国戏剧，所以在戏剧剧本里寻幽探胜，流连忘返；谢宗玉热爱家乡，连带着关心家乡的草木花卉，于是发现了遍地中药飘香。显然，正是这些生命偏得或艺术"兼爱"，使得十位作家把自己的主题性、系列性散文写作，从不同的门类出发，最终聚拢到中国传统文化的大向度之下。于是，"国粹文丛"在冥冥之中具备了翩然问世的可能。

　　"红白莲花共玉瓶，红莲韵绝白莲清。"我想，用宋人杨万里的诗句来形容这套"各还命脉各精神"的"国粹文丛"，大约算不得夸张。愿读者能在生活的余裕和闲暇里，从容步入"国粹文丛"的形象之林和艺术之境，领略其神髓，品味其意蕴！

戊戌秋日于滨城

┃ 自　　序

　　初夏时节，因为承接中央文史馆《辽瓷在沈阳的发现与研究》这个课题，与课题组相关人员一起到景德镇考察。这是我第三次到景德镇，其间拜访了数位国家级工艺美术大师，于昌江两岸参观考察了珠山御窑厂、中国陶瓷博物馆、高岭村古矿遗址、绕南古窑遗址、湖田窑窑址、三宝瓷谷、陶溪川文化创意园、唐英学社等，每到一处都有朝圣般的感觉，似乎回到了文化心灵的故乡，为我们这个民族所创造的陶瓷文化而自豪，而自信。

　　毫无疑问，陶瓷文化是人类文化史中最古老最灿烂的一部分，而这正是中华民族对人类文明的重要贡献。大约在一万年前，中国人就发明了陶器，到了商代中期则发明了瓷器，汉代的青瓷烧制已达到精美的程度，自此以降，历经两晋青瓷、唐三彩、辽三彩、宋五大名窑、元青花、明青花与斗彩、清代官窑、晚清浅绛、民国新粉彩、新中国"7501瓷"，不管朝代如何更迭，中国陶瓷都会随着时代的演进而不断地有新的品种问世和制作工艺的提高，从而使陶瓷成为中国文化史上最具特色的元素，成为每一个中国人乡愁寄寓之所在。

乡愁是什么？乡愁是对家乡故土的思念与眷恋，它是人类共同而永恒的情感，也是文学艺术家创作中的重要主题。它是儿时所见的鸡栖于埘，牛羊下来；是长大后仍难忘怀的袅袅炊烟，瞳瞳山影。是《诗经》里的"昔我往矣，杨柳依依；今我来思，雨雪霏霏"。是《古诗十九首》里的"胡马依北风，越鸟巢南枝"。是薛道衡《人日思归》里的"人归落雁后，思发在花前"。是王维《杂诗三首》里的"君自故乡来，应知故乡事。来日绮窗前，寒梅著花未"？是卢纶《晚次鄂州》里的"三湘愁鬓逢秋色，万里归心对月明"。同时也是余光中诗里的邮票、船票、坟墓和海峡，还是盛中国、俞丽拿和理查德·克莱德曼的琴声。对于中国人来说，不管走到世界任何一个地方，都会见瓷而生故土之思，因为瓷器最能蕴含和寄寓国人的乡愁。

我曾见过一件磁州窑白地黑花瓷枕上的题诗："山前山后红叶，溪南沟北黄花。红叶黄花深处，竹篱茅舍人家。"这是瓷枕上所寄寓的山居乡愁；还在上海博物馆里见过一件元代四系酒坛上的题诗："春阴淡淡片云低，才报江头雨一犁。转过粉墙无个事，倚栏闲看燕争泥。"这是春来万物竞发而引起的物候乡愁；明代李日华在《赠吴十九》中说："凭君点出琉霞盏，去泛兰亭九曲泉。"这是诗人见过制瓷名家吴十九所做酒盏后所流露出的曲水流觞的乡愁；清唐英在《丁邜仲冬返洵阳，留别珠山陶署》诗中说："马鞍山碧里村雨，鸭尾船轻昌水风。鬼偏丰神箫鼓外，报酬事业榷陶中。"这是督陶官寄托在陶瓷事业中的乡愁；郑风仪《浮梁竹枝词》："夜阑惊起还乡梦，窑火通明两岸红。"这是对陶都故里夜梦思念的乡愁。诸如此类乡愁诗，都是通过瓷器而寄寓和实现的。

当然，瓷上诗中所表现的乡愁还只是表面的，是纹饰上的。寄寓在瓷器上的更深刻的乡愁则是土与火的艺术创造，以及天人合一的神圣文化精神。

瓷器本身是华夏祖先所创造的艺术与科学的结晶，在它身上承载了太多国人的寄托：它既是中国工艺美术中的大类，又兼具瓷本绘画的功能；它既是一种工业制造，又具有突出的文化产业属性；它既是物质生活中不可或缺的内容，又是精神审美中的重要部分。它具备了一种最能体现冰清玉洁本质和宁碎不折精神的文化内涵，从而让自己从最柔软的物体经过火的淬炼蜕变出金石般的坚强。中华传统的或世界范围的几乎所有的造型艺术、釉色艺术、装饰艺术、书画艺术等都能与之相融相契，从而展现了其艺术创造和兼容的博大胸怀。

正因为如此，中国陶瓷才会有旺盛的生命力和深远的传承性。有如辽瓷，即使湮没千年，也终会有面世那一天，并成就金毓黻"辽瓷之父"的美名，同时有了"五京七窑"的考古发现；又如集中国瓷、中国画、中国诗、中国书法、中国印五种最具中国文化元素于一体的晚清浅绛彩瓷，我称其为"中国瓷本绘画"，也是在冷落了百年之后才重新得到价值实现，成为藏界新宠；再如杜重远创立的肇新窑业，是民国时期中国机器制瓷的模范工厂，民族工业的标志性企业，经过近百年，其工厂遗存成为有识之士倾心呵护的文化遗梦，而"万不存一"的瓷制品也成为后人搜罗的寄意之物。是什么让后人这样重视辽瓷，宝爱浅绛彩瓷，钟情肇新窑业瓷？是乡愁。因为在这些文化符号上，寄寓的都是民族文化的乡愁。

通过这些陶瓷艺术品，我们可以与祖先对话，与古人神思相接。在这些器物身上，有着缠绕不去的气息，不仅缠绕生活，而且缠绕灵魂，最终成为带有生命的呼吸。晚清翰林，曾在景德镇做过督窑官的江西南康知府王凤池在和"御窑两支笔"之一的金品卿合作三节花觚上题词："有坦白先生者，其甲子似在羲王以上之年，陶其姓也，名以钧传，体成端雅，质赋刚坚。昌浦之源，珠山之巅，发祥协吉，以生所贤，浑融谦冲，正直平圆。拟精于地，受圆于天，众芳在宥，得气之先。"王凤池以铭、颂之体和拟人修辞笔法，盛赞瓷器的源起、产地和优良品质。称瓷器为"坦白先生",当是王凤池的首创。不过这个创意倒也贴切,因为《说文》释"坦"字为"安也。从土,旦声",这和瓷器的性质极为相符。另外"坦"字还有显豁、明亮之义,这也与瓷器相合。如《广韵·旱韵》说:"坦,明也。"《庄子·秋水》云:"明乎坦途,故生而不说,死而不祸,知始终之不可故也。"而"坦白"成词则谓"纯正清廉"之义,如宋人范仲淹在《祭陕府王待制文》中所称:"性清方以自处,故坦白而莫欺。"综合以下因义,这位"坦白先生"从土而生、生而不说、显豁明亮、纯正自处,是不是案上常见的瓷器?他又写道:"坦白先生,陶门之贤士也。万象春君、六合春君,其父师也。如润春君、守春君、涵春君、养春君,皆其友若弟。惟仰天春君,则其兄也。同会于福云山房,以品群芳。"以拟人手法,赋予瓷器人性化,或尊为"父"与"师",或称为"兄"与"弟",充分表达了他对这些浅绛瓷的宠爱之情和一片乡愁。

当釉色的足尖,轻掠过瓷上绚烂的画面,或分水青花,或落地粉彩,或水点桃花,当它们融入窑火烘染的艺术江山时,于是一个有关人类乡愁的对话,就在创作者、欣赏者或思想者的审美同构中拉开了序幕。

曾见过一件纪晓岚家传的"云水乌梨"紫檀笔筒,上刻纪氏款"伴我一生",由此想到了《清稗类钞》所记述的一段纪晓岚与董曲江的对话故事。喜好名物收藏的纪晓岚说:"我的图书器玩,日后散落,他人得之日,此纪昀故物,亦是佳话,何所恨哉。"好友董曲江不以为然,说他名心尚在,此等器物,如花月山水偶与我相逢,便为我有。迨云烟过眼,不复问谁家物矣,何必镌号题名,为后人作计哉。说得纪昀惭然叹服。于是他在笔筒上刻了"曲江非我有名心"。其实董曲江可能不玩古物,不解古玩之趣。纪晓岚大可不必在意,应当题则题,大可不必自责"有名心"。因为一件器物,前人宝之,后人承之;前人遗之,后人得之;自是缘分,更是传承。如此过程,今人与古人自可就此神思相接,自然生出诸多情致与况味,还有乡愁。试想,如果唐代铜官窑出土的釉下彩壶没有那么多诗文，磁州窑瓷枕上没有那些词章，景德镇浅绛彩瓷没有题画诗、作者名、纪年款，我们的乡愁又到哪里去寄托，后人又如何能记得住。

　　为了寻找和寄寓瓷上乡愁，我们去景德镇：珠山里的御窑脚印，瑶里的青山薄雾，绕南的绿浪水碓，高岭村的废矿古道，三宝街的粉墙黛瓦，湖田村的影青匣钵，每一处，都俨然是一幅灵动的水墨画卷，在"天青色等烟雨，而我在等你"的美妙旋律中徐徐展开，尽情地向人们述说着悠久的陶瓷故事，让每一个人都会想起一些仅属于自己的记忆，重拾往日，延续文脉……

　　陶瓷最能让我们记得住乡愁！

戊戌蒲月写于盛京浅绛轩

│ 目　　录

第三辑：异彩肇新

后　记

第一辑：瓷上春秋

辽瓷之父

"辽瓷之父"是谁？是金毓黻。这不是我说的，是佟柱臣先生说的。佟先生是辽宁黑山人，中国社会科学院考古研究所研究员、荣誉学部委员，著名辽瓷研究专家。

辽代陶瓷的发现和认定，不过是百年间的事。20 世纪初，在北京琉璃厂的古玩市场里出现了一种工艺粗糙、纹饰质朴，与中原和南方风格迥然不同的瓷器，人们不知道这种瓷器出自何处，只知道是从东北地区流出来的，于是就称其为"北路货"。后来由于金毓黻的偶然发现，人们才知道原来"北路货"就是辽瓷。之后，东北文博事业的奠基人、沈阳著名考古学家李文信开始系统研究辽瓷，并取得重要突破和多项成果。佟柱臣先生在《中国辽瓷研究》一书中曾称金、李二人为"辽瓷研究史上的两位先学"，并说"正像陶瓷界称陈万里先生为越瓷之父一样，我们称金先生为辽瓷之父"。

金毓黻（1887—1962），字静庵，辽阳市人。1913 年考入北京大学国文科，师从黄侃。在张学良主政东北期间，曾任辽宁省政府秘书长兼教育厅厅长。1937 年任安徽省政府委员兼秘书长。抗战期间任中央大学、东北大学教授。

抗战胜利后，任国民政府监察院监察委员、清理战时文物损失委员会东北区代表、国史馆纂修、沈阳博物院筹备委员会主任等职。新中国成立后，任北京大学教授、中国科学院历史研究所研究员等职。金毓黻除史学外，于文学、小学、金石、文献、考古、历史地理等诸门学科都有着精深的造诣，曾出版史学专著 16 部，代表作为《东北通史》《渤海国志长编》《宋辽金史》《中国史学史》；编辑出版丛书及史料书 8 部，主要有《辽海丛书》《东北文献征略》《奉天通志》等；撰写和发表学术论文百余篇，创作诗歌 2000 余首。最值得推举的是历 40 年不辍而写成的 550 余万字的《静晤室日记》，堪称文史宝库、日记杰作和学术巨著。金毓黻留给后人总计 1400 余万字的著述，可谓体大思精，包罗宏富，堪称一座宏伟的学术丰碑。尤其在东北史的研究上，有着拓荒之举和发轫之功，诚如时人吴廷燮所评："中夏言东北故实者莫之或先。"又如于右任所誉："辽东文人之冠。"由此，他成为东北有史以来唯一一位可与关内和南方著名学者比肩的学术大师。在辽瓷研究上，他虽然未有系统的专业著作，但他能将辽瓷与所擅长的辽史研究联系起来，从而在出土瓷器上能发前人所未发，终获"辽瓷之父"的美誉。

金毓黻第一次发现并确认有"辽瓷"的时间是民国十九年（1930）四月二十二日，他在这一天的《静晤室日记》中写道："大东边门外有农户掘土得一瓦棺，其形甚小，与在辽阳出土之瓦棺相似。棺前有花纹，镌字开泰某年，登仕郎赐紫绯鱼袋孙某，盖辽代所葬也。又有古瓶一、烛台二。白子敬举以相告，余嘱送博物馆保存。"这座辽墓让金毓黻放心不下，12 天之后，他亲往墓地考察，在当天的日记中写道："大东边门外大亨公司院内，于四月二十二日发见两砖洞，左洞有石棺一具，男女石偶各一，右洞有瓦制颈瓶一。石棺长方形，高尺余，长三尺，宽二尺。上盖刻云龙类花纹，已破，前凤后鼍，左蛟右龙，皆隆起。前镌字曰：'承奉郎，守贵德州观察判官、试大理司直、赐绯鱼袋孙允中，开泰七年，岁次戊午'三十一字。棺内凿深五寸，初启视时，只有灰尘。余偕卜宗孟、王晓楼往视之，得其大略如此，将送博物馆保存。"当时金毓黻正在辽宁省政府秘书长任上，但他对学术和考古之事仍亲力亲为，其学者风范，令人敬佩。

沈阳发现的这座辽墓的价值，显然在金毓黻的辽史研究中占有了一定的分量。1931年1月，金先生又在曾任过厅长的辽宁省教育厅编译处编辑出版的《东北丛镌》中发表了《辽金旧墓记》一文，再次述及沈阳发现的辽孙允中墓："民国十九年四月二十二日辽宁省大东边门外大亨公司工人于院内掘地发现二砖室，左室有石棺，右室有瓦制陶壶，此墓即孙允中石棺出土墓也。"并在插图中刊发了"孙允中石棺"和"孙允中墓内发见之物"两幅图片。从后一幅图片中可看到墓中出土的青釉黑花瓶。从器型上看，这件瓶正如金先生所说，为壶形，庄重古朴。据曾与金毓黻一起筹备国立沈阳博物院，见过此瓶的佟柱臣先生在《中国辽瓷研究》中说："黑花瓶属于辽瓷的证据是，石棺前上角刻有'辽开泰七年岁次戊午承奉郎守贵德州观察判官大理司直赐绯鱼袋孙允中'。"辽圣宗耶律隆绪开泰七年为1018年，贵德州为今辽宁铁岭，可证该墓石棺中出的青釉黑花瓶属辽中期。青釉黑花瓶高25.2厘米，腹部最大直径14.2厘米。肩部和下体均绘有野菊，而器面三个六角形中，绘有高士、立鹤、伏兔，草丛之间，一兔惊顾。此等野菊与野兔，均为契丹民族游牧生活中习见的景物，亦为辽瓷的写实画面。这是辽瓷中第一件出土地点最清楚，年代最明确，也是金毓黻先生最早向学术界公开展示的辽瓷。金先生当为辽瓷之父。关于这件辽瓷的历史价值，越瓷之父陈万里先生在写给我的《辽代陶瓷志·序》中说："沈阳孙允中墓中所发见开泰七年青釉黑花瓶，腹部绘有高士、立鹤、伏兔三个画面，充分表现了当时的风格，由此可以见到辽瓷的庐山真面目。"陈先生犀利的鉴赏目光和准确的观察力令人敬佩。从沈州初立到1930年的沈阳，一千年的时光，任谁也难以想到，辽瓷竟与沈阳有这样的因缘际会。如果没有沈阳的发现，如果没有金毓黻的考察，辽瓷不知还要在地下沉睡多少年。

在此之后，金毓黻先生对辽瓷多有关注。他在1935年6月1日的日记中记道："博物馆开馆，前往参与。所陈各品有元太祖铜牌，仅余'天赐'二字，此为难得之品，余如辽、金二代瓷器，多发自热河，亦自可贵。"此时距在沈阳孙允中墓内发见青釉黑花瓶已隔五年，金先生已分辨和区别了辽瓷与金瓷。在1935年6月1日的日记中，他又记道："报载农安县北门外陈家机房，因筑室挖地得石棺一具，内储骨灰，似火葬。棺状如匣，长二尺五六寸，高一尺五六寸，棺前镌门形之花纹，旁有文云：'大定二十一年十二月三日赵景兴故二十二年二月二十六日葬灵枢记。'共二十九字，尚有陶器数件，白碗已碎，黑瓶一对，为人攫去。按：此石棺，形如往年在沈阳东郭外发现之辽代石棺同式，又辽阳出土之瓦棺前部亦有门形之花纹，闻此二棺前皆有瓷瓶。据此可考见当日葬制矣。""大定二十一年"即公元1181年，金世宗完颜雍时代。金毓黻先生在五年时间里，据墓葬发现，已清楚地知道沈阳孙允中墓的青釉黑花瓶是辽圣宗时期的瓷器，农安赵景兴墓出土的白瓷碗、黑釉瓶是金世宗时期的瓷器。从这些记载可以看出，金先生还是分辨辽瓷、金瓷的第一人。

不仅如此，据佟柱臣先生在《中国辽瓷研究》中介绍，金毓黻还是发现赤峰缸瓦窑辽代窑址的第一人："我在1944年6月8日缸瓦窑发掘笔记中记道'缸瓦窑是一个偏僻的农村，向来没有被人注意过，一九三五年金毓黻先生和杜一谔先生调查该地小城子辽代城址的时候，首先发现了这里的窑址。但是当时并没有向学界提出，所以外界始终也是不知道的。这是杜一谔当时告诉我的。'"为了证实这个问题，查金毓黻先生所著《东北通史·上编》上记有："余于二十四年九月，有大宁城之行。"大宁城即辽中京，可知1935年金先生确有辽中京之行。金毓黻先生此次辽中京之行，有没有考察过辽瓷窑址呢？还是《静晤室日记》为我们找到了答案："杜蕴生言，赤峰西八九十里猴头沟之西，村名五家及白音波罗者有二古墓，当属辽、金时代，未经人发。……又言猴头沟附近白乌台吐川有古代缸瓦窑、煤窑遗迹，土人掘地尝得瓷陶缸瓦诸器，煤窑内有洞甚长，以木支之。《契丹国志》载《薛映行程录》中京正北八十里至临都馆，又四十里至官窑馆，又七十里至松山馆。松山馆应近松山州城，即今赤峰西七十里之城子，而官窑馆尚在其南七十里，则所谓缸瓦窑者尚在城子正西二、三十里，其非官窑馆故地明矣。《承德府志》谓中京附近辽代之官窑甚多，其不得泥于一处更明矣，然其地必为古代官窑无疑。"由此可知金毓黻先生 1935 年秋天的赤峰方面之行，一路上不仅调查了大宁城、松山州，而且还调查了辽中京附近的缸瓦窑，可见金先生也是发现辽代缸瓦窑的第一人。

金毓黻没有辜负"辽瓷之父"的美誉，沈阳也没有辜负最早发现辽瓷的幸运。自金毓黻之后，辽瓷研究中成就最大的几位学者都是沈阳或辽宁人，如著名辽瓷研究学者李文信、冯永谦、关宝琮都是沈阳人，佟柱臣是辽宁黑山人。沈阳不仅是 1000 年前辽瓷的重要产地，同时也是辽瓷的发现地和重要研究之地。

2017 年 7 月 18 日，我在长春参加"纪念金毓黻先生诞辰 130 周年学术研讨会"，发言时曾提到"辽瓷之父"一事，有人质疑，这是初先生命名的吗？我说我还不够格，是佟柱臣先生。他 1945 年 25 岁时进入国立沈阳博物院任副研究员，之前曾毕业于吉林高等师范学校历史地理系，与吉林也很有缘分。

发现官窑

历史有着太多的巧合与因缘际会。比如辽阳江官屯，只是一个普通的地名，但自从它与古窑址联系起来，成为辽金时期"五京七窑"之一的重要窑厂之后，这名字中的"官"字就有了不同的意义，人们总要将它往"官窑"上想象。这种想象一直持续了七八十年，直到进入 21 世纪之后，随着窑址实物的不断发现和大规模的考古发掘，江官屯窑的官窑性质才得到发现和认同。

一

很早以前，江官屯就是我喜欢去的地方。一天之中，可以上燕州山城赏古，汤河温泉洗浴，葠窝水库吃鱼。当然，记忆最深的还是行走在江官屯村头，隔着太子河，欣赏深秋季节对面燕州古城山上的绚烂色彩，或是殷红，或是浅黄，或是粉白。殷红的是枫叶，浅黄的是野菊，粉白的是荻花。河水与村庄间的漫坡上、河滩里，堆满了古瓷片和各式窑具，随手捡到几片白釉褐花瓷片或是窑砖，在河水中洗净，阳光下一照，似乎就能感受到千年前釉色的流动与窑火的温度。

然而，不管我来过江官屯多少次，也多是游赏，虽然注意到这里有规模很大的窑厂，并在《中国地域文化通览·辽宁卷》"陶瓷"一节中第一次提出"五京七窑"一说，但还是未能将这里与"官窑"联系起来，直到2014年7月30日那天，江官屯窑才让我真正地刮目，原来这里竟是辽金时期的官窑所在地。

那一次是陪同原辽宁省副省长林声先生，他当时正在从事新辽三彩的烧制，为了深入探究辽瓷的釉色与纹饰，于是前往正在考古发掘的江官屯窑现场。接待我们的是主持此地发掘工作的辽宁考古队队长梁振晶先生。在盛夏的骄阳下，80多岁的老省长从太子河的河滩到村头玉米地里的考古现场，在窑址探坑里上上下下，腿脚比年轻人都利索。那一天，梁队长讲得仔细，老省长听得认真。在考古队驻地，大量出土的江官屯窑瓷，或是粘连在一起的一摞摞碗碟，或是各种釉色和花纹的瓷片，或是大大小小的窑具，整齐地编号排列在玻璃柜里，更多的则是装在蛇皮袋中，堆垛在一起。

梁队长介绍说，江官屯窑的最早发现是在20世纪30—40年代，而大规模的考古发掘始于2013年。从这一年的7月开始，辽宁省文物考古研究所对位于太子河南岸台地上保存相对较好一处窑址（江官屯窑址一号地点）进行了发掘，发掘面积700余平方米。共发现瓷窑址12座，发掘11座，灰坑80余个、房址3座、作坊址3座。发掘的窑址基本形状均为"馒头窑"，结构可分为窑门、火膛、窑床、烟囱四部分。发掘中还出土了大量的瓷片，遴选出1000余件窑具、日常生活用具、生产工具、玩具、建筑构件等文物标本。这次发掘进行了一年多，从实地勘察看，江官屯窑应当是一个窑址群，以辽阳市文圣区小屯镇江官屯村为中心，分布范围东到小孤家屯、西到英守村、南到山脚下、北到灯塔市西大窑镇的下缸窑村，面积达10余平方公里。

之后，梁队长引导我们来到村后太子河南岸台地上一处考古探坑前说："今年我们在这里又进行了第二次发掘，这次发掘面积大约 400 平方米，发现窑址 1 座、房址 2 座、作坊址 3 座、灰坑 69 个，出土可复原及相对完整的瓷器标本约 1000 余件。此外还出土有一些陶器、铁器、骨器及铜钱等。"他下到探坑里，分别指给我们：这是窑址的马蹄形外墙结构，门东向，分窑门、火膛、窑床、烟囱、窑外护壁等。他说第二次发掘取得了重要收获，出土遗迹及遗物较为丰富，从时代上可分为辽、金、元三个时期，这些都为研究江官屯窑址在特定历史时期烧窑技术转变及发展提供了新的线索。

梁队长还介绍说：去年 10 月，省考古研究所曾邀请国内部分考古和陶瓷专家到江官屯窑址考察，并召开了一次论证会，北京故宫博物院研究员王光尧，辽宁省文物保护专家组组长郭大顺，吉林大学边疆考古研究中心教授吕军、彭善国等都参加了这次论证。专家们一致认为，江官屯窑址的发掘是东北地区对辽金时期瓷窑址进行的首次发掘，对于了解和丰富中国陶瓷史具有重要意义。经过论证，其中两个方面的发现最有意义。一是江官屯窑址面积就目前发现已达 10 余平方公里，且距此地以东 50 公里处的本溪地区也发现了同时期同样风格的窑址，所以这些都应是辽代东京的附属窑厂，应该称之为"东京窑"比较恰当，而江官屯窑厂只是东京窑系众多窑厂中的一个，也是最有代表性的一个。二是江官屯窑遗址为辽代东京附属瓷窑的代表性窑厂之一。排灶、瓷窑务驻地（或为窑神庙基址），在全国窑址发掘中都是首次发现。该窑址中的高温白瓷有一部分精品，还有带人名和诗词的文字瓷器，说明该窑厂不仅烧民用瓷，同时也具有官窑的技术水平，可以烧制官用精品瓷。如此说来，江官屯窑应当是辽金时期的官窑之一。以上两个方面，无疑会改写辽金瓷器史或东北地区的瓷器生产发展史。

我们站在一千年前的古窑址前，听着梁队长的介绍，再细看那些窑壁上层叠的火石红窑砖，似乎还能感觉到当年的热度。江官屯，确实是让我们兴奋的一个地方，不仅仅是它名字中的"官"，最重要的是在它的窑火沉寂了一千年之后，这里的热度再次被点燃，因为在这里，在辽代东京附近，发现了官窑。

二

辽阳在历史上曾为"四都""三京"，辽时这里是"五京"之一的"东京"。辽朝是我国契丹族在 10 世纪趁唐王朝没落时建立起来的独立地方政权，先后与五代、西夏和北宋并立。辽朝的国土面积十分辽阔，辖境为东至日本海，西至额尔齐斯河，北抵贝加尔湖，南至冀中保定，后以拒马河为界。辽阳不仅是辽朝腹地，"东京"之都，同时还是陶瓷的重要生产基地。考古发现，辽代瓷窑，在中国北方已知的主要有 7 处，其分布均在"五京"附近。如上京临潢府（今内蒙古自治区巴林左旗）有"上京窑""南山窑"和"白音戈勒窑"；中京大定府（今内蒙古自治区赤峰市宁城县）有"缸瓦窑"；东京辽阳府（今辽宁省辽阳市）有"江官屯窑"；南京析津府（今北京市）有"北京龙泉务窑"；西京大同府（今山西省大同市）有"青瓷窑"。这些瓷窑主要为"五京"周边和皇家供应产品，从而成就了辽代陶瓷 200 年的辉煌。

其实，辽代陶瓷的发现和认定，不过是百年间的事。20 世纪初，在北京琉璃厂的古玩市场里出现了一种工艺粗糙、纹饰质朴，与中原和南方风格迥然不同的瓷器，人们不知道这种瓷器出自何处，只知道是从东北地区流出来的，于是就称其为"北路货"。后来由于金毓黻在沈阳的偶然发现和披露，人们才知道原来"北路货"就是辽瓷。所以中国社会科学院考古研究所研究员、荣誉学部委员，辽瓷研究专家佟柱臣先生在《中国辽瓷研究》一书中说："正像陶瓷界称陈万里先生为越瓷之父一样，我们称金先生为辽瓷之父。"巧合的是，金毓黻先生也是辽阳人，他的出生地距江官屯不过 30 公里。

然而这位"辽瓷之父"在世时并不知道家乡"东京"附近还有这样一座大规模的辽代官窑。20 世纪 40 年代日本人考察江官屯窑的时候，金毓黻先生正远在抗战大后方重庆的中央大学和四川三台的东北大学任教。而 1955 年他的好友李文信先生主持小规模发掘江官屯窑址的时候，时任中国社会科学院历史研究所研究员的金先生，因身体欠佳，也无从顾及此事了。所以，故乡的江官屯未能与金毓黻先生有所交集，不管是对此地还是对此人，都不能不说是一件憾事。

我第一次到江官屯是 2007 年，那一年是金毓黻先生诞辰 120 周年。为了写作长篇散文《辽阳出了个金毓黻》，我与朋友先寻访考察了金先生的出生地佟二堡镇后八家子村，然后赶到江官屯。

江官屯在地理位置上十分优越，它西部为丘陵地带，距辽阳城 30 公里；南面为千山余脉，距弓长岭区与汤河镇 25 公里，西南 13 公里与小屯镇对接，东南 5 公里为太子河上的葠窝水库；北面隔河与灯塔市西大窑镇相望，距沈阳 50 公里。长白山脉流出的太子河经过本溪由东而来，绕过村北，流出村西，最终与浑河一起汇入大辽河出渤海湾。太子河水在江官屯渐宽渐深地拐了一个弯，形成一个半岛，而村庄正处在这个三面环水的半岛中。据村人说，村里原有两条街，因河水逐年南侵，如今只剩了一条，北街的位置大约在今天的河中心。村后的太子河南岸是七八米高的陡坡，坡上经雨水冲刷过的河崖断层中，有窑址、窑渣堆、灰坑等裸露出来，沿河近 200 米的陡坡上散落着厚厚一层瓷片、窑砖和窑具等。其中最多的是厚而结实的瓶底、碗底一类，脚踏上去，一片哗哗之声，瓷片会顺着土坡滑向河滩。如今，河边的瓶底、碗底一件难寻，据当地村民说，前些年有赤峰等地人来此雇人捡拾瓷片，其中最感兴趣的是瓶底和碗底，最后足足拉走了一卡车。我曾问，他们捡这些瓶底、碗底做什么，有人告诉我说：回去烧制仿辽瓷。我顿时明白了，在今后辽瓷鉴定中，如果专家再凭以往的经验看瓶底、碗底断新老，那可就大跌眼镜了。

上千年了，种菜挖井都能发现陶瓷的江官屯人根本没把这些瓶底、碗底当回事。他们面对这大面积的古窑址，更多的是诗意的陶醉。在村边河沿，如今还能不时发现有当年窑址遗留下的结晶釉，一小块一小块，或墨绿色，或深褐色，光亮而密致。当地人称其为"星星屄屄"，意即天上的星星遗落在人间的大便，这是早年人们不知此为何物而产生的联想。我真是佩服江官屯人的智慧与想象力，竟然能给这些结晶釉一个十分形象和富于诗意的名字。试想一下，那些古今中外最浪漫的诗人，也不曾写过"星星拉屄屄"的诗句，只有在这样的古村落里，有古老官窑的地方，才能激发出如此美妙的灵感。

在感叹江官屯人的浪漫和诗意之余，我也对古窑址缺乏有效的保护而担心，虽然这里已成为全国重点文物保护单位，而且还是"五京七窑"之一的"东京官窑"，但对这里的保护和有效利用却多少年未见进展，这不能不说是一件令人遗憾的事情。

中国是陶瓷的故乡，窑址是这个故乡里最入骨的乡愁。在人类文明的进程中，陶器无疑是一项最重要的发明，从茹毛饮血，到煮熟炖烂，陶器在全世界所有人的生活进化中发挥着巨大的作用。然而世界各地都不曾从陶器跨越到瓷器，唯有在中国，创造了瓷器。瓷器让人类的生活比陶器时代更文明，也更精彩。由此，china（英文，瓷器之意，外国人将瓷器代称中国，可见其影响力。——作者注）构建了华夏文明史中最为辉煌的篇章，成为中华民族最伟大的骄傲。然而，多少年来，我们不仅在世俗生活中忽略了随处可见的瓷器，致使中国生产瓷器的质量落后于许多国家；而且还在文化与考古事业中忽略了生产瓷器的窑址，淡化甚至割裂了中华文明的根脉。

窑址不仅是陶瓷文化，也是中华文化的根，从某种程度上说，它比墓葬更有考古和文化价值。它出土的每一件残器或残片，都闪烁着最原始的美不胜收的光华，从这些残片中，我们才能真正感受到土与火的神奇，釉与彩的绝伦，工艺与纹饰的超妙；每一片古瓷都能让我们领略一次生命诞生的过程，博大与渺小，永恒与短暂，沉寂与升华，竟然那么和谐自然地融会在一起。比如在江官屯古窑址，捡起一块斑驳的瓷片，抚摩一件带有窑火味的窑具，都比我们观看拍卖场上或是收藏家手里的官窑完整器更能真实地感知历史，体味生命。但多少年来，历经沧桑变迁，大多数的窑址都淹没在荒烟蔓草之中，或风化殆尽，或难以寻找。所以，每一处窑址的踪迹对于陶瓷历史与文化的研究都是至关重要的。大约正是基于此，近现代以来，才有一大批考古学家、陶瓷研究学者孜孜以求地寻找古代窑址。如叶麟趾遍访古代窑址，于20世纪30年代编写出《古今中外陶瓷汇编》，保存了一大批今天已失去的古代窑址；陈万里先生"八下龙泉，七上绍兴"，终于寻找到越窑窑址；此后的冯先铭、耿宝昌、李辉柄、叶喆民、李知宴、王莉英、叶佩兰、钱汉东等先生，历尽艰辛，遍走华夏大地，发掘、调查、寻访古窑，才有了《中国古代窑址调查发掘报告集》《中国古代窑址标本》《寻访中华名窑》这些珍贵的有关窑址的著作。也是从这个角度看，在辽海地区，相对保存下来的江官屯窑对于我们研究辽代和中华陶瓷文化，就愈发显得意义非凡了。

三

令人庆幸的是，相关考古部门终于用了两年的时间，对江官屯窑址进行了大规模的考古发掘，从而初步还原了这个"十里窑厂"的历史原貌，确定了它本来的"东京官窑"地位。这个发现的过程是漫长的，足足经过了80年的时间。

从目前史料看，中国人最早记载江官屯窑的是叶麟趾在1934年出版的《古今中外陶瓷汇编》一书。叶麟趾是著名陶瓷史专家叶喆民的父亲。此书

第七章第三十四节曾记载"辽阳窑"说："在今辽宁省辽阳县江官屯。"到了40年代，东北沦陷时期，日本人对江官屯窑开始试掘，获得鸡冠壶等辽代瓷器，为此，日本考古学家岛田贞彦写了《鸡冠壶》一文，收入其在1944年出版的《考古随笔·鸡冠壶》一书中。1955年，李文信先生对江官屯古窑址进行了详细的考察，并写有《辽阳县江官屯古窑址笔记》，包括"江官屯窑各种支具装烧法推测复原图""辽阳江官屯附近简图"和"江官屯附近出土的带有'石城县'刻款的瓦砚拓片"等。通过李文信先生的考察记述和后来的进一步发现证实，"江官屯窑"始于辽，废于元初，按这个时间算，至少存在了300多年。但不管是日本人还是李文信先生，都没有注意到江官屯窑的官窑性质，因为在当时，对辽瓷的研究才刚刚起步，辽瓷本身有没有官窑尚在争论之中。

其实，辽代"五京七窑"大都有官窑性质，或半官半民。民国时期在辽墓出土的瓷器中，曾发现多件带有"官"字款的具有辽地本土特征的白瓷，为此金毓黻先生曾在《略论近期出土的辽国历史文物》一文中说："辽墓出土的凡有'官'字的白色瓷器并包括其他白色瓷器在内，都是辽国官窑出品。"后来，著名陶瓷专家陈万里先生在《我对于辽墓出几件瓷器的看法》一文中提出不同意见，认为这些白瓷不是辽国官窑，而是河北定窑产品。后来，确曾在河北定窑遗址中发现了带有"官"字款的瓷片。金、陈两先生的两种不同意见由于一时出土资料尚少，未能展开进一步讨论。后来李文信先生根据文献记载，在辽宁省博物馆编《辽瓷选集》编后记中为金毓黻先生的观点补充说："辽代官窑很可能就是缸瓦窑屯烧窑。但在这个窑址里，迄今还未发现划'官'字款的器片，资料仍嫌不足，暂时还难于最后确定。不过划'官'字款的盘口瓶、鸡冠壶等器绝非中原产品，一定是在辽'烧窑官'的监制下烧造的，不能因为湖南长沙和河北曾出过'官'字款器，就否定辽代有官窑。"毫无疑问，李文信先生举例'官'字款的盘口瓶、鸡冠壶等辽地本土特征瓷说明辽国有官窑器是正确的。后来随着考古的深入，终于在辽中京大定府（今内蒙古赤峰市宁城县）的缸瓦窑发现了带"官"字款的实物，这就是"官"字款的匣钵和"新官"二字款的垫柱，证明"赤峰缸瓦窑村瓷窑址确为辽代有文献可考的官窑遗址"。

随着大规模考古发掘，江官屯窑址里也出现了许多带"官"字款的瓷片。同时，在辽阳江官屯窑研究会会长王嘉宁先生收藏的窑址实物中，也有带"官"字款的器物。那一天，王先生邀请林声先生和我们一起到他的藏馆里看实物，在一只相对完整的黑釉鸡腿瓶的肩部，就有一明显的刻划"官"字款。在王先生的收藏中，还有一件半残的鸡腿瓶，足部无釉处有模印"公主梁"三个字，兹亦证明这是当年官用运酒的鸡腿瓶。这些，都有力地证明了金毓黻先生当年判断的正确。而其他窑址中，虽未发现有典型的"官"字款瓷器实物，但却有着很浓的官署管理、为"京"服务的官窑色彩。如南京（今北京）析津府"龙泉务窑"中的"务"字，就有着鲜明的官署性质。"务"在宋、辽、金时本就是官署名，为掌管贸易和税收的机构。《文献通考·征榷一》："宋朝……凡州县皆置务，关镇或有焉，大则专置官监临，小则令佐兼领。"《宋史·食货志上二》："有言汝州地可为稻田者，因用其言，置务掌之，号稻田务。"辽代大部分官名及职掌沿袭唐制，参照宋制，所以"龙泉务"之"务"自然也是"置官监临"，有官窑之性质。

同样，江官屯窑在辽金时期也曾称"瓷窑务"。辽宁省博物馆藏有一件江官屯窑址附近出土的"金代正隆五年瓷质明堂之券"，这是一件瓷质购买墓地券，当为江官屯窑所烧制。此券开头文字："维大金正隆五年岁次庚辰七月丁丑朔廿七日癸卯，东京辽阳府辽阳县辽阳乡瓷窑务住故王兴公之券，因殁袭吉。"这段说明金时此地是称"瓷窑务"的，金朝正隆五年（1160），相去辽亡才35年，"瓷窑务"应还是延续辽的称呼。另外，王嘉宁先生也藏有一件江官屯附近出土的"金代泰和元年瓷质天穴之券"，券文开头云："维南赡部州大金国泰和元年岁次辛酉四月建癸（巳）十有八日丁酉之辰，祭人京东瓷窑务住人刘瑀为亡考妣，因凶袭吉，于南山之阳约二里。"此处也称江官屯为"瓷窑务"，由此可见当时的江官屯同南京析津府的"龙泉务窑"一样，都具有"置官监临"的官窑色彩。

四

时过千年，具有官窑性质的江官屯窑有着怎样的具体情形？它的地下到底埋藏着什么样的秘密？这些都要靠考古发掘才能一一呈现给我们。

有关江官屯窑的烧造技术与方法，李文信先生在《关于辽阳江官屯古窑址的笔记与资料》中有详细的绘图说明，其中有垫烧法、支架装烧法和方匣钵装烧法；窑内支垫工具有圆饼形支具、轮形支具和环形支具等。以前，因为缺少实物证明，许多研究辽瓷的专家学者多认为江官屯窑"烧瓷不用匣钵，而采用各式耐火砖障火入窑法，即在圆形较大窑室中采用各式大小、厚薄、方圆不同的耐火砖障火和支、顶、挤、垫工具装烧，说明窑业技术已很进步，故广大窑厂中不见一个匣钵残片"。佟柱臣先生在《中国辽瓷研究》一书中也持这种观点，说江官屯窑"不用匣钵"。

2010 年，江官屯吴姓农民在村中太子河边建房，在房基地里发现古窑两处，出土大量残瓷，其中有的瓷器还数件叠装在匣钵里。这些出土的匣钵有的完整有的残缺，灰色或红褐色耐火材料制成，一般呈圆直筒形，直径从10—30 厘米不等。这说明江官屯窑并非"不用匣钵"，而是大量使用匣钵的，这都证明了当年李文信先生的推测。

关于江官屯窑的瓷器胎质，从出土实物看，一般使用未经过淘洗的胎土，致使胎坯厚重，胎质较粗、胎色较深，并含有杂质，颗粒明显，坚硬有光泽，但瓷化程度不高。烧成后胎呈黄色、黄白色、灰白色、淡红色、黄红色、红黑色、浅灰色、灰褐色、黄褐色、深灰色等。但江官屯窑也有少量白细瓷，胎土经过多次淘洗，几近中原地区细瓷的胎质。胎体均厚薄适中，胎质坚致细腻，瓷化程度很高。这也是梁振晶队长所率领的考古队经过大规模发掘之后认为这种精品高温白瓷即为当时官窑的佐证。

考古还进一步发现，江官屯窑址出土的大量瓷片以白釉为主，不仅有类似赤峰缸瓦窑的白瓷，还有仿定窑的精美白瓷、黑瓷、仿磁州窑的黑花瓷片，另外还有黑釉瓷、大量窑变瓷片，也偶有茶叶末釉、白地黑花瓷和三彩器。在窑址中还发现有青瓷和高丽瓷瓷片，一时难以确定是否为江官屯窑所烧制。江官屯窑以粗瓷居多，因胎质的缘故，因此多靠施化妆土来增加白度和掩盖缺陷，从而使得较粗糙的器物坯体表面变得光滑洁白，以增加釉色的莹亮效果和器物美感。施釉多不到底，且釉色干白，温润不足，有的釉因汁水稀释，釉层很薄。黑瓷釉色较黑，但温润不足，有的釉色略偏红，光亮明显。酱釉呈酱红色，光泽明亮，也有的呈酱黑色，釉面缺少光泽。但发现的少量细瓷，制作工艺却很精细考究，应该是采用匣钵单件装烧，一般仅底部着地处无釉。这类细瓷中的白瓷釉色多白中透青或白中闪黄，与邢、定两窑精品极为接近；黑褐釉瓷中部分有兔毫闪烁，窑变瑰奇，几如建窑。这一类细瓷都釉质光洁明亮，莹润如玉，这大概已是到了金代时的制品。

在器型上，江官屯窑址中出土的可辨器物种类以碗、盘、碟、盆、罐、缸、瓶、盏、壶、钵、杯为主，另外还有鸡腿瓶、兽首埙、围棋子、水盂、砚滴、瓷枕、瓷砚、扑满、油灯、纺轮、小人、小马、小狗、骑士像等玩具类，种类丰富，品种齐全。其中最多的是日用大器，大碗尤多。特别值得关注的是在窑址发现的梅瓶，大者器型饱满，浑圆壮硕；小者庄重雅致，玲珑古朴，是辽代梅瓶中的典型代表。另如小玩具中的兽首埙，有牛首、猪首等，做工生动可爱，多为酱色半釉，三孔。此物时人称为"三孔笛"，为游牧民族少年手中能吹响的玩具。还有围棋子，多为无釉素胎，低温烧制。这种围棋子，与辽宁及其他地区辽墓出土文物和墓室绘画相吻合，说明辽时中国北方地区的"藉草围棋"并非传说，围棋的普及在当时已达到很高的程度。

在纹饰上，江官屯窑题材广泛，形式多样，写意性强，寓意丰富。主要以花鸟鱼草为主，如比较随意的菊花、兰草、蜻蜓、游鱼等。一般都技法简单而质朴，如同写意画，洒脱率真，多以褐釉或黑釉绘在白瓷上，尤其在瓶、钵、碗等器物的肩、腹、沿等部位常见，这一点可以见出是受磁州窑的影响。另外，在江官屯窑的瓷器上也不乏划花、刻花、印花纹饰，有的类似定窑单纯以线条为装饰的痕迹，还有的刻花则与磁州窑风格相同，先在胎体表面施一层化妆土，然后在其上划出纹饰轮廓，再剔去纹饰以外地子上的化妆土，露出深色的胎体，形成以深色的地子衬托白色纹饰的装饰效果。还有的划出之字纹，露出胎体，更显古朴之美。

从江官屯窑瓷作的多种器型和装饰艺术所透露出的辽代北方特别是辽海地区的艺术融合与审美取向看，其作品不仅有着浓郁的契丹族传统文化和草原生活气息，而且也有着中原文化和江南文化的影响，如器型的粗犷豪放与均衡对称，风格的挺拔刚健与小巧生动，纹饰的泼辣酣畅与稚拙朴素，都折射出了辽海地区民族融合与文化渗透的品格和气质，体现出了江官屯窑古瓷鲜明的时代风格和美学特征。

在辽到金再到元初的 300 年间，江官屯窑以数量齐全的器型、丰富多彩的釉色、多种多样的窑口、规模巨大的窑厂和优越的地理位置而成为辽代"五京七窑"之一，成为中国南方与北方、关内与关外的瓷业交汇点和北方陶瓷研制、加工、生产、销售集散地。之所以获得这样的地位，除了江官屯依托东京辽阳和有着丰富的本地瓷土以外，还有着其他"四京六窑"所不具备的优势。如它紧临太子河，具有水上运输大通道。想当年，以江官屯为中心，太子河两岸很大范围内窑厂遍布，以至今天江官屯对岸的村镇名还有"西大窑""上缸窑""下缸窑"的称呼。那时候，江官屯不仅有规模宏大的窑厂，还有不小的码头，每天无数船只穿梭往来，各色瓷器从这里装船，通过太子河西出渤海；或是转入辽河、浑河，东进关东腹地。河水之外，江官屯地处辽东低山丘陵与辽河平原的过渡地带，南边紧靠千山山脉，低山丘陵里的落叶阔叶林和针阔混交林也为窑厂提供了大量的窑柴资源。有了取之不尽的山林木柴，才能保证江官屯的窑火彻夜不熄，毫无疑问这也是江官屯窑得以延续 300 年，并成为"东京官窑"的一个重要因素。

辽地两梅瓶

在所有陶瓷器型中，我最喜欢的是梅瓶。不仅仅是她优美的瓶形，更有她由盛酒之后置于案上插梅而观的华丽转身过程，这个过程是质朴的，也是诗意的，由此也赋予了她一个温婉而富于情致的名字：梅瓶。所以，在我所收藏的辽海本土窑口各种陶瓷中，最喜欢的则是两只辽代江官屯窑大梅瓶。尽管历经千年沧桑，不乏先天的窑粘、窑伤和后天的剥釉与冲线，但她们仍葆有丰满而不失绰约之神韵，平时立于书架之上，每日与我相视，晤对古今，愈显风华。

一

关于梅瓶，历代文献中少有记载，学界一般认为此名首次出现是在清代寂园叟《陶雅》一书中："器皿之佳者，曰瓶，曰盂，曰罐，曰盆，曰炉，盉、杯、盘之属。至于不可胜计，而以瓶之种类为最多。瓶之佳者，曰观音尊，曰天球，曰梅瓶。"同书中还提到"康窑大梅瓶，有豆青地"。其实"梅瓶"之名在宋代就已出现，这可在三位南宋诗人的作品里见到。如方逢振的七律《凤潭精舍月夜偶成》中就有："石几梅瓶添水活，地炉茶鼎煮泉新。"刘镇《踏莎行·赠周节推宠姬》词中说："兰斛藏香，梅瓶浸玉。"王镃的七绝《雪夜二首》其一则道："松屋篝灯伴夜阑，闭门不管雪花寒。调朱旋滴梅瓶水，读过唐诗再点看。"以上诗词中的"梅瓶"曾有人认定是泛指插梅的容器，而不是后来专指的"梅瓶"。此说大可商榷，宋人未必没有将装酒的梅瓶用来插梅。因为宋代民间已开始流行花艺，在绘画中，花卉折枝写生数量剧增；在墓葬里，不时发现有瓶花石刻。而且后来已发现有专做装饰用的梅瓶，如2005年中佳信春拍曾以1000万元拍出一件"宋代耀州窑镂空剔花梅瓶"。镂空的梅瓶证明不可能为装酒物，已是专用于装饰的梅瓶了。这些都与方逢振的"石几梅瓶添水活"相合。所以，即使诗词中的"梅瓶"不是专指，至少也说明在南宋时期就已经有了"梅瓶"一词。

进入明代，中国的花艺已达成熟期，明人不仅对花艺系统化，而且还出现了多部瓶花方面的著作，如高濂《遵生八笺》中有"瓶花三说"，张谦德著《瓶花谱》，袁宏道著有《瓶史》。同时，士人喜爱梅花，尤爱梅之清瘦，诚如高启《梅花九首》中所咏："断魂只有月明知，无限春愁在一枝。"这种对梅花一枝疏影的追求，恰似后来龚自珍《病梅馆记》中的描述："梅以曲为美，直则无姿；以欹为美，正则无景；以疏为美，密则无态。"这种文人引以自比的梅花，正可与"梅瓶"的造型相合。尽管我们还没有找到明人关于"梅瓶"的确切记载，但无论如何，明代士人不会不以"梅瓶"插梅。

到了清代，梅瓶已完全摆脱酒器之范畴，并进入官窑序列。在寂园叟《陶雅》之前，清代内务府造办处的乾隆宫档中就提到了"梅瓶"："乾隆二年五月十一日，首领吴书来说太监毛团、胡世杰传旨：……于本月十三日，面得……天盘口梅瓶纸样一张……奉旨：准照样发去烧造。"按照艺术的一般发展规律，任何一种艺术品的流行，多是先来自民间，然后为官府或上层所重视，并登上大雅之堂。梅瓶从当年的纯粹盛酒器到后来的官窑梅瓶，其间经历了漫长的千年蜕变，直到民国时期许之衡的《饮流斋说瓷》，才给了"梅瓶"一个权威的定义。他在"说瓶罐第七"中描述道："梅瓶，口细而项短，肩极宽博，至胫稍狭，于足则微丰。口径之小仅与梅之瘦骨相称，故名梅瓶也。宋瓶雅好此式，元明暨清初历代皆有斯制。"许之衡说宋代即雅好此瓶样式，这一点倒是与刘镇词里的"兰斛藏香，梅瓶浸玉"很相合。

二

梅瓶起源于何时？学界主要有两种说法，一是认为梅瓶起源于辽代的鸡腿瓶；二是认为梅瓶起源于唐，定型于宋、辽。我倒是倾向于后一种意见，虽然这方面没有明确的文字记载，但从相关史料和考古发现中还是有迹可循。如现藏北京故宫博物院的唐代邢窑白釉瓶，虽然瓶口略大，但已和梅瓶很接近了。在存世的五代越窑器中，也有梅瓶。到了宋代，梅瓶则屡见不鲜，如1951年发掘的河南禹县白沙镇北宋墓，墓中夫妇饮宴壁画上就有一只梅瓶置于束腰方座上。辽宁省博物馆所藏的明代唐寅临摹北宋李公麟《饮中八仙图》，描绘了李白、贺知章、张旭等八人坐于松林间畅饮，其中就有侍童正将梅瓶中的酒倒在酒缸里的画面。

而在宋、辽对峙时的辽地，梅瓶更是不时出现。如张家口宣化县（今宣化区）辽代张世卿墓中的壁画上，就有三只典型的平行摆放的青绿色梅瓶。1974年辽宁法库叶茂台辽墓中也曾出土过白地褐彩刻花牡丹纹梅瓶。另外，辽宁省博物馆还藏有一件"乾二年田"款茶叶沫釉辽代梅瓶，"乾二"是指辽乾统二年（1102），"田"字则是制作工匠的姓氏。

从宋、辽两地考古发现和梅瓶实物中，我们完全可以说，随着当时陶瓷生产的繁荣，梅瓶在宋、辽之时已基本定型，和后来元、明、清时的梅瓶样式基本趋于一致，只是还没有至"于足则微丰"。而辽地流行的"鸡腿瓶"是与梅瓶有所区别的另一种盛酒器，或说是为了运输时捆绑方便而制作的一种运酒器。相比鸡腿瓶，梅瓶则是厅堂里的盛酒器，二者从器型上没有源流关系，只是并列的存在。

三

我一向认为如果在缺乏文字史料记载的情况下，最好就是以实物说话。为了说明梅瓶与辽代鸡腿瓶的并列关系，我还是以我所收藏的两只辽代梅瓶来叙述。

我的两只辽代梅瓶均来自早年间的辽阳江官屯，时间大约是 20 世纪 80 年代中期。一只为黑釉，一只为白釉带褐色菊花。这两只梅瓶在器型上与后来许之衡《饮流斋说瓷》中的描述基本相似，略有不同的则是他说"肩极宽博"，而这两只则略有"削肩"；他说"于足则微丰"，这两只足未"微丰"，而是略收。其形状与辽代张世卿墓中壁画上的三只青绿色梅瓶几乎一致，和宋、辽时的梅瓶特征也完全一致，证明它们是典型的辽代梅瓶。

得到第一只黑釉梅瓶的时间记得是 1986 年的秋天。那次从燕州城下来，到太子河边捡瓷片，中午在江官屯一老乡家里吃饭。饭后出门时在他家酸菜缸边发现了这只梅瓶，于是搬起来端详。老乡见我喜欢，执意要送我，还热情地搬到了我们的面包车上。问哪里来的，说是早年家里后园子挖菜窖时挖出来的。这只黑釉梅瓶上面布满了灰尘与油渍，回来在大水桶里泡了一天才清洗干净。盘口，短颈，修肩，丰胸、敛腹、圈足。通高 33 厘米，腹径 26 厘米，盘口内径 3 厘米、外径 10 厘米，底径 12 厘米。颈上有窑裂，腹部窑变处沾了许多窑渣。大概正是她有窑裂，还沾有窑渣，粗服乱头掩盖了其原有的国色天香，才没有作为商品售出，才被湮没在古窑址中，千年之后才让人发现并遇上了我。在她的同伴们酒过三巡，大都香消玉殒之后，她开始走进我的书房。

在我书房里与黑釉梅瓶相伴的白釉菊花梅瓶也来自江官屯。那是铜镜与古钱币收藏大家丛军兄的旧藏，为 20 世纪 80 年代初在江官屯太子河边古窑址发现的。据丛军兄说拿到手时瓶里还装有几百枚宋代古钱，大多是"宋元通宝"，还有数枚辽钱。我想这白釉菊花梅瓶定是当年辽代江官屯窑的窑工装铜钱用的，用自己生产的梅瓶装上自己的积蓄和憧憬。然而不知什么原因，钱没花完，人却没了，他的梅瓶和他的存款留给了千年以后的收藏家。这只白釉梅瓶比那只黑釉的略大，形状与其相似，釉色白中透着微黄。高 39 厘米，腹径 28 厘米，盘口内径 3.5 厘米、外径 10 厘米，底径 12.5 厘米。与黑釉瓶有所不同的是这只白釉瓶的肩部等距绘有 3 朵褐色折枝菊花，每一朵都信手拈来，率性而为，但却花瓣传神，枝叶灵动。另外与黑釉瓶的盘口不同，她是宋、辽时期多见的蘑菇形口，亦称翻口，即口沿有一外翻的唇边，看上去更加自然而雍容。

辽代瓷器上多喜画菊花，这可能是与辽地多野生菊花有关。1930 年沈阳大东边门外辽墓中出土辽开泰七年（1018）的青釉黑花瓶上就画有菊花。那是第一只发现有明确纪年的辽瓷，时任辽宁省政府秘书长的金毓黻先生将其过程记于《静晤室日记》中，后人曾据此称金先生为"辽瓷之父"。

四

自从这两件辽代梅瓶走进我的书房，我即开始关注其出生地——辽阳江官屯辽代古窑。十几年间我曾数次到江官屯采访考察，在古窑址中，还能见到许多鸡腿瓶的残器，尤其是瓶底特别多。在村里许多人家的院子里甚至院墙上也都有残破的鸡腿瓶，有的还相对完整。也曾不时有梅瓶残器出土，想来作为辽代东京属窑，这里的梅瓶生产当有一定的数量，但今天却很难寻到传世之作了，像我书房中比较完整的两件也是难以见到了，那是可遇而不可求的。但无论如何，都说明江官屯窑在辽代曾生产过梅瓶，也生产过鸡腿瓶，二者同时生产，它们之间看不出有必然的源流关系。

如此说，梅瓶在辽代是有其独立性的，并且成为辽代贵族的钟爱之物。2017年4月至11月，沈阳市文物考古研究所对康平县沙金台乡张家窑林场长白山辽墓群进行考古发掘，9座墓葬共出土器物400余件，其中4号墓出土的纯金面具和两只绝世无双的精美梅瓶，证明墓主人的身份相当高贵。而两只梅瓶中的一只白釉黑彩梅瓶上画有五只动物，堪称辽瓷中的绝品。

白釉黑彩梅瓶口径6.5厘米、底径9.4厘米、最大腹径19.6厘米、高32.5厘米。圆唇、小口、平折沿、短细颈、鼓肩，肩部以下斜向内收，圈足底。器身除底部外均施白釉，瓶体上用黑彩绘制图案。图案共有五只动物，分别是梅花鹿一只、羊一只、狗两只和兔子一只。五只动物大小按照真实比例描绘，体形较大的鹿、羊、狗均匀地分布在梅瓶四周，其中两只狗位置相对，鹿和羊位置相对，环视四周后又可发现，这些动物在朝着同一方向跑，一只狗在追羊，另外一只狗在逐鹿。兔子则位于梅花鹿的下方，五只动物均呈奔跑状，奔跑方向一致，绘画手法写实生动，个个体形健硕，造型传神，姿态优美，充满力度。在动物上方和下方还绘有草叶纹图案，给人以风吹草低之印象。整体图案构成一幅草原上猎狗狩猎的场景，画面饱满，造型传神，犹如一幅契丹人的《秋山图》。

此梅瓶上的四种五只动物，其造型与动态既有传统意蕴美，又具现代时尚感，其中的兔、羊、狗比之今天每年所创意的生肖邮票和动态漫画都生动传神，这一点我们不得不佩服800年前契丹陶瓷艺人的瓷绘手法和造型能力。

张家窑林场辽墓群所在地为辽时遂州所属，萧氏后族封地。在墓地以西十公里处就是彰武县四合城，即辽代遂州城址。《辽史·地理志》记载："遂州，本高州地，南王府五帐放牧于此。""五帐"有两种解释，一说是南院大王辖下的某个部落的名字，另一种说法是南院大王管理的五支部落。因此考古学家初步判断，此大型砖室墓的形制规模、葬具及随葬品等级符合王一级的贵族身份，墓的主人有可能来源于遂州，与南院大王家族有关。

"南院大王"，那不是金庸《天龙八部》里的大侠萧峰吗？历史上真实的萧峰（1030—1065）是辽朝大臣，南院大王，武艺高强，英勇过人。辽代第九位皇帝耶律洪基即位后，随其南征北战，立下赫赫战功，获封南院大王，成为辽朝重量级人物。这一对梅瓶或许就是萧峰当年帐中之物，瓶上的秋山图正是他秋山狩猎时的情景。也未可知。

在中国陶瓷家族中，梅瓶是令人宠爱的"美人儿"，她犹如玉立的妙龄少女，造型典雅，线条优美；既雍容大气，又端庄妩媚；嫣然而不轻佻，洒脱又带温婉；简约而内含精细，工致而不失质朴，给人以充分的想象力和视觉美感，自然会成为上层社会家庭中的宠物。

在传世的辽代瓷器中，梅瓶少见，如我书房中的这两件辽代成熟时期的江官屯窑梅瓶，更难寻找。因此，这两件作品后来成为"大辽官窑"酒瓶的样板，以此为原型，烧制了寿昌老窑、咸雍佳酿、天禄精酿、统和特酿、神册典藏五种大小、釉色不一的仿辽瓷酒瓶，盛装了辽阳江官屯附近生产的具有千年历史的酱香型麹院贡酒，从而使梅瓶回归到盛酒与插梅的双重意境中。

辽阳之地，辽宁之地，辽海之地，昔日大辽之地的两梅瓶从此复活，娉娉婷婷，开始氤氲出醉人的酒香与梅香。

辽海也有"兔毫盏"

　　"兔毫盏"多产自江南，最好的是建窑，但辽海之地也有"兔毫盏"，这是一般人少知的。早年于辽阳得江官屯古窑"兔毫盏"一件，虽盏口残缺，但釉色极好，堪称辽瓷中最好的釉色变幻。

　　兔毫釉，不仅有着一个好听的名字，而且还有着绚丽而曼妙的釉色变化。它创烧于宋初古建州，即今天的福建建瓯、建阳、武夷山一带，其中主产地为建阳水吉镇。它是黑色结晶釉中最名贵的品种之一，又称"玉毫釉""兔褐金丝釉"等，是建窑的代表性釉色品种。兔毫盏状如倒扣的斗笠，敞口小圆底，一般较小，大者不超过中碗。其胎质密致，施釉肥厚，风格厚重古朴，为文人及上层人士所珍赏，并成为宋代皇宫御用之物。在当时，"兔毫"一词曾频繁地出现在包括宋徽宗《大观茶论》等宋人典籍中，苏东坡、黄庭坚、蔡襄、杨万里等许多文人都在诗文中咏叹过。苏东坡曾在《送南屏谦师》诗中说："忽惊午盏兔毛斑，打作春瓮鹅山酒。"蔡襄的《北苑十咏》其六《试茶》中也有"兔毫紫瓯新，蟹眼青泉煮"的优美诗句。

辽金时期，在文化和器物使用上很多地方都向更为文明与时尚的宋人学习，所以他们自然也学南人样，品茶用起兔毫盏。于是将遥远的建窑工艺引入到北方地区，引入到辽代"五京七窑"之一的江官屯窑中，生产出独特的北方建窑系列——兔毫盏，也是自然之事了。

我所淘到的这只江官屯窑兔毫盏在釉色上几乎与建窑无异，它形如斗笠，斜腹下微收，圈足；胎体厚重粗糙，胎质中含杂质较多，胎色灰中呈黄，多铁锈斑；手工拉坯，修坯流畅自然。内外施绀黑釉，外壁施釉不到底，足跟上部釉层垂流似蜡泪；口沿处釉层较薄，黑中闪着棕黄，看上去犹如镶了一道金边。盏内外窑变精彩，两壁自口沿向盏心布满放射状棕黄色断续条纹，将其置于阳光下，窑变的釉色立即闪烁起来，反射出五彩斑斓的虹光，有如一只黑兔身上夹杂着的金色毫毛，扑闪跃动；又似现代高倍望远镜下所看到的宇宙星空中那巨大的流星雨，在黑色天幕下旋转变化与散落开来；还如同节日里施放的烟花，在夜空下轰然四射，明灭间更加绚丽夺目。而在灯光下将其注满清茶，凝神静观，那一根根的兔毫，会在水中顿时活动起来，变幻无穷。这种茶盏里的景象与变化，是任何一种陶瓷都难以比拟的。这或许就是兔毫盏形制虽然朴拙，却能成为王公贵族与文人士大夫的珍宠，并登上宫廷大雅之堂的主要原因。

江官屯窑兔毫盏与典型的建窑兔毫盏也有所区别，这就是器型较大和显著的垫烧点。一般的建窑和吉州窑兔毫盏口径都在10厘米左右，最大的也就是十二三厘米。江官屯窑的这只口径16厘米，底径5厘米，通高7厘米，明显地要大于建窑同类制品。这大概与辽金北方人素以大口吃肉、大碗喝茶的豪爽风俗有关，小茶盏自然入不了契丹和女真人的法眼。另外，这只江官屯窑兔毫盏的内底有四个很大的垫烧点，而宋代建窑和吉州窑的兔毫盏则没有这样明显的垫烧点，内底看上去很光滑。这也是江官屯窑兔毫盏不及建窑精细之处，其明显的垫烧点则成为它的重要瑕疵。

自从得到这只江官屯窑兔毫盏之后，我似乎改变了以往江官屯窑纯属民窑的观点。我认为这种兔毫釉在当时肯定为辽、金上层或是皇家所创烧，是辽、金官窑器的一种，这可能也是江官屯窑兔毫盏在今天发现比较少的重要原因。

游牧少年的“三孔笛”

我有一对朋友送的辽金时期江官屯窑猪首埙，平时装在一只不规整的辽白瓷盘子里，放置案上，看着好玩。我也会在春日傍晚的落日楼台上，拿出来漫无节奏地吹上一气。古埙呜呜，苍然而悠长，在晚霞烟景下，在京桃花雨中，在草色遥看里，我眼前顿时会出现千年前的茫茫大草原上，牛羊悠然，牧羊的辽代少年口吹最为时尚的三孔兽首埙，“呜呜”的声音掠过草尖，招呼着他们的牛羊，放飞着他们的梦想。

江官屯窑是辽代“五京七窑”之一，位于当时的东京，今天辽阳市东30公里的小屯镇。这里窑厂规模巨大，隔太子河与岩州城对望，河岸边散落的尽是千年以前的窑厂残瓷。这对酱釉猪首埙就产在这里。

猪首埙虽各残了一只耳朵，但看上去仍惟妙惟肖。猪首上的嘴夸张地噘着，鼻子拱着，三孔中的两只出气孔正好设计成猪的两只眼睛，吹气孔留在脑后。猪首埙只施半釉，露胎部分为猪的下颌，火石红的窑胎看上去倒很像小猪嘴巴下的褐色皮毛。

江官屯窑兽首埙多为三孔的猪首和牛首，当地人称其为“三孔笛”，也有专家称它是"兽头口笛",但更多的学者认为它应称作埙。称呼不同,但肯定了它是一种乐器。

埙在中国大约已有 5000 年的历史,它的进化和发展是由音孔作为标志的。最早的音孔是一个,后来发展到两个,能吹三个音;到了父系氏族社会晚期至奴隶社会初期,有了三个音孔,能吹四个音;到公元前 1000 多年的晚商时期,发展到五个音孔,能吹六个音;到公元前 700 多年前的春秋时期,已有六个音孔,能吹出完整的五声音阶和七声音阶了。埙从一个音孔发展到六个音孔,经历了漫长的 3000 多年时间。这样说来辽金时代江官窑的埙早已是六个音孔,能吹五声音阶和七声音阶了,但为什么江官窑的埙都是三个音孔呢?

为此,我曾请教相关专家。他们说,六个音孔的是专业的埙,而三个音孔的是业余的,是游牧民族少年们手中能吹响的玩具。这种解释也符合历史,因为江官屯窑曾发现过许多儿童玩具,如小人、小马、小猴等,三孔埙正是这种辽代玩具中的一个类别。

自从我有了这两只千年前辽代少年手中的"三孔笛",我的生活里似乎又增添了一项内容——阅读有关埙和辽代历史的文字。还有就是傍晚烟霞里,露台上漫不经心的"呜呜"声,虽然不成曲调,但却充满情韵。

北镇瓷

素有"幽州重镇、冀北严疆"之称的北镇，从来就不缺少陶瓷文化。6000 年前新石器时代的北镇先民就在土与火的转化中，开始了制陶用陶的生活。到了 3000 多年前的青铜时代，北镇人的制陶艺术更趋成熟，那是一个纺轮与三足器的时代。秦汉时代，北镇的陶瓷业从民用走向建筑，秦砖汉瓦与北镇结缘。辽代，尤其是显陵、乾陵的建筑，辽王朝在北镇开始大量烧制澄泥砖瓦用于皇陵，从而给北镇留下了一个"皇瓦窑"。明代，随着东北第二重镇的确立，北镇出现"广宁窑"，烧制颜色釉瓷器，酱釉、白釉、黑釉，尤其是孔雀蓝釉瓷器，传世至今。清代，北镇陶瓷生产虽然未有起色，但北镇却走出了中国景德镇"四大知名督陶官"中的两位，即郎廷极和年希尧。从而以这样的形式，谱写和完成了北镇风华独异的陶瓷历史。

一

与华夏民族多个文明圈一样，在 5000 多年前的新石器时代，北镇先民已开始了制陶与用陶。在考古发现的北镇地区新石器时代遗址常兴店镇瓦房屯北山遗址和廖屯镇双河遗址中，都出土了大量陶器。这些陶器和出土的其他石器等，说明新石器时代北镇境内已有原始居民在这里定居生活并形成了原始村落，这些村落已经有了最初和原始的农业。

陶器的发明，是人类社会发展史上划时代的标志，是人类最早通过化学变化将一种物质改变成另一种物质的创造性劳动。它是以黏土和水成泥为胎，经过手捏、轮制、模塑等方法加工成型干燥后，在八九百度的高温下焙烧而成的物品，品种有灰陶、红陶、白陶、彩陶和黑陶等。陶器的发明，标志着新石器时代的开始，从此，陶器成为人类日常生活中的主要用具。直到今天，人类仍然在使用陶。同时陶器还作为艺术品，进入人类的欣赏视野，其实用与审美价值，可谓是伴随人类成长时间和生命力最长久的物品。

人类最早的陶器，可追溯到公元前29000年至前25000年欧洲捷克格拉维特文化时期的维斯特尼采爱神；中国最早的陶器大约可以追溯到公元前20000年至前19000年江西仙人洞文化的陶器罐碎片。至于陶器是怎样发明的，目前还缺乏可靠的材料予以详尽的说明。摩尔根《古代社会》一书的注引中指出："古奎是九世纪最早提出陶器发明的第一个人，即人们将黏土涂于可以燃烧的容器上以防火，其后，他们发现只是黏土一种可以达到这种目的。因此，制陶术便出现于世界之上了。"恩格斯在《家庭、私有制和国家的起源》一书中进一步指出："可以证明，在许多地方，也许是一切地方，陶器的制造都是由于在编制的或木制的容器上涂上黏土使之能够耐火而产生的。在这样做时，人们不久便发现，成型的黏土不要内部的容器，也可以用于这个目的。"这或许也是为什么后来许多陶器有那么多编织纹样的缘故，似可解释为正是当初发明时留下的遗风。

陶器的产生应当是和农业经济的发展联系在一起的，应当是先有了部落农业，然后才出现了陶器。在人类进入新石器时代，由于农业和牧畜业的出现，开始了定居、半定居的生活。在定居生活中，人们对于烹调、盛放和储存食物及汲水器皿的需要越来越迫切，从而促使人们在生活实践中，创造出与人类生活息息相关的陶器。

人类真正完成陶器的发明和探索，普遍使用陶器的时间大约是在距今9000年前，到了中国裴李岗文化（前5500—前4900年）、磁山文化（前5400—前5100年）、大地湾文化和新乐文化、北辛文化、大溪文化、河姆渡文化、仰韶文化时期，制陶工艺不断发展，种类增多，品质也越来越高。从北镇北山遗址和双河遗址下层文化出土的陶器看，与沈阳新乐遗址当属同一个时期，或稍晚于新乐文化。

北镇北山遗址和双河遗址的考古发掘证明，这是一处定居的原始部落。当时的"北山人"或"双河人"已开始原始的农业活动，但渔猎和采集仍占有很大比重。从出土的陶器和陶片看，在北镇先民的生活过程中，陶器已成为他们生活中不可或缺的工具，制作与使用已十分普遍。

北山遗址位于北镇市常兴店镇李三家子村瓦房屯东北，在一座当地人称为"小毛山"的山顶上。该遗址地势中间高，四周低，地面较为开阔平坦，系2008年全国第三次文物普查时发现。遗址分布面积5万平方米，文化层厚度为0.3—0.8米，文化内涵可分为上、下二层，上层为夏家店下层文化遗存，下层以出土的灰坑和文物为主要特征。

北山遗址出土的陶器主要以夹砂红褐陶为主，间有灰褐陶及黑陶。器形有罐、钵、盆、鬲、甗、鼎、碗等，以大口平底深腹罐为多。陶器表面纹饰以"之"字纹为主，另有弦纹、划纹和少量锥刺纹、竖线条纹、竖压印平行细线纹及"八"字形划纹等，素面及细绳纹者也占有一定比例。

双河遗址位于北镇市廖屯镇双河村中及西北部，分布面积约2万平方米，文化层厚度为0.3—0.6米。1980年最早发现。遗址出土的陶器以夹砂红褐陶为主，器型主要有罐、钵、甑、甗、鬲、鼎、平底碗、盆等。陶器表面以划纹、弦纹、三角形纹、划线纹为多，间有少量的细绳纹及彩陶片。

这两处遗址出土的陶器制法比较原始，有的可以看到泥条盘筑和泥圈套接的痕迹。陶器火候较高，器壁较薄而均匀，内壁多压光，表面经过压磨。陶泥经过淘洗，比较均匀细腻，可知其工艺已比较发达。但有的陶器也表现出了质地的粗劣，以及烧制火候的偏低，或者器壁较厚且不均匀，斑驳较多，色泽不纯等现象，这些也反映出了当时制陶工艺的原始性。

其陶器种类比较单纯，主要是罐、钵、壶、鼎、碗和少量的盆、鬲等。陶罐以大口平底深腹罐居多，有的为平口鼓腹，有的为圆腹，敞口斜壁，敛口折腹等；陶钵多为圆尖唇、敞口、直壁浅腹；陶盆多圆唇、敞口、直壁，腹下圆折为底；陶鬲根足多为实足；陶壶通体较高、颈较长而深腹。

北镇先民陶器上的"之"字纹最具特色，这同当时中国北方其他新石器时代部落出土的陶器是一致的。"之"字纹是北方新石器时代特色文化符号，大约出现在距今 7700 年的兴隆洼文化中期以后。这种纹饰以交叉网格纹演化而来，富于变化，使陶器整体美感增加。在后来的新乐文化、赵宝沟文化和红山文化中，陶器上的"之"字纹都是发现最多的一种纹饰，并成为新石器时代东北这个大区域内陶器上最流行的文化元素。

另外，在双河遗址中，还发现有少量的彩陶片。这更进一步说明北镇先民的制陶工艺、造型能力和装饰水平等都已比较发达。

二

陶器的大量使用和制陶技术水平的提高，既推动了远古造型艺术的发展，亦给我们留下了先民们原始生活的印记，以及他们对美的原始认识。正是在这样的文化进步中，北镇先民们从新石器时代进入了青铜时代。在青铜时代，他们烧制和使用陶器的水平进一步提高，从北镇 193 处青铜文化遗址中出土的陶器看，大致存在四种不同的文化类型，即夏家店下层文化、高台山文化、魏营子文化及夏家店上层文化。与新石器时代北镇先民所使用的陶器比，这个时期出现了大量此前不曾有的纺轮和三足器。

夏家店下层文化遗址，在北镇境内共发现32处，大部分在境内西北部河川旁的台地或山顶上。典型的遗址有小五台沟遗址、城子山山城遗址、郭大发遗址、陈屯北地遗址及小井子南山遗址等。此类遗址占地面积大，文化层一般较厚，有的遗址文化层厚度达2—3米。出土的遗物以陶器及石器为主。陶器主要是夹砂灰陶、夹砂红褐陶、夹砂红陶，间有少量泥质灰陶。多为轮制，陶质坚硬，火候较高。其器型规整，主要有罐、盘、豆、鬲、鼎、甗、尊、爵、纺轮等。大部分陶器为素面，部分陶器表面施有纹饰，纹饰以细绳纹居多，间有三角纹、篦点纹、弦纹、绳纹加弦纹和附加堆纹等。石器主要有石磨盘、石磨棒、石刀、石斧、石球、刮削器、石铲等。

高台山文化类型，以最早发现于沈阳新民高台山而得名，主要分布在以辽河支流柳河流域为中心的辽北地区。北镇境内也发现了此类型的文化遗址46处，多分布在北部沿河两岸山地丘陵区的阳坡台地上。在此类型的文化遗址中，并没有采集到完整的器物，但尚存的器物残片较为丰富。从所采集到的器物标本看，其陶器多以素面夹砂红陶、红褐陶为主，间有灰褐陶及黄褐陶。有的陶片外表打磨光滑，并施有陶衣。陶质细腻，硬度较强，器壁较薄，器型规整，一般器物口沿形成薄夹唇。这些陶器残片以陶罐、陶壶的残片居多，器型为圆口、直领、高颈、鼓腹、平底，也有少量属于圈足陶壶的残片。其器物盛行桥状耳、装饰盲耳、扳耳及贴耳，多竖耳，一般置于口沿至肩部、腹部。器物纹饰主要有刺点纹、附加堆纹。刺点纹多饰在口沿和器耳上、下及领下，附加堆纹多饰在罐、壶的颈肩处和甑、甗的束腰处。也有的在器物口沿处装饰一周圆饼式纹带。最具代表性的器物有罐、钵、壶、鬲、豆、鼎、甑、甗、盆等，以罐、壶、鬲、豆、钵最为常见。

　　魏营子文化类型遗址，大部分在山坡台地之上，其中心区在大、小凌河流域，以往在医巫间山东麓尚未发现此类遗址，近年经多次文物普查首次发现有少量的遗址，如团山沟遗址、西沙河西山遗址、大市北山遗址、富家坟北山遗址等。这类遗址的陶器是以夹砂红陶、夹砂红褐陶为主，见有少量的灰陶。纹饰以绳纹为主，多见有细绳纹，亦有压印三角纹、弦纹和附加堆纹。晚期亦有粗绳纹流行，素面陶也占相当比重。交叉绳纹甚富特色，多是纵横或斜向交叉拍印，鬲足和很多器物底部也是如此。附加堆纹多施于鬲、甑、甗等器口、领或腰部。弦纹多与绳纹并施，形成间断绳纹，常见于盆、罐类大型器物上。三角压印纹多施于器物领肩及口部。陶器制法粗糙，质地疏松。主要器型有鬲、罐、豆、钵、壶、甗、甑及纺轮等，鬲、罐、甗、豆等器物残片常见。该类遗址存在时间上限起于西周初年，下限止于战国时期。

　　在北镇青铜时代的出土陶器中，多见纺轮与三足器。

　　纺轮在北镇青铜时代的遗址中发现较多，据统计达几十件，分别出土于灰坑及其他遗迹中，也有些属于采集获得。有纺轮出土的遗址比较普遍，几乎每种文化类型的遗址中都有发现。纺轮质地坚硬，外表压磨光滑，多属夹砂红陶，间有泥质红陶，另有少量石制纺轮。陶纺轮的种类繁多，有圆柱形、算盘珠形、圆锥形、圆饼形、扁圆形、圆鼓形及圆台形等；石纺轮形制较为单一、多为圆饼形。陶纺轮以素面居多，间有划纹及压印纹。纺轮的大量出土，证明了北镇地区在青铜时代纺织发展和普及程度。

　　三足器器耳形制繁多，有桥状耳、瘤状耳、鸡冠状耳、盲耳、环状耳等，其中桥状耳又有横桥耳、竖桥耳之分。三足器则既有鼎的实足，又有鬲、甗的袋足。三足器的使用既加强了器物的稳定性，亦增加了器底点火的空间和受火面积，是便于用强火蒸食的一项改进。这是青铜时代人类生活和文明进步的标志之一。

从北镇地区夏家店下层文化、高台山文化、魏营子文化出土的陶器中我们可以看到，这些陶器在文化内涵及文化因素方面既有一定的区别，又有一定的联系，反映出当时各文化间的相互影响与交流。这种文化间的影响与交流，也对北镇先民的制陶技术风格等产生了一定促进与融合作用。

三

北镇人的制陶与用陶从新石器时代到青铜时代，一直作为社会生活的重要必备品之一。到了战国至汉初，北镇的陶器生产已从一般的生活器用扩大到建筑材料等领域，这是封建经济综合发展和社会要求不断提高的重要标志。

从考古发现看，在北镇境内的间阳、北李屯等城址中，已出土了大量陶质细密、火候很高的绳纹砖、方砖、筒瓦、板瓦及瓦当等。这些砖瓦发现在城址中的大型建筑遗址内，说明这些砖瓦在秦汉之际的北镇地区已用于大型建筑或墓室建筑。

间阳汉城址位于间阳镇吴台村西北部的耕地中，地处医巫间山南部的关隘处，西距医巫间山五里，是汉代辽东郡和辽西郡之间的重要军镇之一，为2008年全国第三次文物普查时发现。城址南北长400米，东西宽350米，占地面积14万平方米，文化层厚度达1.8米，分战国、汉两层。在这里不仅发现有战国时期的夹砂红陶粗绳纹尖底瓮，灰陶豆、鬲、鼎、钵等器物残片，也发现有堆积的大量汉代绳纹砖、筒瓦、板瓦、菱格纹板瓦等建筑材料。在城址东北部靠近鸭子河南岸的地下1.5米深处，还发现有残墙基础，并有汉砖铺设的地面。在城址南部靠近间阳河北岸的断层中，也有绳纹砖、筒瓦、板瓦等建筑材料堆积。

北李屯汉城址位于廖屯镇沈屯村北李屯北的耕地中，为1980年全国第二次文物普查时发现。城址南北长500米，东西宽400米，占地面积20万平方米。在这里曾发现有大量的汉代绳纹砖、筒瓦、板瓦等建筑材料。在城址东北部靠近黑鱼沟河西岸，发现有砖筑方台一座，方台被毁无存，但周边仍有绳纹砖散布。在方台南 70 米处的地下，曾发现南北长 15 米的墙基，以及小面积用方砖铺设的地面。

在这些秦汉古城遗址中最有价值的发现是无虑城址中印有名款的瓦片，这充分证明了汉代北镇的建筑制陶业生产，不仅分布广泛，而且已有专营生产，形成了分工明确的专门手工业，并广泛用于社会生活各个方面，如大型饮水设备等。

陶制建筑材料在北镇同时代的生活聚落址中也多有发现。如位于廖屯镇沈屯村东部及南部耕地中的沈屯遗址，在东部断层中就有绳纹砖、筒瓦、板瓦及陶器残片叠压。在遗址南部还发现有砖筑的水井一眼。西北部地下曾发现有残墙基础和方砖铺设的地面。另外如鲍家乡窑上村房身屯北山坡上的房身北山遗址、富屯乡新立村的小河北南山遗址、正安镇河南村的符家岭遗址等地方，都发现有大量的绳纹砖、筒瓦、板瓦、网络纹板瓦、菱格纹板瓦等建筑材料。

同时，在北镇还发现有汉代烽火台和汉墓。

汉代烽火台四座：头台子烽火台、王二台子烽火台、香台山烽火台、半拉山烽火台。这些烽火台均为砖筑圆形，外砖内填夯土。遗址中还散布有大量的绳纹砖、筒瓦、板瓦等建筑材料。

汉代墓葬有四座：大亮甲墓群、符家岭墓群、于家墓、北李屯墓。这些墓均为长方形砖室墓，墓底铺方砖，墓顶用楔形砖券成拱形。墓地之上也有绳纹砖、筒瓦、板瓦等堆积。

四

有史以来，辽代的北镇应当说是最为辉煌的。这里因陵设州，由此有了显、乾二州。因为二陵二州，辽代的北镇在陶瓷上的发展也应是同样的辉煌，但因为史料记载的缺失，如今我们对辽代北镇的陶瓷发展所知甚少。只是北镇庙前澄泥砖瓦窑的发现，才让我们惊叹辽代北镇的澄泥砖和澄泥瓦是如此的精美和那样的辉煌，称为辽代的"皇瓦窑"应当之无愧。

从辽初开始，北镇地区就是辽太子耶律倍一系的世袭领地。耶律倍是辽太祖耶律阿保机的长子，因其母亲述律平喜欢他的弟弟耶律德光，致使他未能继承皇位，只做了东丹皇王。后来因受太宗耶律德光的猜忌而不得已投奔后唐，后唐灭亡前被末帝李从珂杀害。公元947年，耶律阮继皇帝位，为辽世宗，于是他将父亲耶律倍的灵骨迁葬于医巫闾山，并"谥让国皇帝，陵曰显陵"。后来，耶律阮和怀节皇后、甄妃也合葬于显陵；再后来，辽朝第五位皇帝，即耶律阮的次子、耶律倍的孙子耶律贤与皇后萧绰，以及第九位皇帝耶律延禧也葬在北镇，其墓称为"乾陵"。自此，辽代九位皇帝有三位葬在北镇，辽代五陵（祖陵、庆陵、怀陵、显陵、乾陵），有两陵在北镇。显陵和乾陵埋葬的不仅仅是这三位皇帝和他们的皇后，相继还有几十位皇妃和王爷也都葬在这里，北镇由此形成一个规模宏大的陵区，在辽代有了特殊地位。不仅在此修陵、建殿，又相继置州、设县、移民、开发、筑塔、祭山、巡幸、狩猎、驻军等，从而铸就了北镇历史上的首度辉煌，使这里成为中原地区的燕赵文化与北方的渔猎游牧文化碰撞、融合与升华之地，成为契丹族"研习中原文化，接受华风洗礼"的圣地。

宏伟的陵区建设，需要数量庞大的建筑材料，砖瓦的生产规模，自然难以想象。但今天我们对这些却几乎一无所知，如果不是在农田基本建设中发现砖瓦窑址，可能我们永远都不会得知显、乾二陵建筑所用的砖瓦竟然会是澄泥的，竟会如此精致，竟然在医巫闾山下还有一个"皇瓦窑"。

新发现的"皇瓦窑"址在北镇庙前不远处的山坡上，因为没有系统发掘，规模不得而知。从出土的砖瓦看，大都为红色澄泥制品。砖的大小为长40厘米，宽 10 余厘米；瓦长为 40 厘米，宽 20 厘米。虽经千年，但细密精致，敲击有金属之声。另有其他澄泥特型砖、建筑构件与瓦当出土。瓦当多是龙纹和花草纹，看上去十分精美。

澄泥珍贵，所以世间多只知"澄泥砚"，而少知"澄泥砖"或"澄泥瓦"。以澄泥烧制砖瓦用于建筑的，可能也只有皇家，如北京故宫的"金砖"就是澄泥烧制的。

以澄泥烧制砖瓦，秦汉时期就有了。在秦汉著名建筑中，都发现有特制的澄泥砖瓦，质地很密，敲击有清越之声，每件都刻有年代、砖瓦名甚至烧制者的姓名。到了南北朝时，这些砖瓦由地下挖出，人们见其质地精纯、做工佳妙，即用来制砚，以代替此前的陶砚，这就是澄泥砚的诞生。到了唐代，在秦汉澄泥砖瓦基础上制作的澄泥砚终于达到成熟期，与端砚、歙砚、洮砚齐名，并称为中国四大名砚。所以唐宋时的澄泥砚总要和"瓦"联系在一起。如杜佑在《唐通典·食货》中评价著名的虢州澄泥砚说："弘农郡贡——砚瓦十具。"宋代欧阳修《新唐书·地理志》也说："虢州弘农郡土贡瓦砚。"从中可见澄泥砚与瓦的关系。

秦汉时期澄泥砖瓦的成分与制作方法我们今天已无从得知，但唐以后的澄泥砚的成分与制作方法却多有记载，相信辽代北镇的澄泥砖瓦当与澄泥砚的制作区别不大。宋人苏易简曾在所著《文房四谱·砚谱》中说："作澄泥砚法，以墐泥令入于水中，掭之，贮于瓮器内。然后别以一瓮贮清水，以夹布囊盛其泥而摆之，俟其至细，去清水，令其干，入黄丹团和溲如面。作一模如造茶者，以物击之，令至坚。以竹刀刻作砚之状，大小随意，微荫干，然后以刺刀子刻削。如法，曝过，间空垛于地，厚以稻糠并黄牛粪搅之，而烧一伏时。然后入墨蜡贮米醋而蒸之五七度，含津益墨，亦足亚于石者。"另按宋代《贾氏谈录》和《文房四谱》中的说法，大致是取河床下的泥，淘洗后，用绢袋盛之，口系绳再抛入河中，继续受水冲洗，如此二三年之后，绢袋中的泥越来越细，然后入窑烧成砚砖，再雕凿成砚。不管哪种方法，都说明工艺十分繁杂。想来当年北镇显、乾二陵所用的"皇瓦窑"澄泥砖瓦，工艺也不会比这简单。

北镇出土的澄泥砖瓦，质量上乘，借用宋代大书法家米芾称赞澄泥砚的话说，是"坚实如铁，叩致金声，刀之不入"。且颜色橘红，如同澄泥砚中最好的颜色"鳝鱼黄"，稍加打磨，即露出密致美观的绞胎纹。"瓦缶胜金玉"，辽代澄泥砖瓦，是对北镇陶瓷文化的最大贡献，"皇瓦窑"的文化价值与历史意义还有待深度开掘。

五

如果说辽代因帝王陵园、奉陵之邑而使北镇地区有了特殊的政治地位和跳跃性的发展，那么明代的北镇则因"边陲重地，为九边重镇之首"的地位，而成为"幽州重镇"和"冀北严疆"，与辽阳和开原并称为东北三大重镇，同时形成北镇地区历史上又一个辉煌和鼎盛时期。这一时期，作为辽海第二城的北镇，有在辽金元旧址重建的广宁城，有总管东北地方的最高军政机构辽东总兵府，有朱元璋第十五子辽王朱植的藩王府，有大规模重修的北镇庙。这样规模和人口的城市，不仅需要大量建筑用陶瓷材料，同时也需要生活类陶瓷。所以明代的北镇就有了"广宁窑"。因为史料的缺乏，我们今天很难知道"广宁窑"的规模和数量，包括它的名称，也是根据明代广宁的地名称呼而来。但从大量出土的实物看，不管是建筑用陶瓷材料，还是日用陶瓷，"广宁窑"都有着相当的规模。

明代经过大规模扩建的广宁城，整体格局为南宽北窄，南北长为2公里，东西最宽处为1.6公里，城内面积为3.2平方公里。城墙高为11.7米，基宽6米，顶宽5米，内石外砖，十分壮观。后来在明嘉靖十六年（1537）、三十五年（1556）、四十二年（1563）又进行了多次维修。而北镇庙在有明一代，也多次进行过维修，记载的就有洪武二十三年（1390）、永乐十九年（1421）、成化十四年（1478）、弘治七年（1494）、正德四年（1509）、万历三十四年（1606）的六次维修。

广宁城和北镇庙的修建，都需要大量砖瓦材料。现在从北镇周边和北镇庙附近不时发现的多处明代窑址看，以青砖和绿釉、黄釉板瓦居多，青砖主要是用于城建，板瓦则是用于城楼和北镇庙。

从北镇周边发现的明代窑址看，日用瓷器也很多。当年，明代的广宁城作为管理东北最高机构的驻守之地和广宁四卫的所在地，人口众多，经济繁荣，所以日用瓷的消费量自然会很大，除了马市交易，外地日用陶瓷进入本地之外，本地陶瓷的产量必不可少。因此，"广宁窑"一定有着相当的规模，只是缺乏史料记载和后世的深入研究，才使这一窑口归于寂寞，但从今天所发现的明代日用陶瓷窑址上，我们也可见出大概。

在这些发现的明代"广宁窑"日用陶瓷窑址中，许多残片证明当时在北镇曾生产多个窑口，如传统的青花，定窑系的白釉、酱釉、黑釉等。其中最重要的则是在其他窑口少见的孔雀蓝釉，当是"广宁窑"的独特产品。

在中国陶瓷史上，孔雀蓝釉又称"法蓝"，是以铜元素为着色剂，烧制后呈现亮蓝带绿的低温彩釉。孔雀蓝釉原属于西亚地区的传统釉色，其制品在唐宋期间的商贸往来时带到中原，并在金、元民窑中陆续制作，如磁州窑系的翠蓝黑花器就是这方面的代表。到了明代成化时，景德镇开始在瓷器上烧制单一的孔雀蓝釉。其烧造方法有两种：一是以素胎直接挂釉烧制，釉面易开片剥落；二是在白釉器上罩釉烧成，釉面剥落者少。在北方窑系，孔雀蓝釉则多是以素胎直接挂釉烧制，但存世的并不多见。北镇所见的孔雀蓝釉器蓝中带翠，翠中泛绿，所以当地人又称其为"翠蓝"。

从"广宁窑"窑址发现的孔雀蓝釉器有梅瓶、将军罐、瓜棱罐、碗、盘等。大部分胎质较粗，并带砂粒，少数为陶胎。

另外在窑址中还发现有道士俑、计数瓦片、泥条等，充分反映了那个时代陶瓷在人们生活中的价值与作用。

六

在清代的景德镇，督窑官有几十位，其中最有名的有四位，即臧应选、郎廷极、年希尧、唐英，而郎廷极和年希尧都是北镇人。

郎廷极字紫衡，一字紫垣，号北轩，斋名"纯一堂"。生于康熙二年（1663）。文献记载他"隶属汉军镶黄旗人，世籍广宁"，为当年努尔哈赤攻下广宁后，家族归附，以军功入旗的。据《清史稿·列传六十》所载，郎家一门在清初康熙朝极为显赫，同朝为官者就有五位。郎廷极的堂兄郎廷佐，曾任江西巡抚，再擢两江总督、福建总督。而他在郎廷极之前任江西巡抚期间就曾督理过景德镇窑事。

在相隔郎廷佐督理景德镇窑事46年之后，即康熙四十四年（1705），郎廷极以和他堂兄一样的官职即江西巡抚来到了景德镇。他在任江西巡抚和兼任督陶官的八年（1705—1712）时间里，政绩斐然，同时积极推动和主持景德镇瓷器生产，取得很多成就，使景德镇官窑、民窑都得以兴旺发展。于是朝野就将这个时期生产的瓷窑称"郎窑"，而许多郎廷极经手的瓷器还打上了"御赐纯一堂"的款识。

"郎窑"代表了康熙晚期景德镇瓷器制作的最高水平，而其中最大的成就则是一枝独秀，分外惹人喜爱的铜红釉官窑器——"郎窑红"的烧制成功。在郎廷极主持烧制的"郎窑"时期，除了"郎窑红"，还有"郎窑绿""郎窑蓝"及描金、青花、五彩和仿明宣德的豇豆红、仿成化的斗彩和仿永乐的白釉脱胎器等，都是康熙一朝有名的官窑珍品。

康熙五十四年（1715），创造了清朝陶瓷史上第一个辉煌时代的郎廷极去世。此时，另一位北镇走出的督陶官年希尧还在广东按察使任上。11 年之后，即雍正四年（1726）正月，年希尧任内务府总管，四月，出任淮安板闸关督理并兼管景德镇御窑厂陶务，成为郎廷极之后又一位著名的督陶官，并创制出了闻名的"年窑"。

年希尧的督陶岁月从雍正四年（1726）管理淮关税务兼署景德镇御窑陶务开始，到雍正十三年（1735）被弹劾削职，共十年时间。年希尧在兼领御窑厂的第二年，即雍正五年（1727），着手在景德镇重修"风火神庙"。在年希尧督陶的十年里，他虽然身兼管理御窑厂的要职，但大多数时间他本人并不在景德镇，只是"遥领"厂务，由"驻厂协理官"唐英帮他具体打点景德镇御窑厂的事务，所以才使雍正时期的"年窑"成为清朝陶瓷史上的第二个高峰。

郎廷极和年希尧两位督陶官，不仅为清代官窑的辉煌做出了重大贡献，同时也为北镇文化史争得了声名美誉，后人谈及北镇陶瓷，不能不想到从这里走出的两位知名督陶官。

月明林下美人来

一只明早期磁州窑小杯，静静地在我的书房里放置了多年。胎质虽显粗糙，釉色却还肥厚。杯高 6 厘米，底径 3.7 厘米，口径 9.5 厘米。杯虽小，却有着堪称仙品的神采与气韵，这主要是杯上的一句诗、七个字——"月明林下美人来"。

一

小杯为明早期的磁州窑作品，与这句诗的产生几乎同时。售者说它是元代的，我说未必，只要是明早期的就好，如果是元代的反倒讲不通了。说它是明早期的产物，主要是拿到手后从它的釉色、胎质、开片程度上判定的，另一个重要的依据是杯足内心有明显乳突。乳突是明前期的显著物征。

杯当是一对，但留到今天的只有这"美人"一只。"高士"不知卧何处。"美人"的孤单，更让我倍加怜惜。拿到手后，小心认真地清洗擦拭，"月明林下美人来"的七个赭色字更为清晰，前两个为草书，后五个为行书。民间窑作，民间书法，写得流畅而自然。想象能用这只杯在月明林下对雪饮酒，没有美人也是很美的一件事。

这七个字的诗句出自元末明初著名诗人高启的《梅花九首（其一）》，全诗是这样的："琼姿只合在瑶台，谁向江南处处栽？雪满山中高士卧，月明林下美人来。寒依疏影萧萧竹，春掩残香漠漠苔。自去何郎无好咏，东风愁寂几回开。"高启（1336—1374），字季迪，号青丘子，江苏苏州人。他也是一位称得上"高士"的人，曾拒绝朱元璋给他的高位，后被借故处死，死时年仅39岁，这位高士就这样早早地卧在了雪山之中。高启诗文皆工，众体兼长，《明史·高启传》称他"博学工诗"，并记载说："明初，吴下多诗人，启与杨基、张羽、徐贲称四杰，以配唐王、杨、卢、骆云。"他是明代诗歌才华最为突出、成就最高的诗人，著有《高青丘集》。高启的所作所为与唐代的李白很相像，而他的诗更与李白接近，像《登金陵雨花台望大江》诗中天马行空般的神思和纯真浪漫的艺术气质均与李白十分相似。难怪清人赵翼也说将高启的七古"置之青莲集中，虽明眼者亦难别择"，"盖二人实皆出尘之才"。

高启诗中最有名的就是这"雪满山中高士卧，月明林下美人来"一联，即使不太读诗的人，也能体味到这两句诗的好处，能感受到梅花那种"出尘"的高洁：大雪满山，它像高士那样卧着；月光之下，它像美人来到了林间。雪成就了高士，高士亦成就了雪。雪满山中，高士方能与世隔绝，不受恶俗滋扰。而正因了高士的存在，本来毫无生机的雪花，也变得轻盈起来，充满了灵动的气息。同时古来梅花就有的"霜雪美人""冷美人"的意象，"玉骨冰肌冷照人，匀红轻染绛罗巾"的形象，也在月明林中得到了更高洁的升华。高启比前人高明就在于以雪衬梅的基础上，更上一层楼，用雪作高士的陪衬，进而用高士衬梅，其意境自然要高过前人。独立但不冷傲的高士，秀雅但不艳俗的美人，恰如其分地将梅的特色勾勒出来。

高启的这两句诗，虽然写得极为自然、通脱，有如白话，但诗中还有着巧妙的用典使事。前一句用"袁安卧雪"，后一句是"醉梦梅女"。据《后汉书·袁安传》说，袁安居洛阳时，赶上下大雪，洛阳的地方官出行巡视，见别人家都出门除雪，路上还有乞讨的人。唯袁安在家雪不除，门不开，以为他已被冻死。于是让人除雪进门，见袁安僵卧在家。问他为什么不出门。他回答：大雪天人人都饿得很，我不想出去麻烦别人。官员听了，认为袁安乃贤良之士，于是举为孝廉。后来唐代王维据此画《雪里芭蕉图》，此故事也为后世传为佳话，在唐宋诗词中随处可见，并每每与雪联系起来。"醉梦梅女"的典故出自唐柳宗元的《龙城录》。据说隋朝的赵师雄遭贬谪，过罗浮山时醉酒于一野店，梦见与一通体芬芳的仙女共饮，并有绿衣仙童以歌舞佐之以助兴。待得梦醒后，原来却是卧于一株老梅之下，梦中仙女原是这梅树之精，绿衣仙童则是梢头喁啾的翠鸟。此时月色萧疏，寒星在天，赵师雄怔忪不定，怅然若失。

两个典故经过诗人的巧妙运用，让梅的两个意象更为突出。梅花高洁、清逸、灵动的天赋，与"高士""仙姝"的行藏相映照，愈发显现出了它的具体可感。

二

高启之后，他的这两句诗曾获得了极高的声誉和影响，不时地透出耀眼的亮色。

亮色之一：获得民间窑工的青睐。

几乎在高启写出这首《梅花九首（其一）》诗的同时，"雪满山中高士卧，月明林下美人来"一联就不胫而走、广为传诵了，连北方磁州境内（今河北磁县观台镇、彭城镇一带）窑厂的窑工都能熟知，都能随手写到自己的瓷器作品上。可以想象，磁州窑的这位制瓷工匠是一位喜欢诗的人，而且特别喜欢高启的这一首诗，这一联诗。或许他心中也装着一位林下美人，更期待那美人能在一个月夜款款向他走来。于是他将一番心思写在了小杯上，从没想到过书法的他，这回的字也写得那般"书法"，那般浪漫。

亮色之二：导致杜十娘跳江。

在明代话本小说《杜十娘怒沉百宝箱》中，盐商孙富就是随口吟出高启的这两句诗，将自己提升到李甲的层次，借故与他攀谈，从而让他出卖了杜十娘，最终导致杜十娘在镇江对面的瓜洲古渡跳江而死。严格说，这不应当称之为"亮色"，但我们确实又说不出什么。

亮色之三:《红楼梦》索隐派以此让林黛玉成了明王朝的化身。

清代，高启的这两句诗曾引出过"红学"史上颇为有趣的一段故事。读过曹雪芹《红楼梦》的人都记得第五回"贾宝玉神游太虚境，警幻仙曲演红楼梦"中，有《终身误》一曲："都道是金玉良缘，俺只念木石前盟。空对着山中高士晶莹雪，终不忘世外仙姝寂寞林。叹人间美中不足今方信。纵然是齐眉举案，到底意难平。"这首曲子可算是宝、黛、钗三者错综关系以及后来因缘变迁的一大伏线，虽然是以宝玉的口声来发"终身误"之怨怼语，但又何尝不是钗、黛二人的同伤共叹！不可否认，"山间高士晶莹雪"和"世外仙姝寂寞林"两句应是从高启"雪满山中高士卧，月明林下美人来"一联中化来。作者非常巧妙地嵌入了宝钗、黛玉的姓氏［薛（雪）、林］，同时又以"山间高士""世外仙姝"这两个似真似幻的美好形象给二人作了概念式的大体描画。无疑，两个都是风骨可鉴，足以摇荡魂魄并让世间人心向神往的形象：一个是牡丹艳冠群芳，一个是芙蓉清江自噬，都能如袁安般由己及他善解意，都有着一副缥缈高标的梅花魂。然而，昔日的《红楼梦》索隐派却将高启的两句诗和《终身误》曲联系起来，考证出"雪"影"满"，"林"影"明"；"雪"又影射"薛宝钗"，"林"则影射"林黛玉"。于是得出这样一个结论：薛宝钗——雪——空对着山中高士晶莹雪——雪满山中高士卧——

满——满族——清王朝；林黛玉——林——终不忘世外仙姝寂寞林——月明林下美人来——明——明王朝。这种运用语义转换手段所进行的影射关系的推求，总是让人觉得过于索隐了，不仅偏离了《红楼梦》的原真性，而且也降低了它的艺术魅力，但从中可见出高启这两句诗对索隐派红学家的影响和折磨。

亮色之四：为著名女作家苏雪林起了一个好听的名字。

宋代文学家苏辙第34代后裔、著名女作家苏雪林（1897—1999），原名苏小梅，学名苏梅，字雪林。她的字就是因为倾慕高启的这两句诗而起的。

亮色之五：在徐志摩墓碑上创造了一个最为浪漫的幻想空间。

在浙江海宁硖石东山万石窝的现代著名诗人徐志摩的墓前，每到清明时分，总是堆满了鲜花。据说献花的人群中以女性居多，这情景倒是与徐志摩墓碑上刻的"雪满山中高士卧，月明林下美人来"这两句诗相契合。高士长卧在此，期待美人林下归来。可是话说回来啊，徐志摩虽然给天下钟情的女性们留下了一个个浪漫的幻想空间，但这两句好诗刻在他的墓碑上却也多少有些惋惜——他连陆小曼都守不住，岂不是更委屈了踏着月色而来的林妹妹！

亮色之六：毛主席说，他是明朝最伟大的诗人。

对高启这两句诗赞美到极致的是毛泽东同志。据田家英的女婿陈烈先生在《田家英与小莽苍苍斋》一书中说，1961年11月6日清晨，忙碌一夜的田家英刚刚宽衣解带，在不到三个时辰内，连续接到机要员送来的毛泽东三封内容相近的信，都是让他查找"雪满山中高士卧，月明林下美人来"这两句诗的出处。田家英预感毛主席将有新诗问世。诗很快查到了，是高启的《梅花九首（其一）》。毛主席非常欣喜，当天即用草书写了全诗，还注明"高启，字季迪，明朝最伟大的诗人"。这个评价此前似乎没有过，可以想见他当时读这首诗时的兴奋心态，同时也显然是在构思自己心中的梅花形象，这大概就是后来的《卜算子·咏梅》"风雨送春归，飞雪迎春到"的前奏曲。

高启的一联诗在他身后能获取这般的殊荣，可能是他自己远没有料到的，这倒让这位英年早去的高士多少能获得一些安慰。还有呢，这般有名的诗句，当然画家也不会放过。我曾在一家杂志上见过今人李烈初先生所藏著名人物画家费丹旭的长子费以耕画的《高启诗意〈月明林下美人来〉图》，横幅中的月下美人，娟秀冷隽，潇洒出尘，造型设色不在其父之下，唯竹林坡石稍逊一筹。我还见过天津美院教授何延喆取材于唐代柳宗元《龙城录》而创作的一幅工笔仕女画《罗浮梦影》，表现的正是"月明林下美人来"的意境。

三

"月明林下美人来"磁州窑小杯让我爱不释手，它促使我翻检我所藏的月下美人图，以期与此文图相映，但结果终难如意。不过梅下美人倒是有，那是金品卿的浅绛彩瓷板，画面为林中崖畔，一雍容仕女在侍女的携扶下款款走来，眼前一树白梅盛开。仕女仪态庄重，白衣轻舒，彩裙曳地，细眉微凝，发髻高耸。侍女娇小俏丽，一袭蓝衣，手捧梅瓶，瓶上插白梅一枝。整个画面以幽冷的色调为主，除了人物衣饰，几乎未设色，尤其是画面中的白梅，枝头点点，隐隐约约，极为雅致而高洁。书法款为："仿瓯香馆画法。癸酉初冬，瀛洲仁兄大人清玩。品卿金诰作于昌水珠山之厂署。"钤矾红阴文"金诰"与阳文"品卿"章。遗憾的是金品卿的这块梅下美人图，画面多少有些磨蚀，人物脸部有些模糊。但它的题款却极有价值。"仿瓯香馆画法"是说仿明初著名画家、无骨花卉创始人恽南田的笔法。"瓯香馆"在常州白云溪畔，是一座临溪小筑，恽南田寓居并终老于此。"瀛洲"为同治朝景德镇御窑厂总办李瀛洲。据刘新园先生在《景德镇彩瓷三百年》书中的《景德镇现代陶人录》一文中说："1989 年 9 月，笔者在镇调查同治御厂总办李瀛洲（李为浮梁界田人，又名正凤）的有关资料，瀛洲后人李奇见告：'王少维与金品卿曾在同治、光绪御厂供职，王少维善写真，为李正凤画有《课子图》瓷板，时称品卿、少维为御厂两支笔。李家至今还藏有金、王浅绛彩瓷多件。'"景德镇李奇先生藏有一写生瓷板《李瀛洲课子图》，可见当时金、王都是御窑厂的大手笔，才能给这位总办画写生。目前能公开见到的金品卿为李瀛洲总办画的瓷板，还只有这一块"仿瓯香馆画法"梅花美人图。此板直径 40 厘米，板面极为匀整、平实，板的背面也光洁、平滑，是瓷板中最为上乘的质量，既满蕴文人瓷画的清雅和书卷气，又不失官窑器的严整和精细。

　　除了金品卿的梅下美人瓷画，另一幅则是晏少翔先生为我画的月下美人图——《高适〈听张立本女吟〉诗意》。《全唐诗》中曾收有一首托名高适的七绝《听张立本女吟》，诗曰："危冠广袖楚宫妆，独步闲庭逐夜凉。自把玉钗敲砌竹，清歌一曲月如霜。"此诗来源神秘莫测，又兼有一个荒诞故事，古人为之费解。但诗甚为清丽，境美情幽，郑振铎先生在《插图本中国文学史》中尽管未辨此诗原委，也还是许此诗为高适的"最高的成就"。晏公以此诗意构图作工笔仕女画，是他中后期的一幅代表作。此画为绢本，工笔重彩，纵 70 厘米，横 45 厘米。画面上月夜迷离，蕉影婆娑，天地间清雅空灵。假山石畔，修篁丛中，一红衫粉裙、纤腰高髻女子，风姿绰约，韵致天成，意态妩媚典雅，神情婀娜多姿。她手把玉钗，轻敲碧竹，欲吟欲思，画面似有窈眇幽微的声韵传出，似神女在浅吟低唱，又如风摇月露滴落蕉叶竹梢。"如此星辰非昨夜，为谁风露立中宵？"此种画意在明代黄凤池所辑的《唐诗画谱》中能见到，但那只是版画，此种工笔重彩还极为少见。晏公此作曾博得众多艺术界专家学者的首肯，称"笔法精工而不失润活流动"，"意境完整而突出，人物表现情致生动，景物搭配与人物浑然一体，刻画周密而语言简练"，"精妙处超出想象之外"。此作品曾收入 1992 年版《荣宝斋画谱》第 51 卷。

金品卿与晏少翔先生的两幅梅边月下美人图，从另一个角度为我解读了"月明林下美人来"的意境，和磁州窑小杯可谓相映成趣，异曲同工。

得到"美人"小杯，欣赏之余，又用数码相机拍照，将七个字按书法横幅的形式排列，又颇得意趣，如同一幅名人书法，只是少了题款和印章。

磁州窑虽是公认的中国宋代名窑，但宋代的史籍却没有一点记载，可见，专为普通大众生产的瓷器却远没有月明林下的美人那般知名，更难登大雅之堂。而作为官窑的定窑白瓷却以制作精细、风致优雅，从宋代就名满天下，明以后，还将高启的这句"雪满山中高士卧，月明林下美人来"专门用于评价定窑的非凡韵致。

民间，只有民间的瓷绘人士，他们喜欢磁州窑的古朴，他们大气地将这句最美的诗写在了酒杯上，不知明以后几位高士用这只杯卧在雪山上一醉而梦林下美人？我得此杯后曾奢侈地用她斟满了泡过天山雪莲的剑南春，微醉中，我没有梦见雪山梅树下的仙姝，也没有听见踏雪而来的林下美人的裙裾之声。因为我每醉之时，总要细数以前的种种情事，唯恐辜负了心中最惦记的那一抹旧时月色。

"天启青花"与杨氏美人

　　看电视里每日播出的"南澳一号"出水青花瓷的新闻，从画面的青花纹饰、发色上看，我更倾向认为那一筐筐吊上来的碗、盘、罐是明代天启年间的作品。看着那些在船上经海水清洗过后，现出绘着米芾拜石纹、岁寒三友纹、哪吒闹海纹、双鱼纹、一品青莲纹等的民窑青花瓷器，到了陶瓷鉴定专家陈华莎女士手中，在海上夏日阳光下闪着锃亮的光泽时；当那些以自信的态度和纯熟的技巧所画出的浑朴生动、意态洒脱，游戏于抽象与具象之间的青花纹饰展示在面前时，我感觉这水下考古不仅仅是唤醒了380多年长眠深海的船只和那万余件古瓷，让世人见证了睡美人醒来的那一刻，同时也唤醒了那些制瓷工匠，那位天启年间描绘这类瓷作的杨氏美人的记忆。

　　中国历史上的民窑作坊里，有数不清的瓷绘匠人或说瓷绘家。他们不仅绘制了大量的民间日用瓷，同时也绘制了无数的类似于"南澳一号"船上的外销瓷。然而历史却极少能记下他们的名字，因为在中国文化史上，瓷绘从来都是匠人之作，不入大雅之堂。尽管在漫长的中国陶瓷史上也出现过如秦时的"咸亭芮柳婴"、六朝时越窑的"会稽上虞范休可"、唐时长沙窑的"裴家花枕"、宋代磁州窑的"张家造"、明代正德时的"陈文显造"、万历时的"程玉梓造"等，但那只是个别和偶然中留下来的，更多的瓷绘艺人都湮没无闻了。尤其是那些家庭式的民窑作坊，其中不乏男人做瓷坯，女人画纹样的模式。而那些会画纹样的女人们，那些蘸着青花钴料，在泥胎上于抽象和具象之间游戏的女人们则更难留下姓名。因此，在中国历史上有谁会想起，有谁会相信古瓷上那些或畅快淋漓，或生动婀娜，或意笔草草，或工细娟娟的瓷画是哪个女人画的呢。这一点，我们要感谢380多年前的冯梦龙，是他在其《醒世恒言》中记下了中国明代以前唯一一位绘瓷女人——杨氏美人。

冯梦龙《醒世恒言》里记述到这位杨氏美人的文章名《一文钱小隙造奇冤》。这篇故事很有名，后来曾出版过连环画，也拍过电影。冯氏在其中写道："话说江西饶州府浮梁县，有景德镇，是个马头去处。镇上百姓，都以烧造瓷器为业，四方商贾，都来载往苏杭各处贩卖，尽有利息。就中单表一人，叫作丘乙大，是窑户家一个做手，浑家杨氏，善能描画。乙大做就瓷胚，就是浑家描画花草、人物，两口俱不吃空。住在一个冷巷里，尽可度日有余。那杨氏年三十六岁，貌颇不丑，也肯与人活动。只为老公利害，只好背地里偶一为之，却不敢明当做事。"这样一个"貌颇不丑"的少妇，还会在瓷上描绘花草、人物，自然与众不同。她自己似乎也不甘寂寞，"也肯与人活动"，不仅活动心眼，抑或秋波暗送，暗通款曲。好在"偶一为之"，分寸拿捏得比较好。

当然，冯梦龙这篇作品的主旨不在杨氏这个人物和她的生活作风问题，也不在她能于瓷上画花草人物，而在于他给我们留下了一条十分珍贵的信息，即明代民窑作坊里的夫妻分工，以及女人也能从事瓷绘。虽然冯氏作品为小说，不排除人物的虚构成分，但我们不要忘记，中国传统文学作品一般都有着强大的史证功能。从这个意义上说，冯氏所描写的制瓷画瓷之情形，正是当年民窑里的现实写照。

冯梦龙的《醒世恒言》成书于天启年间，所表述的事物也当在天启或早一点的万历年间。那时候是明代民窑青花最为丰富的时期，不仅生产数量大，而且造型和纹饰多样，尤其是花草和人物纹饰更为丰富，这一点和冯梦龙作品中的杨氏美人画花草人物正相吻合。当时的民窑与官窑的工笔画法正好相反，为了适应市场，这些如丘乙大家的民窑作坊不可能像官窑那样不惜工本，精描细画，而必须是惜料如金，同时又要保证产品的艺术质量，因此杨氏所绘青花采用的则多是写意风格，虽然意笔草草，却能于简率中见法度，以简胜繁、以拙生巧，从而达到动人的艺术效果。这些我们从"南澳一号"出水的青花瓷中，从民间流传下来的天启青花瓷中都能感觉到。

明代天启一朝虽然只有八年时间，但天启青花在民窑青花史上却建树颇丰，其中重要一点就是在纹饰上大胆突破，摆脱传统题材的约束，追求身边事物，更贴近生活。日常所用的罐、碗、盘、瓶、杯上，不仅花草纹饰特别多，而且还出现了大量的诸如牛羊、牧童、小兔、秋虫、蛤蟆、螃蟹、游虾等与人民生活息息相关的图案。同时画法也多有创新，一改嘉靖、万历时期较为刻板规范的"单线平涂"法，形成更为自由的写画风格。这种瓷绘思潮与晚明时期的思想解放，艺术发展更为人性化更为多样性有关。令人欣喜的是，在这种突破和创新的瓷绘艺人中就有杨氏这样的女性。细想来这也属正常，在那个思想禁锢相对放松的时代，女人不仅可以到窑坊绘瓷，还"肯与人活动"，而且最为难得的是能按照自己对生活的喜欢与感受，画自己最熟悉的花草动物，这是多么可贵的一件事。

冯梦龙所写到的杨氏美人画瓷是在天启一朝，其他朝代呢？之前的万历朝？之后的崇祯朝？晚明时期像杨氏这样的瓷绘女性恐怕不在少数。她们挽起舒舒展展的衣袖，绾起缠缠绵绵的情思，笔尖润上青花钴料，在素胎上凭着对生活的理解，对艺术的通灵，融神于画，糅气于瓷。花草人物，在她们的纤纤素手下，柔柔婉转，或聚或绽，或开或散，或静或动，或仰或合，每一件都有着自己的寄托，有着不为人知的"活动"心思。也许是在追忆，也许是在思念，也许只是一个迷蒙的幻想，总之，她们的青花笔下画下去的是无色的钴料，经过高温，悄然化出的却是理想的精灵。这就是晚明的青花——杨氏美人们的创造。

冯梦龙这篇作品并没有在杨氏的瓷绘生涯上再多说几个字，这对陶瓷史研究来说实在可惜。实际上，《一文钱小隙造奇冤》只是一篇典型的讽刺官场的黑色小说，其中所有人物都如杨氏一样，各自都有着人性的缺陷。作者对杨氏最想叹息的是她违背了"舍财忍气"的做人道理，在处理儿子与同龄伙伴因一文钱的无谓纠纷时出口伤人，得罪了比她还要泼辣的"绰板婆"孙氏，结果不仅她为证明自己的清白而上吊自杀，同时还意外地导致多个人物接连丧命。"地下新添恶死鬼，人间不见画花人。"冯梦龙在这里也扼腕而叹。今天看来，我们该感叹的不仅是世态与人性的悲剧，同时还感叹杨氏美人之于"天启青花"的意义。

辽海走出的三大督陶官

　　瓷都景德镇的十月底，正是秋光清爽的桑落时节。沿着昌江东行去浮梁古城，15公里路程山水相连，昌江两岸一派白居易笔下的风光：枫叶荻花秋瑟瑟。我到浮梁，一不是为了买茶去，二不是为了去看有名的浮梁古县衙，而是要去看青花瓷制作的古代浮梁纪事地碑，去寻找从辽海来的三位大督陶官的名字。应当说，在中国的陶史上，辽海之地很幸运，不说辽海有着辽代"五京七窑"之一的"江官窑"和有着东北唯一、大清第一官窑之称的"黄瓦窑"，而在瓷都景德镇的四大督陶官中就有三位是辽宁人。大清开国之始的"从龙入关"不仅带去了白山黑水所孕育的能征善战的骁勇精神，同时也从产生本朝第一官窑的辽海大地上带出去了三位声名显赫的人物：郎廷极、年希尧、唐英——大清王国康、雍、乾三代盛世里的三位最有名气的督陶官。他们三位均出生于康熙年间，其中郎廷极年龄最大，他比年希尧大9岁，比唐英大19岁。似乎是按着年龄排列，在浮梁古县衙风景区前的瓷碑上，我依次找到了这三位声誉冠瓷都的辽海先贤的名字：郎廷极、年希尧、唐英。在他们的名字面前，我肃然起敬，我为我们辽海先贤的名字在这里烧瓷纪碑而颇感自豪。

郎廷极：敏手居然称国器

肯定不是有意的安排，三位辽海人到景德镇督窑，是严格按年龄大小报到的。先来的当然是郎廷极，他到景德镇那一年是 42 岁，在此做了八年督陶官。

郎廷极（1663—1715），字紫衡，一字紫垣，号北轩，斋名"纯一堂"。文献记载他"隶属汉军镶黄旗人，世籍广宁（今辽宁北镇市）"，为当年努尔哈赤攻下广宁后，家族归附，以军功入旗的。据《清史稿·列传六十》所载，郎家一门在清初康熙朝极为显赫，同朝为官者就有五位。郎廷极的父亲郎永清，曾任江西知府，后因其亲侄子郎廷佐赴任江西巡抚，他才调出江西，官至山东巡抚。郎廷极的弟弟郎廷栋则官居湖南按察使。堂兄郎廷佐，曾任江西巡抚，再擢江南江西总督、福建总督。另一位堂兄、郎廷佐的弟弟郎廷相，曾任河南巡抚，其兄逝世后又接任福建总督。

据《清史稿》等书记载，郎廷极于康熙二十一年（1682）19 岁时即以门荫授江宁府同知，后又迁云南顺宁知府。康熙四十四年（1705）任江西巡抚，任上多为百姓做事，赢得民间口碑，康熙曾赐其"布泽西江"匾额。后又兼理两江总督，康熙五十一年（1712）擢漕运总督。据清李桓《国朝耆献类徵》所载，郎廷极"晦政称是"，"通籍三十年，所至无不为赫赫名"，所以卒谥"温勤"，可见他在世时的政绩与声名。

皇帝的信任与鼓励，让郎廷极专心为政，精益督窑。在任江西巡抚和兼任督陶官的八年（1705—1712）时间里，他政绩斐然，同时积极推动和主持景德镇瓷器生产，取得很多成就，使景德镇官窑、民窑都得以兴旺发展。于是朝野就将这个时期生产的瓷窑称"郎窑"，而许多郎廷极经手的瓷器还打上了"御赐纯一堂"的款识。

"郎窑"代表了康熙晚期景德镇瓷器制作的最高水平，而其中最大的成就则是一枝独秀，分外惹人喜爱的铜红釉官窑器——"郎窑红"的烧制成功。"郎窑红"在艺术品格上按照明朝永乐、宣德时期宝石红的要求来烧制。它釉色温润端凝，莹澈古艳，宛若红宝石般晶莹剔透，又如初凝牛血一样猩红浓艳。开纹片并有牛毛纹，釉色深浅不一。色浓者黑红，色深者艳红，色浅者粉红。并呈现一种强烈的玻璃光泽，锃亮夺目，极尽绚丽灿烂之质，其高华瑰美的格调已远远超永宣宝石红。另外其"灯草边""郎不流"和"米汤底"之说，也让"郎窑红"特征明显。在郎廷极主持烧制的"郎窑"时期，除了"郎窑红"，还有"郎窑绿""郎窑蓝"及描金、青花、五彩和仿明宣德的豇豆红、仿成化的斗彩和仿永乐的白釉脱胎器等，都是"郎窑"时代有名的官窑珍品。

"郎窑"的成功在当时就受到朝野的一致赞美，其中有两位与辽宁或者说与郎廷极有同乡之谊的名字最为有名，每每为后人所称引。一位是江苏山阳（今淮安）人，曾任辽宁铁岭知县和礼科给事中的许志进；一位是辽宁辽阳人，曾任内阁中书和浙江观察副史的刘廷玑。

许志进与郎廷极关系较好，在他的诗集中有多首写到郎廷极的诗作。其中在《戏赠叶生》六首其三中写道："新来陶器仿前朝，混入成宣价更高。"说明当时仿成宣的郎窑器已经达到以假乱真的地步。他在另一首28句的七言歌行《郎窑行，戏呈紫衡中丞》诗中也对"郎窑"极尽赞美："元精融冶三百载，迩来杰出推郎窑。郎窑本以中丞名，中丞嗜古衡鉴精；……地水火风凝四大，敏手居然称国器。比视成宣欲乱真，乾坤万象归陶甄；雨过天青红琢玉，贡之廊庙光鸿钧。"诗中的"红琢玉"就是指郎窑红而言，"贡之廊庙"则说明当时"郎窑红"器物为内廷所专用。

刘廷玑做过江西按察使，与郎廷极在南昌共事一年。他在其《在园杂志》

卷四中说到"郎窑":"近复郎窑为贵,紫垣中丞开府西江时所造也。仿古暗合,与真无二。其摹成宣,釉水颜色,橘皮棕眼,款字酷肖,极难辨别。"给予了这位同乡督陶官以高度的评价。

郎廷极以封疆大吏的身份兼领景德镇御窑厂,在当时官位显赫,身后也声名卓著,但是许多人不知道他还是一位学者、诗人、酒文化专家,著有《文庙从祀先贤先儒考》《集唐要法》《北轩集》和《胜饮编》,在中国文化史上占有重要地位。

年希尧:迩来年窑称第一

康熙五十四年(1715),创造了清朝陶瓷史上第一个辉煌时代的郎廷极去世。此时,从辽宁走出的另一位督陶官年希尧还在广东按察使任上。11 年之后,即雍正四年(1726)正月,年希尧任内务府总管,四月,出任淮安板闸关督理并兼管景德镇御窑厂陶务,成为郎廷极之后又一位著名的督陶官,并创制出了闻名的"年窑"。

年希尧(1672—1738),字允恭,祖籍安徽怀远,于清顺治初年迁至广宁(今辽宁北镇市)。同郎家一样,年家也是一门父子三人同朝为官。父亲年遐龄曾任康熙朝的刑部郎中、工部侍郎、湖广巡抚。妹妹是雍正的妃子,并得专宠,生有一子三女,雍正继位后不久即封为贵妃。弟弟年羹尧进士出身,曾任四川总督、川陕总督、抚远大将军,加封太保、一等公,高官显爵,战功赫赫。雍正三年(1725)被削官夺爵,列大罪 92 条,赐自尽。年家在雍正朝中可谓备尝荣辱,大起大落。

今沈阳市辽中区乌伯牛乡有年家屯,居年姓家族人口几百人,传有家谱,系年遐龄后裔。又据沈阳新民有鄢家窝堡村,村中鄢姓自称是年羹尧后代,当时为避年羹尧之祸而改鄢姓,不知确否。

据《国朝耆献类徵·年遐龄传》附"子希尧传"称："希尧由笔帖式授补云南景东府同知。康熙四十五年，迁直隶广平府知府。五十年，迁大名道。五十二年，晋广东按察使。五十五年，晋安徽布政使。……六十一年，以布政使衔署，……三年七月，擢工部右侍郎。十一月，因弟羹尧获罪，革职。四年正月，授内务府总管。七月，命管理淮关税务。十二年，加都察院左都自卑御史衔。十三年，江苏巡抚高其倬疏参希尧庇恶纵贪，鞫实削职。乾隆三年，卒。"年希尧的督陶岁月从管理淮关税务兼领窑务开始到雍正十三年（1735），共十年时间。

年希尧在兼领御窑厂的第二年，即雍正五年（1736），即着手在景德镇重修"风火神庙"，并撰写了《重修风火神庙碑记》。年希尧虽然身兼管理御窑厂的要职，但大多数时间并不在景德镇，只是"遥领"厂务。蓝浦《景德镇陶录》说："雍正年年窑，厂器也。督理淮安板闸关年希尧管镇厂窑务，选料奉造，极其精雅。驻厂协理官每月于初二、十六两期，解送色样，至关呈请，岁领官帑。琢器多卵色，圆类莹素如银，皆兼青彩，或描锥暗花，玲珑诸巧样，仿古创新，实基于此。"这里年希尧虽然不驻厂，但有"驻厂协理官"帮他具体打点景德镇御窑厂的事务，这"协理官"就是唐英。

关于"年窑"的成就与影响，后人多有论述。比较早的是乾隆时的湖南巡抚，著名文学家、书画家和收藏家查礼，他作有《年窑墨注歌》，称颂"年窑"器："国朝陶器美无比，迩来年窑称第一。不让汝定官哥均，何况永乐之坏宣德质。……清光淡淡照砚北，云是雨过天青古时色。"一件磨墨时盛水注入砚池的小小文房用品——墨注，竟让查礼这位大收藏家发出如此赞叹，由此可见"年窑"瓷的精美。《景德镇陶录》则说："（年窑）琢器多卵色，圆类莹素如银，皆兼青彩，或描锥暗花，玲珑诸巧样。"从这些记述中可见"年窑"形制多样，其中尤以天青釉一种最有代表性。另外还有一点，雍正朝宫中自炼珐琅料已成功，珐琅料彩瓷已开始全面烧制。画好的珐琅彩瓷胎细腻如脂，白净似雪，对着日光观赏，可以明晰地透出对面的纹饰。这样精美绝伦的艺术成就，应当有"年窑"的贡献。

年希尧以封疆大吏而兼领景德镇督陶官，虽然他在"遥领"御窑厂时，在陶务上许多事都是唐英替他办，但他在中国文化史上还做了一件比为政和为陶更为有名的事，这就是数学研究。他著有《视学》《测算刀圭》和《面体比例便览》，其中《视学》最为有名，是中国最早的画法几何代表作，也是世界上第一部系统的画法几何学，比法国数学家蒙日于 1799 年出版的名著《画法几何学》要早 70 年。在《中国古今数学人物》一书中，列了 32 位著名数学家，其中就有年希尧。

唐英：报酬事业榷陶中

由于年希尧不驻景德镇，所以从雍正六年（1728）奉命驻景德镇御窑厂的唐英就成了实际上的督陶官。雍正十三年（1735）年希尧被弹劾革职，第二年，即乾隆元年（1736），唐英成为正式的督陶官，直到乾隆二十一年（1756）去世，他的后半生几乎都与督陶有关，并创造了清朝陶瓷史上的第三个高峰，也是清朝和中国陶瓷史上空前的和最为辉煌的时代。史称这一段时间景德镇所制陶瓷为"唐窑"。

据毕生研究唐英并于 1991 年点校整理出版了《唐英集》，2008 年又编辑出版了《唐英全集》的辽宁学者张发颖先生记述，唐英（1682—1756），字俊公，又字叔子，自号蜗寄老人。隶汉军正白旗，沈阳人。他 7 岁入乡塾，16岁"供役于养心殿"，43 岁为内务府员外郎，46 岁派驻景德镇厂署协理窑务。54 岁，即雍正十三年（1735）正式成为督陶官，写成《陶务叙略》和《陶成纪事碑记》。乾隆八年（1743），他 62 岁，编成《陶冶图编次》（即《陶冶图说》），制图 20 幅，详述陶瓷制作步骤。这是中国陶瓷史上第一次对窑务的科学记载和总结，是中国详述陶瓷工艺过程的第一部系统著作，对后来的中国乃至世界陶瓷业都有着重大的影响。乾隆十八年（1753），唐英72岁。他的《陶人心语》正续集成，共19卷。乾隆二十一年（1756），75岁。这年正月于圆明园拜见乾隆皇帝，三月回到九江，冬天去世。

唐英从雍正六年（1728）进入景德镇御窑厂到逝世，其间虽有短暂的断续，但他中年以后的28年基本上是以陶瓷为职业和生命的。诚如他在七律《丁卯仲冬将返浔阳留别珠山陶署》诗中所说："傀儡丰神箫鼓外，报酬事业权陶中。"他不仅是一位懂瓷的督陶官，而且还是一个喜欢陶瓷的"陶人"。诚如蓝浦在《景德镇陶录》中所说："乾隆年'唐窑'厂器也，内务府员外郎唐英督造者。……公深谙土脉、火性、慎选诸料，所造俱精莹纯全。又仿肖古名窑诸器，无不媲美，仿各种名釉，无不巧合；萃工呈能，无不盛备；又新制洋紫、珐青、抹银、彩水墨、洋乌金、珐琅画法、洋彩乌金、黑地白花、黑地描金、天蓝、窑变等釉色器皿。土则白壤，而埴体厚薄惟腻。厂窑至此，集大成矣。""唐窑"确实集中国陶瓷之大成，无论在品种的仿古创新方面还是在器物的制作技艺方面，都达到了空前的水平，对中外陶瓷制造产生过极其重要的影响。

"唐窑"另一个具有里程碑意义的贡献就是首开文人瓷画之先河，在中国瓷器上集中绘中国画，写中国书法，题中国诗，钤中国印，同时署上瓷绘者的名字，使瓷画在保持工艺性的前提下，又达成了与纸绢画一样的绘画审美效果。尤其是在瓷画上署上瓷绘者的名字，陶瓷史上第一次有了知识产权的自觉意识，这是一次破天荒的大转变，具有划时代的文化意义。

然而唐英创作的集中国瓷、中国画、中国书法、中国诗、中国印于一身的最具中国文化特色的"瓷本绘画"在清中期只是昙花一现，文人瓷画未能沿着唐英所开创的路子走下去，不仅使官窑器丢掉了一个自省的机会，也使文人瓷失去了一个借势而起的大好局面。以致清三代以降，以程式化和精美度为主的官窑器越来越没有了个性和文化内涵，纹饰、款式总是局限的那些，瓷绘步入了宫体的和萎靡不振的衰老时代。而唐英所主导的文人瓷绘的灵光，只有靠百年之后的同光时代，以程门、金品卿、王少维、王凤池所代表的浅绛彩瓷去闪烁发扬了。

随着唐英的逝世，乾隆朝"唐窑"的炉火也渐渐熄灭，主要由三位从辽宁走出去的督陶官所筑就的清三代陶瓷艺术高峰从此也随着清王朝一路衰落。这一点诚如民国时许之衡在《饮流斋说瓷》中所概括的："至乾隆则华缛极矣！精巧之至，几于鬼斧神工，而古朴浑厚之致荡然无存。故乾隆一朝，为有清极盛时代，亦为一代盛衰之枢纽也。"

与前两位督陶官比，唐英虽然不是封疆大吏，但他更是多才多艺。他是督陶官中在景德镇时间最长，成就最大，影响最广的一位，同时，他还是一位诗人、画家、书法家、戏曲家和文字学家。唐英的诗歌诸体皆备，内容丰富，留下近千首诗，见景见物，见性见情。他的绘画注重传统技法，追求平淡天真的格调，讲究笔致墨韵，敷色层次分明，拙中带秀，清隽雅逸。其书法艺术，上承魏晋、汉、唐、宋之名家，行笔中自然巧妙地融入前人章法，从而创造出自己的体势，形成自己的风格。唐英的剧作内容广泛，题材深刻，曾创作剧本17种，合称《灯月闲情》，在中国戏剧史上占有重要地位。

站在浮梁古城的青花瓷纪事碑前，望着碑上唐英等辽海先贤的身影，我想他们不仅值得景德镇人筑碑纪念，也更值得辽海人纪念。辽海人没有忘记他们，早在2006年，唐英逝世250周年的时候，沈阳市政府为筹建"唐英纪念馆"曾委托景德镇瓷雕艺人吴健华为唐英塑像。最终52厘米高的唐英半身瓷雕塑像烧制成功，于2006年端午节，即唐英生日之前运回沈阳，回到辽海大地。

督陶官故土神游，这不仅是唐英的愿望，也是郎廷极和年希尧的愿望，从而也留下了沈阳与景德镇两座历史文化名城在中国陶瓷文化大背景下的一段交流佳话。如今，我来浮梁，我当然也会为他们记下点什么。

珠山拜唐英

越过昌江大桥即进入景德镇市区，瓷都所见尽是瓷风瓷韵：到处是瓷器店，到处是瓷器招牌，路两边一片连一片的瓷器摊，连街道上的路灯杆都是瓷做的青花釉里红。在瓷都我无意于选购瓷器，更无意于逛大街观风景，我最想见到的是故乡人唐英在这里的遗迹，于是我沿着昌江到古浮梁县城，去参观浮梁纪事青花地碑；上珠山御窑石旧址，参观"风火神庙"，到中国陶瓷博物馆，欣赏唐英题写的"佑陶灵祠"原件。在珠山龙珠阁下，我以钦敬的心情仰望唐英塑像，深为这位从辽宁走出去的最著名的督陶官，中国的"陶圣"而自豪。

唐英在景德镇督陶 28 年，虽然断断续续，但以其姓氏而命名的"唐窑"却声名远播，成为中国陶瓷史上最为辉煌的代表。

景德镇的历史，不能没有唐英；而唐英的成就与贡献更离不开景德镇。在当代中国，研究唐英最下功夫的学者当属辽宁社会科学院的研究员张发颖先生。或许是故乡情缘，张发颖对唐英倾注了太多的感情。我与张先生相识是在 20 世纪 80 年代末，因为采访他发现沈阳新乐遗址木雕鸟的事，那时他刚刚点校出版了《唐英集》。后来他继续搜寻有关唐英的史料，曾于国家图书馆等处新发现了 20 余万字的唐英佚诗佚文与相关文字，2008 年又编辑出版了四大册《唐英全集》。据张先生的记述，唐英（1682—1756），字俊公，又字叔子，自号蜗寄老人。隶汉军正白旗，沈阳人。他 7 岁入乡塾，16 岁"供役于养心殿"，在皇宫造办处待了 20 多年。43 岁为内务府员外郎，46 岁派驻景德镇厂署协助督陶官年希尧管理窑务。

在唐英到景德镇的前一年，年希尧曾重修"风火神庙"，并撰写了《重修风火神庙碑记》。唐英到任后，将明代落选的脱底残器青龙缸抬到"风火神庙"，筑台高置，并写了《火神传》和《龙缸记》两篇文章。三年后的雍正九年（1731），他又为"风火神庙"题写和烧制了"佑陶灵祠"青花瓷匾，镶嵌在庙西院墙门楣上方。

当年烧制的这块青花瓷匾现藏景德镇中国陶瓷博物馆，长 135 厘米，宽 43.5 厘米，四周装饰精美的缠枝莲花纹，正中书写"佑陶灵祠"四个青花楷书大字，字体端凝，笔力遒劲，透着书写者非凡的书法功力。瓷匾右侧有"雍正九年仲冬"上款，左侧有"督陶使沈阳唐英题"楷书小字落款。引首是一枚"古柏堂"椭圆形印章，落款下方分别为"唐英之印"和"俊公"两枚印章。印章均烧制成釉里红。这块青花匾额是唐英留给景德镇最具名气和最有价值的一件瓷作，也是景德镇人最为珍视的文化瑰宝，现为国家二级文物。匾额如此珍贵，不仅仅因为它属清代官窑，它出自唐英之手，更重要的是在它背后还有着一个感人肺腑的传说和一位令人敬佩的窑工。它凝聚着景德镇陶人的个性与风骨，也凝聚着唐英与景德镇的情感与寄托。

"风火神庙"供奉的"风火神"本名童宾，是明代浮梁里村人。明万历年间，太监潘相管理景德镇窑务，督造大器青龙缸久不成功。于是就对瓷工进行鞭笞以至捕杀。童宾目睹同役瓷工欲活不能、欲死不成的苦况，非常愤慨，愤怒之下以骨作薪，舍身跳窑殉火，以示抗议。童宾之死激起了景德镇工匠们的暴动，焚烧了税署和官窑厂房，潘相只身逃走。事后，景德镇陶人为童宾立祠于御器厂东侧，名之"佑陶灵祠"，民间称"风火神庙"。祠内供奉"风火神"童宾坐像，两边是窑厂工人神像，有把桩、托坯、架表、收兜脚、打杂、小手、二手等各脚师祖。庙门有对联："风也火也福一方宝地；仙乎师乎佑万世陶民。"从此，神庙关乎窑火得失，窑民烧窑之前都去祷祀，致使祠内香火不断。并二十年一届开禁迎神，举行盛会。届时景德镇人山人海，日食"千猪万米"，成为瓷都最隆重的盛会。

清雍正十三年（1735），年希尧督陶官被免，唐英正式成为督陶官。这一年他54岁。乾隆八年（1743），他62岁，编成《陶冶图编次》（即《陶冶图说》），制图20幅，详述陶瓷制作步骤：采石制泥、淘练泥土、炼灰配釉、制造匣钵、园器修模、园器拉坯、琢器做坯、采取青料、拣选青料、印坯乳料、园器青花、制画琢器、蘸釉吹釉、镟坯挖足、成坯入窑、烧坯开窑、园琢洋采、明炉暗炉、束草装桶、祀神酬愿。这是中国陶瓷史上第一次对窑务的科学记载和总结，是中国详述陶瓷工艺过程的第一部系统著作，对后来中国乃至世界陶瓷业都有着重大影响。乾隆十八年（1753），他72岁。这一年《陶人心语》正续集成，共19卷。乾隆二十一年（1756），75岁。这年正月他于圆明园拜见乾隆皇帝，三月回到九江，冬天去世。

在景德镇期间，唐英不仅是一位懂瓷的督陶官，而且还是一个喜欢陶瓷的"陶人"，在御窑厂，他亲自管理，亲自做瓷，亲自绘瓷，这在他的诗文集《陶人心语》序中有明确的表示："陶人有陶人之天地，有陶人之岁序，有陶人之悲欢离合，眼界心情，即一饮一食，衣冠寝兴，与夫俛仰登眺交游之际，无一不以陶人之心发之于语以写之也。"这不是一般官员所能悟、能写、能感受的。这是他对陶瓷情有独钟，并已经完全融入陶瓷艺术里的真正的"陶人"感受。也正是因为这样，才会出现"唐窑"的辉煌。

中国陶瓷史自唐宋以来以官窑为核心带动民窑，高峰迭起。第一个高峰应是唐时的白瓷和秘色瓷；第二个高峰是宋时的汝、钧、官、哥、定；第三个高峰是元时的青花和枢府白；第四个高峰是明时的宣德青花和成化五彩；第五个高峰则是唐英主持景德镇窑务时的"唐窑"器。诚如蓝浦在《景德镇陶录》中所说："乾隆年'唐窑'厂器也，内务府员外郎唐英督造者。……公深谙土脉、火性、慎选诸料，所造俱精莹纯全。又仿肖古名窑诸器，无不媲美，仿各种名釉，无不巧合；萃工呈能，无不盛备；又新制洋紫、珐青、抹银、彩水墨、洋乌金、珐琅画法、洋彩乌金、黑地白花、黑地描金、天蓝、窑变等釉色器皿。土则白壤，而埴体厚薄惟腻。厂窑至此，集大成矣。""唐窑"确实集中国陶瓷之大成，无论在品种的仿古创新方面还是在器物的制作技艺方面，都达到了空前的水平，对中外陶瓷制造产生过极其重要的影响。

在龙珠阁下，望着唐英塑像那庄重而典雅的神情，我由衷地生发出一种敬重和崇拜之情。我也喜欢陶瓷，尤其喜欢文人瓷画。

虽然在唐英之前的陶瓷作品中也有落"陶人款"的，但终究还只是偶然的个案，根本没有形成一种自觉意识。只有到了"唐窑"时代，唐英才公开且大量地在自己的瓷绘作品上用自己的书法，题上自己的诗句，签上自己的名字，报上自己的雅号，公示自己的斋馆，钤上自己的印章。中国瓷绘史上第一次有了知识产权的意识，这是一次破天荒的大转变。

当唐英完成了"唐窑"的辉煌使命，带着一身的荣耀隐入历史深处的时候，我们分析他成功的原因，不仅仅是因为他赶上了雍乾盛世的时代和皇帝的信任与支持，也不仅仅是因为他对窑业有着独到的见解，最重要的是他有着良好的学养与人文精神。唐英不仅是督陶官中在景德镇时间最长，成就最大，影响最广的一位，同时，他还是一位诗人、画家、书法家、戏曲家和文字学家。作为诗人，他留下近千首诗，诸体皆备，内容丰富，见景见物，见性见情。作为画家，他的绘画注重传统技法，追求平淡天真的格调，讲究笔致墨韵，拙中带秀，清隽雅逸。作为书法家，他的书艺承魏晋、汉、唐、宋之名家，行笔中自然巧妙地融入前人章法，从而创造出自己的体势，形成自己的风格：行书结体用笔宗法二王与米芾，法度自然，起承转合气韵贯通；楷书则受清代馆阁体影响，规整精工、端重俊健。作为戏曲家，他的剧作内容广泛，题材深刻，创作剧本 17 个，情节生动，曾长期演出。作为文字学家，他最下功夫的就是编写了一部具有相当规模的文字学方面的辞书《问奇典注》，条目全面，搜罗宏富，考证详赡，颇具参考价值。

在珠山御窑厂主师公园里，有两座唐英的塑像，由此看出景德镇人对唐英的厚爱。在陶溪川陶瓷文化创意产业园里，还有一家"唐英学社"，主人黄清华对唐英如数家珍。他对访问学社的辽宁人尤为热情，他说这是唐英故乡的来人，谈起唐英来有说不完的话。

2006 年，是唐英逝世 250 周年，沈阳市政府为筹建"唐英纪念馆"曾委托景德镇瓷雕艺人吴健华为唐英塑像。最终 52 厘米高的唐英半身瓷雕塑像烧制成功。其瓷像洁白细腻，温润如玉，仪态威严，凝重端详，传神地再现了督陶官唐英的朴素、亲民、睿智和风雅之神采。瓷像正面底座上镌刻着景德镇市时任副市长汪天行题写的"督陶官唐英"五个字。瓷像于 2006 年端午节，即唐英生日之前运回沈阳，督陶官故土神游，这不仅是唐英的愿望，也是沈阳和辽海大地所有陶人的愿望，从而也留下了沈阳与景德镇两座历史文化名城在中国陶瓷文化大背景下的一段交流佳话。

走出珠山御窑厂后，回到宾馆，打开电视，见央视国际频道正在播放《国宝档案》，巧的是这一集恰好在讲述"'佑陶灵瓷'青花匾额"。主持人任志宏那特有的醇厚朴雅之声入耳动听："青花瓷匾用四块瓷板拼合而成，制作得非常精细巧妙。'佑陶灵祠'四字每字大约一尺见方，青花料作墨，清秀健俊，苍劲有力……"

虽然中国陶瓷史上的圣地珠山并不是一座真正意义上的山，但珠山有"陶圣"唐英，那就是一座高山；珠山有龙珠阁，有唐英的所在，所以让我景仰。我三次到景德镇，每次都要上珠山，都要拜唐英。

瓷绘"张生跳墙"

自古以来，除却贼人，大凡敢跳墙者总会留下一个永久话题，成就一段知名典故。如闽地僧人逐香越墙开戒，从而成就一道江南名菜"佛跳墙"；杨香武为盗御杯，三次越墙入皇宫，演绎出了著名评书《三盗九龙杯》；《西厢记》中的书生张君瑞为与崔莺莺相会，翻墙跳入梨花深院中，由此成为古来文人最著名的一跳，并成为艺术创作中一个永恒的题材。其中留在古代瓷器上的"张生跳墙图"更是生动可爱，成为瓷器收藏者所追捧的一种瓷画艺术。

张生跳墙的故事发生在唐代的山西永济县（今永济市）普救寺。20 世纪 80 年代，当地在修复普救寺的过程中，故意在东厢南侧墙垣上缺少了几片青瓦，又在墙下植了一棵树，人为地建造了一个"历史故迹"——张生逾墙处。虽说众多文人游客明知是假，却也乐得流连品味。

据王实甫的《西厢记》所述，这"张生逾墙"说的是河南书生张君瑞上京赶考途经蒲州，借栖普救寺，偶与前来寺内上香的原相国之女崔莺莺小姐一见钟情，相互爱慕。但在男女授受不亲的时代，想约会简直就是痴心妄想。好在崔莺莺的婢女红娘心细，从中牵线搭桥，使得二人历尽磨难，得以结合。

这其中张生与莺莺小姐的私下幽会，正是通过"逾墙"实现的。张君瑞一介文弱书生，手无缚鸡之力，在长袍的磕磕绊绊下逾垣，这简直有点儿不可想象。然而张生就是在那首"待月西厢下，迎风户半开。隔墙花影动，疑是玉人来"诗的激励下，硬是不顾书生的斯文，鼓足常人难有的勇气从"垣"的这边"逾"到了"垣"的另一边。有情人不管多高多险的墙也能逾过，这既是勇气，也是对爱情的果敢追求。而对于莺莺来说，获得如此逾墙之情，也算是人生之一大幸福。

关于张生逾墙，在王实甫之前，唐人元稹的《会真记》也有这样的记载："崔之东墙，有杏花一树，攀援可逾。既望之夕，张因梯其树而逾焉，达于西厢，则户果半开矣。"可见张君瑞是果有"一逾"的。谁会想到，张君瑞这一逾，不仅仅使自己逾越了红墙碧瓦的梨花深院的院墙，找到了自己的幸福，更重要的是，他逾越了封建礼教"父母之命、媒妁之言"这道无形的墙，给后来的痴男怨女们开了追求婚恋自由的先河。同时这一逾也造就出了愿普天下有情人终成眷属的不朽恋情和千古绝唱，更为后来的不同品类的艺术创作者留下了取之不尽的创作题材，而在古瓷画中则形成一道颇为引人注目的风景。

目前见到的古代瓷画中从明代青花里就有"张生跳墙图"，到了清代则更多，青花、粉彩，瓶、罐、盘、碗等多种多样。

如"清康熙'张生跳墙图'青花罐"，就画了一棵柳树下，张生与莺莺各在墙一边，张生欲做跳墙状，莺莺则托脸做期待状。康熙时的青花外销瓷中，"张生跳墙"也是常见题材，这种图案大约也极符合惯于在爱情上冒险的西方人口味。雍正时期的粉彩"张生逾墙"图瓷盘，釉色精致，画面生动。已越上墙的张生手抓柳树枝，欲做跳荡的情形，颇为勇敢而大胆。而同治时期的粉彩"张生逾墙"盖罐，则画得十分简约，图中的莺莺也作羞涩之情态，虽然缺少细致，但也不乏生动。到了光绪时期，这种图案则画得世俗直白了，如这件豆青釉青花加白"张生逾墙"图嫁妆瓶，画面上有了三个人，张生与莺莺之处又加上了一个红娘，且人物形象也大不如从前生动了。

从收藏角度而言，"张生跳墙图"瓷器不失为一个好的收藏品类，它既可作为藏品，又能于藏品中比较鉴赏各个时期的《西厢记》题材的细节瓷绘，从而获取知识与快乐。

"裙钗荆布"刨花缸

　　我曾于早年间的一本子弟书里读到过这样的唱词："清早穿上新衣裳，我给姐姐送嫁妆。一送扑粉盒，二送刨花缸。""刨花缸"——这种当年女人必备的化妆用品，在今天，不知还有哪个女孩子能认识它。

　　早年玩瓷器小件，我曾属意刨花缸一路。这样器物所蕴含的闺房巧思和婉约之韵，充分体现了那个时代中国女性所独有的审美形式和审美追求，那样自然的审美创意和审美效果，堪称女性化妆里的经典之物。中国的妆奁文化源远流长，古人"止水鉴容，流水涤发"的习俗可以追溯到殷商之前。唐代诗人徐安期的《催妆诗》说："传闻烛下调红粉，明镜台前作好春。不须满面浑妆却，留着双眉待画人。"真切地描绘了新娘坐在花烛前对镜化妆的情景。而在这种传统的化妆过程中，重要的护发美发之物就是刨花缸里的"刨花水"——当时最时尚的绿色天然润发、乌发、美发用品。而盛"刨花水"的最好物件就是这种瓷作"刨花缸"。

　　第一次拿到这样小件瓷器时，我并不知它就叫"刨花缸"，而是以为它是蛐蛐罐，因为它的盖上有着古铜钱式样的气孔。还是奶奶见了告诉我，这东西叫"刨花缸",不是养蛐蛐的,而是女人的梳妆用品。用它来浸泡榆树皮或是榆木刨花,泡好的黏水可以搽抹头发,既能固定头型,又能让头发光亮。说起来,那当是奶奶的奶奶们早就开始使用的化妆盒或说"头油盒"。

自从我知道这种小件瓷器称作"刨花缸"之后即开始有意地关注它,多年下来竟也收了十几个。其中两件带有文字题款的最让我喜欢,一件是蝴蝶形蝴蝶纹饰的,上书"寿阳点妆"四字;一件是缺盖元宝形浅绛彩瓷,一面画有仕女,一面为书法,书法四字是"裙钗荆布"。

"寿阳点妆"说的是南朝宋武帝之女寿阳公主在农历正月初七"人日"这一天曾卧于含章殿檐下,微风吹来,蜡梅花正好落到公主额头,经汗水渍染,额上即留下梅花五瓣之痕,拂拭不去。皇后见了,十分喜欢,令其保留。于是宫女纷纷效之,在额心描梅为饰,从此即有"梅花妆"流行。这个故事记述于宋代的《太平御览》中,并成为后世文人的极爱之典,不断在诗词里重现此一情境。如元代杨维桢的《香奁八咏·黛眉颦色》云:"索画未成京兆谱,欲啼先学寿阳妆。萧郎忽有归期报,喜色添长一点黄。"明代唐寅题画诗《芭蕉仕女》也曾写道:"佳人春睡倚含章,一瓣梅花点额黄。起对镜自添百媚,至今都学寿阳妆。"而那位在史书里并没有留下多少记载的寿阳公主,也因额头上的这朵小小梅花而青史留名,并成为"正月花神"。刨花缸上使用"寿阳点妆"之典故,可谓天作之合,无形中将这种化妆用品与汉时的点妆名典结合在一起,从而使刨花缸这种化妆文化有了源远流长之意味。

大约是因为奶奶一生朴实的乡间生活情状和刨花缸所洋溢的大众色彩,我对我收藏的这件有"裙钗荆布"四字的刨花缸更是偏爱,偏爱这四个字的平民性和脱俗气韵,偏爱拥有刨花缸的奶奶也曾这样生活的境界和情致。

"裙钗荆布"即"荆钗布裙",以荆枝作钗,粗布为裙,形容女人装束的简朴寒素。这也是一个典故,也是出自《太平御览》:"梁鸿妻孟光,荆钗布裙。"说的是汉时读书人梁鸿娶孟光为妻,喜欢妻子穿着麻布衣,和她一起过着男耕女织的生活。后来晚唐诗人李商隐在《重祭外舅司徒公文》中说："纨衣缟带，雅觌或比于侨吴；荆钗布裙，高义每符于梁孟。"说的也是这件事。这种"裙钗荆布"的生活其实就是"布衣暖，菜根香"的境界，所追求的不是物质生活的多么丰富，而是在朴素生活里白头偕老的温存时光。另外，"裙钗荆布"所装饰下的一定是精神的丰富，其中也不乏国色天香。这让我想起早年读金庸《鹿鼎记》第39回，韦小宝衣锦还乡时，扬州众官员安排名妓为他唱小曲时的情形："歌声清雅，每一句都配了琵琶的韵节，时而如流水淙淙，时而如银铃丁丁，最后'青裙曳长幅'那一句，琵琶声若有若无，缓缓流动，众官无不听得心旷神怡……摇头晃脑。琵琶声一歇，众官齐声喝彩。慕天颜道：'诗好，曲子好，琵琶也好。当真是荆钗布裙，不掩天香国色。不论作诗唱曲，从淡雅中见天然，那是第一等的功夫了。'""从淡雅中见天然，那是第一等的功夫了"，这大概就是我所偏爱的刨花缸上"裙钗荆布"四个字的精义吧。

相对来说更适合"裙钗荆布"所用的早期刨花缸以竹、铜、锡质居多，也有紫砂和陶瓷的，清以后则以陶瓷为主。有云叶、海棠、蝴蝶、鹅卵、元宝、圆缸等多种形状，造型玲珑可爱，颇具闺房气息。盖上和侧面均绘有人物花鸟图案，较多见的是婴戏图，且题有诗句、名款。釉色以粉彩为主，也有少量珊瑚红描金的，青花少见。刨花缸虽称为"缸"，但一般高只有寸许，长三寸左右，缸盖上开有古钱纹气孔，那是为了倒置过来，直接可以将刨花水洒在头发上。

刨花缸的使用是从何时开始的，如今已很难说清楚，但时间不会太短，应当是一个漫长的时期。且天下一统，不仅使用区域广泛，各地的称呼也不一样，如中原地区称为"美人胶"，华北地区则称为"粘头树"，上海地区则称为"凝刨花"。在摩丝、发胶这类舶来品还没传到中国之前，从南方到北方，不管是大家闺秀还是小家碧玉，爱美之女性大都会拥有一两件刨花缸。

"刨花"成为女人最离不开的宠物，同时也是最具大众色彩的一种化妆品。我奶奶就说她年轻时就有两件刨花缸，一件黄铜的，那上面刻有婴戏图；还有一件同治彩瓷的，云叶形，一头圆一头尖，看上去就如同她的三寸小脚。只可惜，奶奶的两件刨花缸在"文革"破"四旧"时被毁掉了。

刨花为何种树木？一般来说以榆木最好，有时也用桃木、桐木、枣木等。旧时三百六十行，卖刨花即是其中之一。小贩肩扛一条矮脚长凳，凳面前端开有一孔，孔上插一根二尺多长的竹竿，竹竿上挂着一串串叠在一起的刨花，约二寸宽尺半长。板凳上还有一段光溜微黄的榆木，用阔刨轻轻一推，一片薄薄的呈波浪形的刨花就会从刨床上飞出来。姑娘媳妇只花上一两文钱就能买上几片，拿回家中用热水浸泡一会儿即可渗出黏稠的汁液来，然后将其装入刨花缸中。化妆时直接淋上或用小毛刷蘸取搽在发上，顷刻间，即光可鉴人，头发梳理定型，纹丝不乱，同时还散发出淡淡的幽香。那情形，如同时下使用的发胶或摩丝一样，不过它没有任何化学添加剂，完全的天然绿色，低碳环保。

刨花缸何时退出女人的生活视野，当与凡士林、生发油等化学美发用品的普及有关。如今，任何一个地方可能都不会再有女人使用刨花缸了，代之而起的是数不清的各种品牌的美发护发用品。留下的则是刨花缸作为明清古瓷中的小件，成为古玩市场里的抢手货和收藏品。或许还有谁发思古之幽情，想象《太平御览》中的那两个美人，或"梅花点妆"，或"裙钗荆布"，手托刨花缸，"当窗理云鬓"的前尘影事。

盘中绘出云林画

家藏一件葵形口釉下彩山水瓷盘，题款"石谷仿云林法。甲子秋月，陆桂丹作"。盘中绘有远山近树，碧水沙洲，幽幽茅亭，隐隐人家，同博物馆中所藏倪云林作品几乎没什么两样。博物馆中的藏品难以亲手展读，自己收藏的瓷盘可尽情细阅摩挲。

民国初年的陆桂丹生平已很难查考，他很谦虚朴实，自己画好的山水盘还要在款中注明有序的师法传承关系，而不是径自署上自己的名款。款中的"石谷"为清初"四王"之一的王翚。王石谷在清代画坛上占有很重要的地位，拥有很高的声望，曾到北京主绘《康熙南巡图》，博得朝廷的赞赏和官僚文人的倾慕，被誉为"画圣"。他后来回到故乡常熟虞山的"耕烟草堂"，"宅临流水，门对青山，花鸟追随，烟云供养"，逝后就归葬虞山南麓。他极为推崇元代倪云林的绘画，曾说元人胸中真无一点俗气，"平生最爱云林子"。因此陆桂丹说"石谷仿云林法"也是有根有据。

"云林"是"元四大家"之一的倪瓒。倪瓒字泰宇，别字元镇，号云林，又署云林子或云林散人，别号很多：净名居士、朱阳馆主、幻霞子等。他是无锡人，家族为江南著名豪富，幼年丧父，由其兄抚养。自小受到良好教育，聪明过人，再加上勤奋读书，少年即获诗名。家中藏书几千卷，古玩字画很多。房屋宽广，有云林堂、海岳书画轩等建筑。院四周植有松桂梧桐和梅兰修竹。清幽的环境为其青少年时期的读书、吟诗、作画提供了优越的条件。倪云林爱洁成癖，有似宋代的米芾。《云林遗事》中说，有一次他留客住宿，夜里听到客人的咳嗽声，次日一早就命人仔细寻觅有无痰迹。仆人假说痰吐在窗外的梧桐树叶上，他就叫人赶忙把桐叶剪下丢到离家很远的地方。他家庭院中的树木每天都要清洗，台阶上的青苔也刻意保护不得损坏。尤为让人发笑的是，仆人挑来的水，他只吃前面一桶，另一桶用来洗脚，恐后面一桶有屁粪气。这样的习惯在今天来看要找心理医生才是。倪云林有洁癖而且骨气清高。元末起义军领袖张士诚的兄弟张士信仰慕倪云林的画，特地派人送去绢和金币请他画一张画。谁知倪云林大发脾气说："倪瓒不能为王门画师。"当场撕裂了送来的绢，弄得张士信大怒，怀恨在心。有一天，张士信和一班文士到太湖上游乐，泛舟中流，另外一只船上飘过来阵阵香氛。张士信说："这只船上必有高人雅士。"命人靠拢去看个清楚，不料正是倪云林。张士信立即叫从人抓他过来，大打一顿鞭子了事。倪云林被打得很痛，却始终一声不吭。后来有人问他："打得痛了，也应该叫一声。"倪云林说："一出声，就太俗了。"正因为倪瓒有这样种种"清高绝俗"的迂癖，所以人称"倪迂"。其实，雅也好，清也好；俗也罢，迂也罢，凭的尽是个人学养见闻的一把尺度，各人有各人的朦胧意会。只能说，倪云林的绝俗与清高不是任谁都做得来的，那是真名士的真性情。

名士难求，名士绘画更为难见，身边有此"石谷仿云林法"浅绛瓷盘置之案头细细品味，也正可聊慰对名士的倾慕之情。

前人说倪云林画章法极简，山则荒旷，水则寒瘦，林则疏落，石则苍冷，读其作品胸臆间仿佛栖满寒蝉。从眼前的瓷盘中也可感受到，这种简约的极高造诣大约与他的洁癖和清高性情分不开。盘中的山水分为近、中、远三层。近处苍石堆岸，水汪如玉，点点苇草，透显出岸石的清癯。坡石上，几株萧萧挺拔的古树，疏疏落落。树丛掩映一座水亭，半在岸上半居水里，亭中一人正捧书忘情而读。中景一湖平水直抵远岸，右边露一沙洲，洲上树影婆娑，村落隐隐。远景群山两重，一重淡赭，一重淡蓝。淡赭的秋山枯瘦清旷，淡蓝的山影如一抹灵动的黛眉，清雅秀丽。两重山影之间，或水际或树梢，流动萦绕着一缕淡淡的轻烟。整幅画面不管是疏林坡岸，还是浅水遥岑，都表现得意境萧散简远，简中寓繁。用笔似嫩实苍，处处散发着一种空山新雨后的湿润感，清空、明洁、纤尘不染，于不盈尺幅的盘中，创造了一幅浑然阔远的画卷，再现了倪云林的独特风韵。在用笔上多侧锋，轻柔中涵蕴瘦硬，颇能表现坡石的秀峭和树干的圆浑。在山的处理上多用淡干笔皴擦，极其随意自然，在着力与不着力之间达到似稚嫩而实苍老的艺术效果。用轻淡笔触而能显出浑厚的面貌，这种功力是极难达到的。在构图上，此盘中画也极合云林笔法：近景平坡上古树三两株，茅屋幽亭一两间；中景不着一笔，留白作平水茫茫，一片空明澄净；远景则是彼岸或是几笔远山，构图上人称"一河两岸式"，少画人或不着色，水墨清润，笔致潇洒，一片冷落萧疏中却总能给人以幽深的意境和回味无穷的意趣。

倪瓒的作品，在元代就被称为"殊无市朝尘埃气"，后来更深得董其昌的推崇："独云林古淡天真，米痴后一人而已。"他追求一种超脱、出尘的"禅心"境界，把人生理想、人生的况味都化为"无滓"的荒山、疏柳和"冰清"的寒池、蕉雪，在造化自成的心理空间中，洋溢着"物我浑一"的永恒的梦幻之光。他这种绘画技法，看似简约，却极难学到手，尽管历史上许多人学他，最终多是只得皮毛。王石谷可谓学得最到家，他自诩"平生最爱"，看来并不是说说而已，是得到后人首肯的。清人能在实用盘上画"石谷仿云林法"，想来不是一般的影响，陆桂丹有画技也有眼力。

王石谷的画在清代即已价格不菲，民国时更是热门货，北平琉璃厂一条街上赝品颇多。那时"宝古斋"的邱震生擅长鉴别王石谷的画，鱼龙混杂中能一眼识破其真伪。时下的古玩店中也多有王石谷的作品，但全是不可入目的劣仿，远不如陆桂丹的浅绛瓷盘。

元四家中，倪云林在士大夫心中的地位最高，他的画到明代，"江南人家以有无为清浊"，家中不挂一幅倪画，就会让雅士视为品位低俗。今天，再高雅的士人书房中也难挂上一幅"云林画"了。像我这种难以脱掉旧派风貌的人，蕉影摇窗，总是乐于流连在浅绛瓷画与竹刻臂搁的书房情致中，身处电脑网络的时尚时代，心中满蕴的还是东壁图书、西园翰墨、南华秋水、北苑春山的幽情。我遇不上云林书画的翰墨因缘，只能对着陆桂丹的"石谷仿云林法"瓷盘罗织幽人之梦，求的不是以证清浊的雅士情怀，而是难入时尚的一缕淡然清气。

瓷盘因经80多年的岁月磨蚀，中间已经断裂，不知在何人手中锔了六个铜锔。盘底还有一个青花"唐"字款，不知出自哪个窑口。看得时间久了，总能生情，不自然也能吟出几句旧体诗，今录于后，权作本文结尾。

　　釉上何年云水流，平沙远树红尘收。
　　盘中绘出云林画，半泊山光半泊秋。

附记： 此盘得自坊间冷摊，虽残且锔，但喜其画意，遂收入室中。初不识盘底"唐"字款为何窑，后经唐山藏家陈树群兄指点，方知为民国唐山窑，为唐山启新瓷厂出品。唐山窑当年有如此书卷气之画师，殊为难得。今此类北方"唐窑"以醴陵釉下彩绘之文人瓷画已不多见，期待藏界对此有所整理研究，以发扬光大也。

第二辑：瓷本绘画

中国瓷本绘画 ①

夏至这天，沈阳高温 33 度，累计已 22 天没有降雨。中午，到收发室取回了来自宁波的特快邮包，打开一看，是胡越竣寄来的宁波特产望海茶。精致的大包装盒里，规矩地摆放着六小盒新茶。里面还有一张光盘，是他和陈树群先生新近撰写的《浅绛百家》一书的初稿。他在电话中嘱我为其写序，不想还有新茶相赠。茶礼难却，想起《红楼梦》里王熙凤对林黛玉说的话："你既吃了我们家的茶，怎么还不给我们家做媳妇？"看来我喝了越竣的茶，也得给他作好这篇序才是啊。于是忙不迭地打开泡上，一边轻啜着云精雾华的望海茶，一边在电脑上细读着越竣和树群的新书。鲜爽略带微甜的茶香伴着文字的清雅细腻，更有一幅幅浅绛彩瓷图片所折射出的山水华滋、美人情韵和书卷气息，33 度的夏热倒浑然不觉了。我一边看《浅绛百家》图文并茂的书稿，一边想到了一个词：瓷本绘画。这四个字在大脑中一出现，我立时精神起来，这应该是界定浅绛彩瓷艺术定位和艺术价值最好的一个词，这可

---

① 此文原为《浅绛百家》一书的序言。《浅绛百家》，胡越竣、陈树群著，中国美术学院出版社 2008 年 10 月版。

能也是前人从未用过的一个词，于是我立即在谷歌和百度上搜索，结果，两个目前使用频率最高的搜索引擎上均没有"瓷本绘画"一词。这一天是公元2007年6月22日，我为我们这一代收藏、研究浅绛彩瓷的玩家们创造了一个新词：瓷本绘画。

一

瓷本绘画，这是以中国绘画载体进行分类的一个概念，可以和绢本、纸本并列的一种绘画形式。中国绘画以载体即用材而论，有绢本和纸本，另外还应当有"壁本"（即壁画，其中分为寺观壁画、洞窟壁画和墓室壁画）、"石本"（石刻，岩画及画像石一类）、"木本"（如黄杨浅浮雕及留青竹刻等）等等。但最主要的还是绢本和纸本，接下来论成就与普及程度，则当属"瓷本"。

然而瓷本绘画在中国绘画史上从来都难以和纸本、绢本绘画相提并论。美术史中虽然涉及瓷绘，但那是将其作为瓷器的一个手段列入工艺美术中讲的。而中国绘画史则根本不讲瓷绘，版画、壁画，甚至岩画都可以进入中国绘画史，但瓷画却难以列入其中。这里最主要的原因即是瓷绘多是匠人之作，缺少个性与文化内涵，尤其是官窑器，画得再好也是"依样画葫芦"，只能列入工艺美术类。

传统的绘画史可以这样认识，但瓷绘尤其中国民间瓷绘从来都是与中国纸绢画有着紧密关系，深受纸绢画影响的。《邓白美术文集》中曾有这样的论述："瓷器的彩绘装饰，自从吸收了绘画的技法以来，使它得到了惊人的发展，不论青花、五彩等瓷器，出现了绘画风的装饰以后，更发生了崭新的面貌。"考察中国绘画史，我们可以得出这样的结论：瓷器上的绘画始终是与中国纸绢画同步或是相应出现的。这方面，孔六庆先生在《中国陶瓷绘画艺术史》一书中有更具体的归纳："如随着宋代白描的成就而出现了宋磁州窑黑花；随着元代水墨画的成就而出现了元青花；随着明代成化朝宫廷绘画的成就出现了成化斗彩；随着明清版画的成就出现了康熙古彩；随着恽南田没骨花卉的成就出现了雍正粉彩；随着文人山水画的风行出现了晚清浅绛彩。这个动态发展的历史过程，显示了较为清晰的陶瓷绘画系统。"从这个系统里我们可以看到，浅绛彩瓷成为中国瓷本绘画是经历了一个漫长过程的，它是中国绘画发展的必然，也是中国瓷器发展的必然。

"瓷本绘画"一词也是随着瓷绘的发展应运而生的一个词。早年，"瓷画"一词在一般的辞书中都难以查到。1958 年，中国古陶瓷专家王志敏先生以出土的明代残瓷与传世整器为研究对象，出版了《明代民间青花瓷画》一书，这可能是"瓷画"一词的最早使用。1989 年，张浦生先生出版了《青花瓷画鉴赏》，2004 年，孔六庆先生出版了《中国陶瓷绘画艺术史》，2006 年，萧湘、李建毛先生出版了《瓷器上的诗文与绘画》，逐渐将瓷画纳入了理论化与系统化的研究。尤其是后两本书，都对浅绛的绘画艺术进行了深入的探讨。看起来，浅绛的瓷本绘画属性不仅在收藏市场上得到人们的追捧，在理论上也为人所认可了。

其实在刚刚进入 21 世纪的时候，浅绛的艺术价值就及时地得到了专家的首肯。朱裕平先生在《明清陶瓷》一书中说："浅绛彩虽在清末民初有相当影响，但真正卓成大家的还是屈指可数。这些大家的作品，流传下来的又很少，因此其价值实在不在清三代官窑之下，这是一个有待于人们逐渐认识的艺术宝库。"朱先生此书 2001 年 2 月由上海书店出版社出版，那时，浅绛彩瓷还刚刚为人认识，梁基永先生的《中国浅绛彩瓷》一书出版还不到一年，许多古玩店的陶瓷经营者还不知道浅绛彩为何物、称其为"软彩"。那时，我虽然已收藏到了近百件浅绛彩瓷，但还没有程、金、王三大家的作品。那时候，得到一两件三大家的作品，是我梦寐以求的事。随着浅绛的不断升温，大约到了 2002 年前后，民间收藏的浅绛精品逐渐露面。最为重要的是雅昌艺术网的推动，这个平台聚集了一大批中青年浅绛收藏家，交流、探讨、转让，许多浅绛精品纷纷面世，并从海外不断回流，一个世界性的浅绛彩瓷收藏热蓬勃兴起，让我们有机会在最快的时间里见识了那么多的大家精品。

这些浅绛彩瓷精品，让我们感受到了那个时代艺术创造的生命力。某种程度上说，瓷绘发展到晚清官窑即已到了没落阶段，而浅绛无异于让瓷绘起死回生的一剂丹药。正是浅绛瓷绘的一场革命，不仅挽住了以官窑为主的瓷绘的堕落之势，同时也使中国瓷绘艺术步入了一个新的里程。

浅绛彩瓷以文人画的内涵与雅韵确定了中国瓷本绘画的地位，为中国瓷器赎尽了千年匠做之罪，使其能堂而皇之地登上绘画这个大雅之堂，这正是浅绛的千秋功绩。

二

从唐末五代之际设立官窑到 1911 年清朝覆亡，封建社会的官窑制存在了900 多年。这样一个漫长的历史过程中，尤其是在道光朝以前，我们很难在官窑器的制作史上找出一个富于个性的瓷绘大师。那是因为官窑器的制作制度决定了它不可能出现大师，制作官窑的工匠只能按着朝廷发来的经过皇帝审定的样子，以专门分工流程为原则，勾线的专门勾线，填色的专门填色，根本没有个性可言，作品上更不能署上瓷绘者的名字。官窑器虽然精美绝伦，但却缺少艺术个性和文化内涵。所以，尽管陶瓷上的绘画与丝织品上的绘画几乎同时面世，但中国绘画史上从来没有瓷绘的位置，瓷绘只是工艺美术史中的一个类别。千百年来，瓷绘始终背着一个"匠做"的罪名，徘徊于绘画史的边缘。

在这个过程中，官窑器丢掉了一个自新的机会，那便是清代著名督陶官唐英所制的"唐窑"。唐英督造的瓷器不但集过去所有制作之大成，而且制作水平和质量都达到前所未有的高度。如他绘制的诗文笔筒和书写的《朱文公家训》瓷板等，颇具文人气与书卷气，完全脱开了宫廷官窑的碧丽堂皇和缺少文化内涵的窠臼。然而，唐英这种形制的官窑却没能坚持发展下去。尤其是清三代以降，以程式化和精美度为主的官窑器越来越没有了个性和文化内涵，纹饰、款式总是局限的那些样子，瓷绘步入了宫体的、衰老的、贫血的时代，萎靡不振的堕落时代。

然而同任何事物一样，堕落到了尽头，转机也就自然来了。

清王朝发展到道光、咸丰朝，国势江河日下，尤其是道光二十年（1840）"鸦片战争"以后，朝政和整个社会被包围在令人窒息的阴霾中。景德镇御窑厂也一改往日的繁盛，珠山石畔，半弓园里，浅草残枝间都是细弱的虫吟，入夜的窑火也显得虚空而疲倦。在这样的情势下，千年古镇里忽然吹进一股清新的风，接着是小楼细雨，深巷杏花声声。这就是兴起于民间的瓷绘艺术：浅绛彩瓷。这种由瓷绘者独立完成的低温釉上彩瓷深受市场欢迎，也为喜欢文人画创作的画家们找到了一条新的生存之路。同时，这种瓷绘艺术也很快传入濒临倒闭的御窑厂中，在金品卿和王少维的两支笔下，民间艺术得以进一步升华，御窑厂里出现了"瓷本绘画"——浅绛彩瓷正式登上了中国瓷器的最高殿堂。

浅绛彩瓷的出现，是中国瓷业走到绝望之时的新生。它的诞生过程先是民间，然后进入御窑厂，高潮时达到御窑厂与民间同生共荣。从当今存留下的浅绛彩瓷作品看，在清同治和光绪两朝，浅绛彩瓷以生龙活虎般腾踔的节奏，让瓷绘艺人们如大梦初醒般心花怒放。从来没有过的创作热情，从来没有过的多产。当年，景德镇御窑厂和民间共有多少人绘制浅绛彩瓷，浅绛彩瓷共生产了了多少，我们今天已无从考证，可能永远也难以考证清楚。最终我们可能会统计出今天存世的浅绛彩瓷作品有十几万件，作品上有名有姓可查的也会有近千位瓷绘者。有人会说，这不是很多啊。但是你想过没有，当年的浅绛彩瓷多是实用瓷，至今历经百年，而且在这百年中既进不了博物馆，也入不了收藏家的眼，绝大部分都成为历史的残片，掩入尘土之中，而留存下来的可能不足万分之一。这一点我深有体会。沈阳的肇新窑业是著名的民族瓷业公司，1923 年由著名爱国人士杜重远创办，1982 年关闭。在它最兴隆的 1930 年，年产瓷器 1000 万件，曾向沈阳的每一户居民赠送餐具一套。这样的规模和生产数量，生产时间离我们现在也不是很远，但目前在沈阳想寻找一件肇新窑业的瓷器却是很难了。我用心搜求十来年，也只得到 50 余件，已是很难得了。而离我们已 100 余年的浅绛彩瓷，且在一种集体无意识的忽视下，能有多少留存下来？今天我们还能见到这样多的浅绛彩瓷，说明当年它的生产量是相当大的，以我们现在比较常见的俞子明、汪照黎、高恒生等大众化的作品计，每个人的存世量当不在 200 件以下。如果以十分之一的比率存世，那就是每人产量在 2000 件；如果以 1% 的比率存世，那就是每人产量在 2 万件。以此而推，70 余年，几千人的创作队伍，当年共生产了多少浅绛彩瓷，可想而知。所以在今天，经过 100 多年的使用、摔打，我们还能在全国甚至海外大部分地方见到浅绛彩瓷，不能不说与当时浩大的产量有关。当然这样大的产量并不都是精品，或者说绝大部分都是普品，甚至许多作品还是粗制滥造之作，只有极少数部分能成为艺术精品，这就是我们今天见到的程门、金品卿、王少维、王凤池、任焕章、汪藩、俞子明、汪友棠等人的精心之作。

浅绛彩瓷的繁盛一直延续到光绪末年，这是一场美丽的瓷本绘画的创作热潮。这热潮里有灵性，灵性里有战栗，瓷绘家们终于在瓷作上寻找回了自己，实现了个性价值的最大限度发挥。

三

浅绛彩瓷的诞生确实是瓷绘领域里的一场革命，它将瓷绘工艺转变为瓷本绘画，并使这一绘画形式得到定型，为民国的新粉彩和后来的文人画家在瓷上绘画打下了一个良好的开端。它的价值与地位可以从以下几个方面予以探讨。

第一，从技法上看，浅绛彩瓷的绘制更接近于绘画。

第二，浅绛彩瓷打破了官窑瓷的制作程序，瓷绘者从图稿设计到彩绘完成均出自一人之手。

第三，瓷绘艺人第一次将自己的名字落款于瓷画。

第四，"浅绛"作为中国瓷本绘画的定型之作，集中国瓷、中国画、中国书法、中国诗词、中国篆刻这五种最具中国特色最有文人气息的艺术于一体，可谓国粹艺术的大集合。

第五，浅绛彩瓷的拓荒之举为后来的以"珠山八友"为代表的文人新粉彩及青花瓷本绘画打下了一个坚实的基础。

有了这五点，浅绛彩瓷集最具中国化和书卷气的艺术于一体，第一次集体有意识地署上创作者的名款和纪年，形成中国陶瓷史上的两个重大转变：瓷上绘画由御窑匠人和民间匠人向文人的转变；由"描"向"写"的转变。将瓷绘变成了真正意义上的个性创作，使一批有个性且在纸绢画上有不凡功力的文人画家一反官窑程式化的描摹手法，在瓷上挥洒笔墨，尽情抒写胸中逸气，表现了文人画那种超凡脱俗的艺术风骨，创造了中国瓷绘艺术史上的一个高峰。它那一个个在以往瓷器上难以见到的诗书画印和谐统一的清雅画面，一个个或寥廓或幽秘或温婉或张扬的复绝而脱俗的境界，都会让人的审美情致深陷其中，陶醉其中。在这种艺术面前，让人没有错愕，没有疑惑，没有杂念；有的，只是赞叹，还有透过那清澈的釉彩，与文人瓷绘家的亲切如梦境的晤谈，以及文化观照下的传统魅力和我们欣赏者所升华的一片无尘的心境。这是瓷绘艺术中的顶峰，是美术领域里的国粹。从这里回头一望，似乎连清三代官窑器都是一种过程了，不用说唐代的铜官窑和宋代的瓷州窑，那更是过程中的过程。至于鸦片战争后晚清所留下的最黑暗时期没落官窑的罪孽，有了浅绛这样的中国瓷本绘画，不也是洗净赎清了吗？向前替官窑器赎清了千年匠做之罪，向后将中国瓷本绘画的圣火传给了另一个顶峰，以"珠山八友"为主的新粉彩手中——浅绛彩瓷的千秋功绩就这样得以彰显出来。

四

越竣和树群的大作《浅绛百家》，正是为浅绛这中国瓷本绘画树碑立传之举。越竣生活中最大的乐趣是收藏浅绛和研究浅绛，这在全国浅绛爱好者群体中无所不知，在雅昌艺术网上以"高堂清雄"之名颇具名气。树群我还不太熟，但看其文，则知他也是一位文雅的性情中人，因为能玩浅绛，骨子里自然蕴有一股书卷气。

我与越竣相识大约是在2003年，说是相识，也只是电话往来。那一年越竣帮我买了几件浅绛彩瓷，我的两位同事出差到宁波见到他，带回了藏品。我问两人：小伙怎样？回答：挺好，有点"鬼精灵"。"鬼精灵"在我们这里是称赞一个人精明干练的意思，有点蒲松龄《聊斋志异》里狡黠善良之鬼狐的意味。至于他的长相，我也是在照片中见识的。个子不高，戴副眼镜，三分斯文，一分调皮，二分谋虑，三分执着，还有一分沉郁。不知我的识人术怎样，在大家的心目中越竣是不是这样一个人。

我一向佩服越竣的"鬼精灵"，曾建议他的斋名为"涌鬼山房"。他收藏浅绛的时间并不是太长，大约在2002年前后，但他的执着，他的悟性，他对浅绛的独特审美体认，却是一般人难以企及的。因为他的执着，他的可爱，大约是2004年，他感动了韦强先生，转让给他一件金品卿的人物瓷板。那件瓷板曾被《景德镇瓷板画精品鉴识》一书收录过，古枫婆娑，红叶离离，江楼上，窗户半开，窗纱半掩，忧郁的美人独倚窗畔，低眉敛目，神思黯然。

是在追想远山含翠的金粉记忆，还是在倾听雨打枫叶的昨夜遗音？瓷板上的行书题款是杜牧《南陵道中》的诗句："正是客心孤迥处，谁家红袖凭江楼。"颇能让人想象。记得 2004 年 9 月 1 日韦强在雅昌艺术网的论坛里发帖子说："历时半载探寻，在众友和《江南都市报》同好的协助下，终于找到了著录于《景德镇瓷板画精品鉴识》第 57 页图 38，金品卿作于 1877 年'谁家红袖凭江楼'瓷板下落，并顺利收入囊中，为书屋又添一块浅绛三大家之一的佳品！'花间'老师又帮忙告之画意诗句出处，深表感谢！"后来韦强在电话里对我说，他得到这块瓷板不久，在一次聚会上遇见了越竣，他感动于越竣对三大家浅绛精品的焦渴之情和神伤之态，慷慨以进价转让。

"谁家红袖"，红袖谁家？如今，江楼绿纱窗里那略带忧郁，轻倩出尘的红袖美人终于落驻胡家。从此，越竣一发而不可收，浅绛大家的精品源源入藏，蔚然成为江南浅绛收藏大家，这不能不说是"红袖"带给他的艳福。当然，"鬼精灵"也有犯傻的时候。2003 年，他得到了一对金品卿梅花盖杯，发照片给我看，那真是金品卿的绝品。不料半年后他竟然鬼使神差地出手了，他告诉我后，我在电话中大发感慨，说这是中国浅绛彩瓷收藏史上最大的一宗"打眼案"。事后想想，也怪不得越竣，大凡精灵之人，总会有犯傻之处；一味精灵而不犯傻者，必不可爱。越竣可爱，所以必然会犯傻，这才是真正的"鬼精灵"。

如今，"鬼精灵"和树群合作，又拿出了他的另一件得意之作《浅绛百家》，这是他几年来收藏浅绛，研究浅绛的成果荟萃。通读他们的书稿，让我获益良多。

据我所见，在梁基永先生《中国浅绛彩瓷》之后，树群和越竣的《浅绛百家》之前，有关浅绛彩瓷方面的书籍不下十余种。但给人印象比较深刻的还是梁基永的《中国浅绛彩瓷》和陈建欣的《浅绛彩瓷画》，另外如赵荣华的《瓷板画珍赏》、香港艺术馆的《瓷艺与画艺》尽管不是专述浅绛之作，但也颇多创见。其他的浅绛彩瓷书籍，虽也不乏个人之见，但总的印象不深。个别书籍编辑粗糙，许多赝品赫然列入其中，误导读者。在诸多的浅绛彩瓷书籍中，《浅绛百家》可谓是内容充实，理论与实用价值并存的一部，颇具可读之处。

首先，《浅绛百家》将近十年来的浅绛研究成果集于一体，成为浅绛彩瓷研究的集大成之作。这里有梁基永先生等人研究的基础，也有雅昌艺术网上浅绛爱好者的研究所得，更有越竣与树群二人的研究成果，使此书体例科学严整，内容丰富翔实。比如书中的前言部分，分别叙述了浅绛彩的概念、浅绛彩的起源、浅绛彩的发展历程、浅绛画师的生平、浅绛画师的籍贯、浅绛画师的轩室号、浅绛画师的名号、浅绛彩瓷的历史地位，如同为读者提供了一个浅绛彩的发展简史。在书中，两位作者比较详细地介绍了107位浅绛名家，并分为早期浅绛：书画入瓷的历史开篇；中期浅绛：名家辈出的璀璨星空；晚期浅绛：文人瓷画的一抹晚霞；客串浅绛：彩瓷史上的独特绝唱。将浅绛各个发展阶段的特点及重要瓷绘家进行了系统的归纳与考辨，为浅绛彩瓷收藏和研究者提供了一份比较全面而具体的第一手资料。

其次，《浅绛百家》颇具实用和参考价值。几年前越竣就在电话中对我说，我们玩浅绛的，如果有一个辞典式的工具书就好了，哪件作品哪个瓷绘家到这本书中一查就清楚了他的底细，那多好。现在这个工作由他和树群做成了，可谓功劳大大。打开这本书，其实用性特别突出，不仅将每位瓷绘家按各个发展时期定位，而且尽其可能地对各自的身世、籍贯、名号、斋名等详加搜集与考证。书中的附录也很有价值，比如《附录1：特殊款识及无款识的浅绛》这一部分，就很有实用性。我们在市场上总能见到浅绛器物中有些款识落的不是作者的名款，而是其他款识如印章款、名号款、赠送款、定制款等，这样的款识最让人难以分辨。此书的这一部分正好解决了这个问题。再如《附录2：浅绛画师录（共465人）》列出了这样大的一批名录，是要花费许多精力与时间的，到目前为止，这是我所见到的搜集浅绛画师名录最多的一本书。尽管当时绘浅绛的人远不止这个数，现存的浅绛器中的画师也会多于这个数，但搜集完备却不是一朝一夕的事，更不是两个人的事。在这方面，此书的两位作者可谓居功至伟。

其三，书中综述了诸多新的颇有建树的学术观点，引领浅绛彩瓷的研究者循着这本书的思路，进一步深入下去。如关于浅绛彩起源的时间问题，作者综合了诸家之说，最后认定浅绛彩起源于同治年间，但具体时间待定。再如浅绛彩瓷与海上画派的关系问题，早期浅绛作品中的代笔现象问题等，都论述得清楚而有说服力。从这些方面，我们可见《浅绛百家》一书绝不是一百位浅绛瓷绘家自然概况的罗列，而是在归纳、整理、分析的基础上提出和考证了诸多的学术问题，这一点，我认为是此书最具价值的地方。

《浅绛百家》的问世，我想这是我们这一代收藏研究浅绛者的骄傲，是我们这一代人对浅绛彩瓷的用力发现与收集整理才能达成的繁兴局面。这一点，网络尤其是雅昌艺术网的"近代民国瓷"功不可没。是网络将全国的浅绛爱好者聚到了一起，整合到了一起，网友们还在几年间开了多次文人瓷画研讨会，这对于推动浅绛彩瓷的收藏与研究起到了历史上从未有过的甚至是难以想象的作用。比如浅绛彩瓷收藏网友都知道的那只程友石的梅花碗，它出现时间不长，全国的网友就弄清楚了它的底细，原来"这套梅花供碗目前共发现10余只，两只存河北沧州，两只存山东滨州，三只存浙江金华，两只存江苏无锡，一只存安徽蚌埠，一只存景德镇"。这种发现与聚合如果没有网络很难说得这般清楚。在这方面，借此书此序，我们要感谢网络，感谢雅昌，感谢全国爱好浅绛的网友们。

这篇序从夏至一直写到白露，历经了五个节气，是沈阳一年中最热的时段，但有《浅绛百家》的书稿和图片，有越竣赠我的"望海茶"，我对这个炎热的夏季似乎并没什么感觉，是不是"心有浅绛自然凉"的缘故啊。当此序要写完的时候，"望海茶"也见底了，我自然想起了越竣，拨他的手机，但始终不通，总是"不在服务区内"。我当时想，以越竣的智慧和精灵，不至于重复电影《手机》里的故技吧。过了两天，他的手机终于打通了，"我在西藏呢"。哈哈，稍不留神，他即精灵到西藏去了。"西藏有浅绛吗？""没有。""那你去做什么？""度假啊！"好嘛，到西藏度假去了。这就是我们新一代的浅绛玩家——追求极致，要玩就玩最具雅韵的中国瓷本绘画；要玩就玩到西藏去，玩到世界之巅去。我很羡慕越竣，此时他一定是在望着雪域高原上奔跑的牦牛而出神，眼前叠映出的肯定还是他心中的浅绛：程门的春鸭，王少维的渔樵，金品卿的红袖，王凤池的云树——中国瓷本绘画的精彩画面。

再说"中国瓷本绘画" ①

2007 年夏天，在为胡越竣和陈树群所著《浅绛百家》的序言中，我第一次称浅绛彩瓷为"中国瓷本绘画"。2010 年 5 月 30 日，我又在《江南都市报》上连续刊出《中国瓷本绘画的"八大关系"》一文，再次强调浅绛彩瓷的"瓷本绘画"属性。之后，"中国瓷本绘画"这一提法在平面和网络媒体广受关注，并引起很大争论，赞扬者誉为"初氏定理"，批评者贬为"伪命题"。时过五年，结合浅绛彩瓷在收藏界和学术研究层面的持续升温与理性评价，再看当年的争论，我觉得"中国瓷本绘画"的提法仍值得再说。

其实我当年称浅绛彩瓷为"中国瓷本绘画"并不是什么独创的"定理"，也非虚伪的"命题"，只是在前人基础上的总结与发挥。

早年，"瓷画"一词在一般的辞书中都难以查到。1958 年，中国古陶瓷专家王志敏先生根据出土的明代残瓷与传世整器为研究对象，出版了《明代民间青花瓷画》一书，这可能是"瓷画"一词的最早使用。后来邓白先生在其

① 本文为作者 2014 年 7 月 19 日在"全国第 11 届文人瓷画（沧州）研讨会"高端论坛上的发言，选入本书时有删减。

《邓白美术文集》中论述道:"瓷器的彩绘装饰,自从吸收了绘画的技法以来,使它得到了惊人的发展,不论青花、五彩等瓷器,出现了绘画风的装饰以后,更发生了崭新的面貌。"1989年,张浦生先生出版了《青花瓷画鉴赏》,2004年,孔六庆先生出版了《中国陶瓷绘画艺术史》,2006年,萧湘、李建毛先生出版了《瓷器上的诗文与绘画》,逐渐将瓷画纳入了理论化与系统化的研究。这些著作,大都谈到了瓷画与纸绢画的关系,并且强调瓷器上的绘画始终是与中国纸绢画同步或是相应出现的。瓷器绘画的瓷本绘画属性不仅在收藏市场上得到玩家的追捧,同时在理论上也为学界所认可。这正是我在2007年提出"中国瓷本绘画"这个概念的基础,也是对浅绛彩瓷艺术价值最准确的定位。

关于浅绛彩瓷的艺术价值,在浅绛热兴起之前,就得到了陶瓷专家的首肯。朱裕平先生在《明清陶瓷》一书中说:"浅绛彩虽在清末民初有相当影响,但真正卓成大家的还是屈指可数。这些大家的作品,流传下来的又很少,因此其价值实在不在清三代官窑之下,这是一个有待于人们逐渐认识的艺术宝库。"朱先生此书2001年2月由上海书店出版社出版,那时,浅绛彩瓷还刚刚为人认识,梁基永先生的《中国浅绛彩瓷》一书出版还不到一年,许多古玩店的陶瓷经营者还不知道浅绛彩为何物,称其为"软彩"。

经过近15年的过程,浅绛彩瓷的价值从发现到重估,现在人们已越来越理性地看待这个瓷绘品种,当年我曾在《中国瓷本绘画:"浅绛"的千秋功绩》一文中所说:"浅绛彩瓷集瓷器、国画、诗词、书法、篆刻这五种最具中国化和书卷气的艺术于一体,第一次集体有意识地署上创作者的名款和纪年,形成中国陶瓷史上的两个重大转变:瓷上绘画由御窑匠人和民间匠人向文人的转变,由'描'向'写'的转变。……至于鸦片战争后晚清所留下的最黑暗时期没落官窑的罪孽,有了浅绛这样的中国瓷本绘画,不也是洗净赎清了吗?向前替官窑器赎清了千年匠做之罪,向后将中国瓷本绘画的圣火传给了另一个顶峰，以'珠山八友'为主的新粉彩手中——浅绛彩瓷的千秋功绩就这样得以彰显出来。"回过头看，我当年的这一段话带有偏爱的感情色彩，对浅绛彩瓷的地位和意义多有夸赞之词。但冷静之后细想，我对浅绛彩瓷在陶瓷工艺与绘画艺术完美结合上的价值把握，还是秉持客观心态的。

客观说，浅绛彩瓷就瓷器工艺上说，不管是胎质还是釉色与官窑器比均算不上是一流；就绘画艺术上讲，与清末民初的纸绢画比，与当时的文人画比，都难以相匹。但为什么我还要将它提到一个更高的层面上予以评价呢？这关键之处就是浅绛彩瓷在工艺与艺术两个方面做到了最好的结合。

我们知道，在宏观艺术品类里，有工艺品与艺术品之分。瓷器是工艺品，绘画是艺术品。在浅绛之前，这两者虽有联系，但却有着鲜明的分野，瓷器不摄入任何绘画因素也能成为绝世的艺术品，如宋代五大名窑。青花、彩绘等瓷器上有绘画，但那大都是匠人之作，且未将书法、诗文、印章、纪年、名款等绘画因素融入其中，算不上真正意义的绘画。尽管铜官窑、磁州窑和后来的唐窑等有相对完整的绘画因素，但终未形成气候，且殊少文人参与。所以在浅绛彩瓷之前，瓷器都是单纯的工艺品。只有浅绛，将工艺品与艺术品结合起来，且结合得那么妥帖，那么自然，那么具有文人属性。当然我这主要是指浅绛中的名家精品而言，如程门、金品卿、王少维、王凤池、任焕章、汪藩、汪章、汪友棠等人的精品之作。而这些精品之作所形成的强大阵势，足以让中国瓷本绘画形成前所未有的影响力。

浅绛彩瓷的诞生确实是瓷绘领域里的一场革命，它将瓷绘工艺转变为瓷本绘画，并使这一绘画形式得到定型。由文人而兼瓷绘家的浅绛大师们终于在瓷作上寻找回了自己，实现了个性价值的最大限度发挥，并让民国的新粉彩和后来的文人画家在瓷上绘画有了一个良好的开端。也让时隔百年的我们这一代，能有机会来探讨"中国瓷本绘画"的艺术精髓。

2008年11月1日，在沧州举办的第九届中国文人瓷研讨会高端论坛上，我发言的题目是《中国浅绛彩瓷的三个定位》。记得我在发言中说："在座的玩家尽可放开手脚去收藏浅绛，如果你们今天买到的浅绛瓷五年后大跌，要赔钱了，我照今天的购买价全收。"当然不可能会有这样的结果，我只是给大家信心。目下，距沧州会议五年已经过去，浅绛比五年前涨了不知多少倍。当年还没有超过百万的作品，如今突破百万已不鲜见。在理性的市场面前，价格有时就是价值的标杆。

朱裕平先生说浅绛彩瓷的"价值实在不在清三代官窑之下"。当前，浅绛的市场价位已达到或超过了同光时期的官窑，但还没有达到清三代官窑的水平。我相信，用不了多少年，浅绛彩瓷中的名家精品一定会和清三代官窑看齐。

浅绛彩瓷的"八大关系"

近 20 年间，浅绛彩瓷收藏热持续不断，不仅民间喜欢此项的收藏者日益增加，而且市场价位不断攀升。据相关人士统计，20 年间，普通的浅绛彩瓷升值已达 10 至 500 倍，精品已达 500 到 800 倍。其中程门、金品卿、王少维、王凤池等一流大家的精品市场价早已超过光绪官窑，个别精品已直逼清三代官窑器。即使如任焕章、汪友棠、俞子明等人的精品之作市场价也趋近晚清官窑，且势头不减，未来增值潜力仍然很大。这期间，尤为可喜的是浅绛彩瓷的研究队伍在不断成熟和发展，研究领域在不断地拓展和深入，许多悬而未决和深藏不露的问题都已得到澄清或是浮出水面。在多年的浅绛彩瓷收藏与研究过程中，我发现浅绛彩瓷的出现与发展并不是孤立的，它与许多领域有着千丝万缕的联系，初步归纳，我总结为"八大关系"。

一、浅绛彩瓷与民间艺术的关系

关于浅绛彩的起源时间，许多研究者和相关文字都有了很清晰的论述，我想这个问题可争论的余地不太大了。然而关于浅绛彩起源于何人之手，这个问题似乎人们还没有给予足够的关注。一般说，程门有浅绛彩瓷"祖师"之地位，他之于浅绛彩瓷有如黄公望之于浅绛山水。但是不是程门就是瓷上绘浅绛的第一人呢？我想这很难说。

有人认为"浅绛彩瓷是原御窑厂画师们在生活重迫下的一种艰辛尝试，但在客观上却是一个新艺术品种繁盛的开端"。还有人说："晚清中国，国力日衰，连扩修颐和园都要动用海军经费的朝廷，已无余力支撑不计工本的御窑厂烧造瓷器。于是御窑厂画师便有了足够的余暇来发挥他们的想象力，压抑了几百年的艺术创造力释放出来了，于是浅绛彩瓷诞生了。"这种浅绛彩瓷起源于御窑厂的观点值得商榷。我认为浅绛彩瓷还是先从民间产生，后来到了御窑厂，这是艺术发展的必然。

在文学艺术史上，各种文学艺术样式一般都是在民间产生，而后落入文人或是宫廷之手，使之形式上更趋于精美、完善，直至消亡。这是一条规律，很少例外。鲁迅先生在《致姚克》的信中曾这样说道："歌诗词曲，我以为原是民间物，文人取为己有，越作越难懂，弄得变成僵尸，他们就又取一样，又来慢慢绞死它。"浅绛彩瓷的起源同其他文学艺术形式，同中国陶瓷彩绘的发展历程相似，估计也不会超出这个规律：先是由民间创作，比如胡夔所绘的墨彩大尊，比如胡夔之前的民间作品，我们可能还没有发现。这种由民间创制的艺术形式，自然会引起如程门这样的瓷绘大师的注意，于是这种形式到了程门这样的文人手中，又到了金品卿、王少维这样的御窑画师手中，又到了更多的瓷绘家手中，从而成为一种瓷绘风尚。

如此，浅绛彩瓷不会是"原御窑厂画师们在生活重迫下的一种艰辛尝试"，而是由于民间艺人的创作，再从民间艺人过渡到文人瓷绘家或是御窑画师笔下，从而有了浅绛彩瓷这种"新艺术品种繁盛的开端"。

二、浅绛彩瓷与文人画的关系

浅绛彩瓷在十年间为藏界乐此不疲地追捧，其间并不是一种盲目的集体无意识，而是有着重要原因的。其中最主要的就是藏家文化内涵的提升和与之相对路的浅绛彩瓷所具有的文化意蕴和文人书卷气，那种集中国瓷、中国画、中国书法、中国诗和中国印于一体的最具中国文化品格的“瓷本绘画”艺术和文人画特质，确实让众多为民族文化而自豪的藏家青睐。

文人画是中国绘画独有的概念，又是一个需要谨慎赋予的概念，不是任谁都当得起这个词，因为即使是文人画家的作品也未必都是文人画。因为文人画是与其人其事相关的，是与他的文学修养、艺术造诣和风骨心性相关的。

虽然文人画与文人最为接近，但它又不是任哪一个文人都可以画两笔的，因为文人画并不等同于“文人的画”。它有着一个特定的历史概念，也是一个特定的艺术概念，甚至还是一种特定的审美形态。文学性是文人画的重要特征，这一点从文人画的鼻祖唐人王维开始就已经确定了。某种程度上说，它不是供人观赏的，而是供个人抒发性情的；它不从属于眼睛，而从属于心灵；它不是唯美的，而是唯心的；它不是技术的，而是心性的。一句话，文人画是文人直抒胸臆的艺术，是文人心灵的要求。

今天看来，当年浅绛彩瓷中的精品，其绘者也多是富于个性的文人，不仅具有文人的修养，还具有文人的心性。其作品也大都是观赏器，为自娱自乐之作，所以画面所呈现的也是典型的文人画。我几年前曾为浅绛彩瓷冠名“中国瓷本绘画”，其中很重要的一点就是以浅绛彩瓷的文人画性质为前提的。

然而令人遗憾的是，由于近代绘画与写作所用工具的分化，从清末民初开始，中国文人逐渐离开绘画，文人画几乎在画坛销声匿迹。文人离开绘画，文人画逐渐衰落的现象早在 1921 年就为陈师曾所发现，他在《文人画的价值》中说："文人画终流于工匠之一途，而文人画特质扫地矣。"陈师曾的时代，传统文人已到了最后一代，文人画也快走到了末路。这一点恰恰与浅绛彩瓷的衰落时间相一致，是否可以这样说，正是因为文人画的衰落，才导致了浅绛彩瓷的消失？当年，陈师曾没有注意到这一点。这一课题，还有待我们今后做进一步的探讨。

三、浅绛彩瓷与墨彩的关系

记得有雅昌网友说过，浅绛彩瓷是从墨彩过渡来的。这一点说得很有道理，浅绛彩与墨彩不无关系。前面说的雅昌网友收藏的胡夔墨彩大尊就是一个例子。

我们知道，水墨画是最能表现中国画意境的一个种类。一点点墨，注入不同比例的水，就能呈现出焦、浓、重、淡、清五个层次的色彩。黑白对比，自现阴阳明暗；干湿不同，即呈浓淡轻重。在这种黑白干湿的变化里，将凹凸远近、高低上下都交代得清清楚楚。最早在清康熙中期，水墨画就已移植到了瓷器上，诞生出一个新的釉上彩绘品种——墨彩。墨彩瓷绘以黑色为主，兼用矾红、本金等彩料，在似雪的白釉下装饰绘画，即浓即淡，亦深亦浅，同样能表现出"五色俱全"的妙韵，与水墨画的效果极其相似。

墨彩瓷绘到了雍正时期达到高峰，突破了康熙时期的大写意风格和以绿地托黑彩的技艺，采用纤细的画笔直接绘出墨彩纹饰，墨色更加浓淡有致，层次分明，格调高雅，细腻动人。晚清以后的墨彩瓷绘家们，继承了雍正墨彩精细的风格，以淡雅幽静为主，题材和表现手法也比以前有所突破，几乎达到了"无意不可入"的境地，这就为浅绛的诞生创造了必要的条件。

另外，墨彩瓷器一开始即以笔筒、笔洗、印盒等文房用具居多，似乎从诞生那天起就打上了雅的印记，而墨彩瓷绘艺人们也想借此向人们昭示着他们的另一种身份——文人画家。在清中期以后的一些墨彩瓷器上我们能见到集诗、书、画、印于一体的作品，个别绘瓷艺人的名款和钤印也出现在了瓷器上。当然这种作品只是极少数，没有形成一定的气候。但这种肇始之气却开创了浅绛彩的繁兴之风，浅绛彩正是接过墨彩的衣钵，稍加点染，施以淡赭、水绿、淡蓝等色彩，即成为浅绛彩瓷的定型之作。即使是浅绛彩瓷创作的高峰时期，如金品卿等，仍然不乏精品墨彩瓷器出现。

四、浅绛彩瓷与官窑器的关系

过去，人们判断一件瓷器的价值，主是看它是不是官窑。因为早年没有证据证明浅绛彩瓷是官窑，所以在过去的百年之间，它从不为藏界和博物馆所重视，任其散失与流落。20世纪90年代以后，浅绛彩受到收藏界的追捧，人们才开始探寻：官窑器中有没有浅绛彩？

其实，浅绛彩瓷不可能不入官窑，我们可以做这样几种推断。

一是官方意义上的官窑终结是在清光绪三十年（1904）。据《清史稿》卷24记载："二十九年，江西九江关监督士魁奏制造圆琢瓷器名目件数，得旨：句（扣）除者十六项，自本年永停烧造。"这可见出光绪帝要废除旧例烧造瓷器的决心。于是就有了光绪三十年秋七月"乙未，停九江进瓷器"之举。从乾隆八年（1743）开始，九江关就是负责监督为皇宫烧造瓷器的。停办的御窑厂后来与商业资本合作，在光绪三十三年（1907）与江西瓷业公司合并。江西瓷业公司其实是以景德镇御窑厂为总厂的。光绪三十年（1904）之后，景德镇其实还在生产官窑，在故宫的旧藏瓷器中有"大清宣统年制"和"宣统年制"款的瓷器近万件，这说明御窑厂在宣统朝依然存在并生产着。如此说来，在这之前就已名声在外且大量生产的浅绛彩瓷这种彩绘形式不可能不入官窑眼。

二是部分浅绛精品为御窑厂大师如金品卿、王少维等人所绘，自然就有官窑的架构。而御窑厂的画师作品，不可能只在民间使用，不进宫廷。

三是为什么在宫中不见或少见浅绛彩瓷呢？我想这主要是因为皇帝的审美理念，浅绛进到宫中也未必受到重视。清人以游牧民族入主中原，在艺术上重视精雕细刻，碧丽堂皇，肯定不会喜欢书卷气极浓的浅绛彩瓷。所以进到宫中也只会打入冷宫或是赏给大臣们："拿去玩吧！"所以才导致当年的浅绛彩精品没有完全进入宫中，我们才有幸能在民间见到许多浅绛彩瓷精品。当然，其中的精品也说不定就是当年从宫中流出来的。

现在，这个问题似乎已没有什么悬疑，因为上海文化出版社 2006 年出版了徐湖平先生主编的《中国清代官窑瓷器》，此书即收有浅绛彩瓷。这批浅绛彩瓷均为南京故宫博物院所藏，为抗战时故宫南迁文物中的一部分。这就说明，浅绛彩瓷当年确实作为官窑器进入过清宫。我们不能说浅绛彩就是官窑器，但可以说官窑器中确实有浅绛彩瓷。

五、浅绛彩瓷与唐英的关系

浅绛彩瓷除了釉上彩低温烧成外，最突出的一个特点就是在中国瓷器上绘中国画，写中国书法，题中国诗，钤中国印，同时署上瓷绘者的名字。使瓷画在保持工艺性的前提下，又达成了与纸绢画一样的绘画审美效果，尤其是在瓷画里署上瓷绘者的名字，这就更有了划时代的文化意义。这一点，不能不让人追溯到首开文人画瓷的"唐窑"时代，想到乾隆时著名督窑官唐英与浅绛彩瓷的关系。

虽然在唐英之前的陶瓷作品中也有落"陶人款"的，如秦时的"咸亭芮柳婴"、六朝时越窑的"会稽上虞范休可"、唐时长沙窑的"裴家花枕"、宋代磁州窑的"张家造"、明代正德时的"陈文显造"、万历时的"程玉梓造"等，到了清代这种"陶人款"则比前朝更多，但终究还只是偶然的个案，根本没有形成一种自觉意识。究其原因，不管是御窑厂的还是民间的瓷绘家，他们所从事的都是地位低下的工匠之事，其艰辛的劳作自古以来就被列入"天下三苦事"之中：打柴、烧窑、磨豆腐。而舞文弄墨、赋诗作画从来都是上层文人所为，二者风马牛不相及。到了"唐窑"时代，唐英公开地在自己的瓷绘作品上用自己的书法，题上自己的诗句，签上自己的名字，报上自己的雅号，公示自己的斋馆，钤上自己的印章。中国瓷绘史上第一次有了知识产权的意识，这是一次破天荒的大转变，具有里程碑的意义。

如今我们在北京故宫博物院、国家博物馆、上海博物馆、首都博物馆、天津博物馆和海外个别博物馆里都能看到由唐英本人设计制作的瓷画作品，这些作品以文房用具笔筒居多。如"粉彩山水诗文笔筒""仿汝窑题诗笔筒""仿汝釉竹节诗文笔筒""墨彩四体书法笔筒""墨彩开光山水诗文笔筒"等，诗、书、画、印相谐成趣，颇具文人气与书卷气，完全脱开了宫廷官窑的碧丽堂皇和缺少文化内涵的窠臼。如香港中文大学收藏的"墨彩云龙纹笔筒"，上书唐英自作诗："指日春雷震太空，甲麟头角动英雄。乘云带雨飞千里，吸雾呼风上九重。掷拔葛陂仙法大，点睛僧壁巧人同。思波挑浪溶溶暖，一任遨游四海中。"其画其诗，比纸绢作品更具韵致。再如 2005 春嘉德拍卖的"清乾隆唐英粉彩山水诗文四方形笔筒"，外壁两侧绘高山流水，苍松古柏，茅屋小桥，高士漫步其间；另两侧则书唐英自作诗与文，文人味特别足。还有如"墨彩诗文观音瓶""珊瑚红釉粉彩缠枝诗文卧足碗"等，不仅诗、书、画俱佳，而且都署着唐英自己的款识。

然而唐英创作的集中国瓷、中国画、中国书法、中国诗、中国印五种最具中国文化特色的"瓷本绘画"在清中期只是昙花一现，文人瓷画未能沿着唐英所开创的路子走下去，不仅使官窑器丢掉了一个自省的机会，也使文人瓷失去了一个借势而起的大好局面。以致清三代以降，以程式化和精美度为主的官窑器越来越没有了个性和文化内涵，纹饰、款式总是局限的那些，瓷绘步入了宫体的、衰老的、贫血的时代，萎靡不振的堕落时代。而唐英所主导的文人瓷绘的灵光，只有靠百年之后的同光时代，以程门、金品卿、王少维、王凤池所代表的浅绛彩瓷去闪烁发扬了。

当年，在景德镇绘瓷的浅绛名家们，不会不知道唐英，不会不拜唐英，因为唐英是"陶圣"，唐英的文人画入瓷肯定对浅绛彩瓷的先驱们产生过很大的影响。我们今天将唐英的作品和浅绛彩瓷作品拿来相比对，除了用料工艺和敷彩方法之外，在画意与落款及用印上都极为相似。所以，唐英对浅绛彩瓷绘家的影响，与浅绛彩瓷的关系值得深入探讨，在未来的浅绛彩瓷研究中还有很大的空间。

六、浅绛彩瓷与御窑厂画师和"臣"字款的关系

在浅绛彩瓷的研究中，许多人为了提高浅绛彩瓷的地位，认为除了金品卿、王少维以外，还有二十几人均为御窑厂画师。我想这样的认定还为时尚早，或说不太严谨。

目前就我们的发现，只有金品卿与王少维有文字记载是"御窑厂两支笔"，确定为御窑厂的画师，其他人均没发现有这方面的明确记载。所以我们不能仅凭"作于官廨"或是有官窑款字样，就认定是御窑厂的画师，这样的结论未免失之武断。再说，即使是御窑厂的画师，在画浅绛彩瓷上也未必就比民间的好多少。因为浅绛的艺术特点决定，并不是有官窑身份的人就画得好，而是文人画的成就起着决定性的作用，这也如同清代宫廷画家作品反倒不如民间绘画大师的高明和有价值一样。

还有一件事，就是"臣"字款的问题。曾有人认为属有"臣"字款的浅绛彩瓷就是御用瓷或说有了御用瓷的性质，作者于是就有了御窑厂的身份或

是"官"的身份。这样的认识也不正确，属"臣"字款的作品未必就是御用的，因为在绘画上属"臣"字款是清以前的一种惯例。

我们今天看秦汉人所用之私印，于名前冠"臣"字者有很多。这是因为当时无论官宦与臣民，都取《诗经》"率土之滨，莫非王臣"之义而冠名。所以，这里的"臣"即"臣民"，而非后来意义上的"大臣"。清人陈介祺的《十钟山房印举》中所收的以"臣"字冠名者曾数以千百计。

这种以"臣"自称的习惯到了浅绛彩瓷盛行的晚清亦一样盛行。为官者无论，为民者亦不乏其人。如清代名画家沈铨（字衡之）有"臣铨印"，任熊（字谓长）有"臣熊"一章，吴友如有"臣吴猷印"等。这些人皆终生未仕，唯画是务，皆以"臣"字冠于名。而当今谈近代以上书画时，动则有"带臣字印款"之说，以为俱是做官之人，实为不了解古之用印习惯所致。

明白了其中缘由，浅绛彩瓷中的"臣"字款之本义就不言而喻了。

七、浅绛彩与新安画派的关系

学者谈到浅绛彩瓷的兴起与新安画派有关，这是毫无疑问的。但有一点，正是新安画派的衰落才促成了浅绛彩的兴起，艺术就是这样一个规律，此衰彼兴。

我们知道，历史上的新安画派到了清代道光朝即已衰微，这主要与徽商的衰败有关。徽商的衰败主要有这样几个原因：首先是当时经济制度的变革。道光十一年（1831），两江总督陶澍革除淮盐积弊，实行票法，使徽商遭受重大损失和致命打击。咸丰四年（1854）又实行"厘金"，税卡层层，对长途贩运的徽商是又一次打击。其次是1840年鸦片战争以后，资本主义国家商品倾销中国内地，徽商所经营的中国手工业品受到强烈冲击。其三是咸丰、同治年间徽州地区战乱频仍，十余年不得安宁，徽州遭受自古以来罕见的灾难，徽商自然难逃衰落之命。由于徽商的衰微，使得原本就馆于商家或靠富商生活的书画家失去了经济后盾，自然就造成了新安书画业的萧条，画家糊口尚难为继，画派自然也就不存在了。

新安画家要生存，所以就要寻找生存之道。纸绢画是风雅的产物，当填饱肚子都成了问题的时候，还有什么风雅可谈，只好去寻找经济实用之途，于是在徽州，像点样的画家都开始"西进"——到景德镇去。他们很少画纸绢画了，而是改绘"瓷本"，于是产生了浅绛彩瓷，于是景德镇瓷画家中有了那么多的徽州画家，于是在"瓷本绘画"的题款上有了那么多的"客居"字样。据友人晨欣先生的收藏统计，现存浅绛彩瓷中，有姓名可考的徽州籍画家就有近百位，而且多是名家。现在看，"中国瓷本绘画"的定型，不能不说是徽州画家的贡献，他们以浅绛彩瓷这样一种形式，为新安画派保留了一脉香火。

从嘉庆、道光年间开始，新安画派一度繁花争艳的局面渐成寒秋叶落之势，且这种颓败一发而不可收拾，就势沉寂或说空白了近百年。直到"五四"前后，黄宾虹、汪采白的出现，才使得新安画派重新崛起。历史似乎有着太多的巧合，当年，新安画派沉寂了，浅绛诞生了；如今，黄宾虹来了，浅绛没落了。

八、浅绛彩瓷与海上画派的关系

大家知道，海上画派是中国近代绘画史上最后一个画派。它的形成与兴盛期也正好是新安画派的衰退期和浅绛彩瓷的成熟期。

浅绛彩瓷兴盛的70余年，也正好是海上画派的繁荣时期。尽管经过近几年的研究，我们已否定了海派画家张熊、吴待秋直接参与浅绛彩瓷创作的事实，但浅绛彩瓷绘家受海上画派的影响还是显而易见的。在现存的浅绛彩瓷作品中，我们也不难见到任伯年、任熊、任薰、虚谷、钱慧安等人的影子。我藏有一件汪兴黎的双耳瓶，瓶颈上即书"仿海上名人笔意"字样，其他藏家手中的藏品也多有这样的题识。由此可见当时仿效海上画派，已成为浅绛彩瓷绘家的自觉行动。

以上所述浅绛彩瓷与其他方面的八种关系，只是个人的简单思考。浅绛彩瓷的艺术价值、地位及浅绛瓷绘家的个人生平与创作道路等的研究才渐入佳境，尚有许多值得探究的地方等待着我们去发掘和整理，这里有艰辛，更有乐趣。希望我们共同努力与协作，将浅绛的收藏与研究结合起来，让更多的人来认识"中国瓷本绘画"，创作"中国瓷本绘画"，企望"中国瓷本绘画"出现一个更精彩的艺术高峰。

中国浅绛彩瓷的三个定位 ①

　　此次沧州会议的承办方做了认真周到的组织安排，才使盛况空前。会下有人说当今中国浅绛彩瓷三分之一的精品聚沧州。我说这也在理，就如同当年的北宋，沧州虽是发配之地，但聚到这里来的都是梁山好汉啊！会议主持人要我发言，没有特意准备，要说题目，暂且叫《中国浅绛彩瓷的三个定位》。

一、浅绛彩瓷的艺术定位

　　盛于清末的中国浅绛彩瓷，开创了文人瓷画大规模集中进入消费领域，领70年彩瓷流行风尚，瓷绘者第一次自觉地由多人无意识合作转化为个人有意识的个性化创作。尤其是文人画开始从纸绢扩大到瓷上，以成熟的"中国瓷本绘画"的形式进入瓷绘业和消费领域，留下了许多文人瓷画精品。这在

---

　　① 本文为作者2008年11月1日在第九届中国文人瓷（沧州）研讨会高端论坛上的发言，选入本书时略有改动。

中国瓷绘艺术史上具有里程碑和划时代的意义。

关于浅绛彩瓷的艺术定位与艺术价值，著名陶瓷专家朱裕平先生早在 2001 年就已认识到。他在《明清陶瓷》（上海书店出版社 2001 年 2 月版）一书中说："浅绛彩虽在清末民初有相当影响，但真正卓成大家的还是屈指可数。这些大家的作品，流传下来的又很少，因此其价值实在不在清三代官窑之下，这是一个有待于人们逐渐认识的艺术宝库。"这是一个最中肯綮的论述，也是陶瓷界破天荒地承认浅绛彩瓷的地位，为浅绛彩瓷的收藏与研究做了一个恰当的定位。

2008 年世界华人收藏家大会在上海举办，在大会上许多人提到浅绛彩，这也是此前没有过的事。会议论文中指出："民间收藏家手中藏的国家博物馆少有或没有的国家级藏品，如红山文化玉、马家窑文化彩陶、越窑青瓷人物组合俑、宋汝窑器、清末民国宫廷画师所绘浅绛彩、珠山八友精品瓷画等，可与国家博物馆同类藏品媲美。"（见 2008 年 10 月 17 日《文汇读书周报》）将浅绛彩瓷中的精品与红山玉、马家窑彩陶、越窑青瓷组合俑、宋汝窑、珠山八友瓷画等并列在一起，定位在"可与国家博物馆同类藏品媲美"的位置上，这也是此前所不曾有的学术观点。

综合这些学术论点和我们浅绛彩收藏业内自身的研究判断，浅绛彩瓷中的艺术精品，其艺术价值绝不在清三代官窑之下，甚至超过清三代官窑器。这一点，从浅绛彩瓷近十年来市场价值的急速升温中已有印证，但真正理性的定位还有待于陶瓷收藏界和专家队伍的逐渐认可。相信这个认同时间不会太久。

二、浅绛彩瓷研究的定位

浅绛彩瓷的收藏热，虽然只是进入 21 世纪之后的事，但令人欣喜的是浅绛彩瓷的研究却是与收藏热同步进行的。这些年来，浅绛彩瓷的研究出现了一大批成果，出版了十余种图书，如梁基永先生的《中国浅绛彩瓷》，陈建欣先生等的《浅绛彩瓷画》，胡越竣、陈树群的《浅绛百家》等，大大地推动了浅绛彩瓷的收藏与研究。

在浅绛彩瓷的具体问题研究上，也多有突破。如浅绛彩瓷产生的背景研究、浅绛彩瓷最早形成年代考证、浅绛彩瓷与新安画派研究、浅绛彩瓷与海上画派研究、徽派浅绛彩瓷绘群体研究、浅绛彩中的官窑器研究、浅绛彩瓷绘大家的籍贯与生卒年研究、王凤池等一批高层瓷绘家作品的挖掘整理、诸多瓷绘家名、字、号、斋等的甄别与厘清、"中国瓷本绘画"概念的提出等，都有着令人瞩目的建树性成就，填补了许多陶瓷史上的空白。

然而我们还必须清醒地认识到，有关浅绛彩瓷的研究还只是刚刚开始，许多问题还没有搞清楚，缺乏系统而科学的深入探讨。诸如浅绛彩瓷与民间艺术的关系、浅绛彩瓷与文人画的关系、浅绛彩与墨彩的关系、浅绛彩与清末时尚的关系、浅绛彩在清末民初的现状问题等，还有待进一步发掘。

浅绛彩瓷的学术研究由于存在百年空白的关系，难度比较大，需要我们这一代人尤其是年轻人的合作与努力。我想只要我们发奋进取，浅绛彩瓷的研究一定会成果斐然，惊喜不断。

三、浅绛彩瓷收藏者自身的定位

浅绛彩瓷为人们认识和收藏还只是 20 世纪 90 年代中期开始的事，在短短的十多年的时间里，浅绛彩瓷的收藏与研究就形成了一个蓬勃的大好局面，喜欢和收藏浅绛彩瓷的人群也在不断地扩大，层次也在不断地提高。浅绛成为 21 世纪最具活力与潜力的收藏领域，历史上任何一个艺术品类的收藏热都没有像浅绛这样迅速地形成气候，短时间内聚集这样庞大的一个群体。这不能不说是一个奇迹。当然这一点与我们这个时代资讯的发达尤其是网络的普及有关，但更重要的是与我们这些浅绛彩瓷的收藏家和玩家的认知与努力有关。

可以这样说，由于我们踏入了浅绛这个最具活力和最有研究空间的领域，我们就成为这一层次历史收藏热潮里最幸运的人。但是幸运的我们不要忘乎所以，还要学会内敛。因为我们还有那么多的先天不足，大部分人还缺少对中国传统文化中那种文人气与书卷气的理解与浸润，所以我们要冷静地给自己定位。

当前文博与收藏界比较认同且已存在的几种主要文博流派是：历史考古派（简称博物馆派）；古籍文献派（简称文献派）；文博学院派（简称学院派）；古玩市场派（简称市场派）；科学测定派（简称科学派）。如果此说法成立，那么我们收藏浅绛的这支队伍，毫无疑问当属"市场派"，是收藏界的"草根族"，除极个别的人是几代收藏以外，绝大多数是自身入市，从地摊上摸爬滚打出来的。

如今，我们从地摊上走出来的这一批收藏队伍已成为收藏界的主流力量，人数天天增加，其藏品因古玩市场、古玩地摊、考古新发现而日渐出彩，其投资收藏实力日渐壮大。许多在海内外赫赫有名的大收藏家，建立民间博物馆的收藏家大都出自这样的群体。

然而，我们也不得不承认，由于古玩市场派队伍鱼龙混杂，作假卖新的古玩商恶习始终充斥着古玩经营领域，甚至有的人别有用心地疯狂炒作诱惑大批新人入市，使古玩买卖成为一个高风险行业。所以有人说："当代民间收藏界：成也古玩市场派，败也古玩市场派。"在这种情势下，我们必须发挥自己敏锐感应市场、能淘能滤的优势，不断地充实自己的文化底蕴。同时还要向历史考古派求教历史考古常识，向古籍文献派求教认真严谨钻研做学问的态度及方法，向文博学院派求教传统文化的理论研究方法，向科学测定派求教科学测定方法，以使我们自己更为充实。

同时，我们不管是在网上论坛里还是在著书立说上，对诸多浅绛研究的专业问题不要轻易下定论，要尊重历史，尊重文献典籍，万不可以推断或是猜测做学问和学术研究。古人说："读天下书未遍，不可妄下雌黄。"这说得有点绝对，但这种精神还是要有的。比如"御窑画师"问题，"臣子款"问题，"名与字、号"问题。我们要慎重发言，切不可轻易结论，"姑妄言之"犯低级错误。因为我们的研究成果要留给子孙，留给历史，所以我们要对子孙负责，要为历史负责。

浅绛彩瓷的压卷之作

2003 年晚春，在南昌初见程门 1888 年画的《雨过山水图》瓷板插屏。在此之前，《中国文物报》曾刊文披露此板，誉为程门最大最好的一件存世作品，堪称"中国浅绛彩瓷的压卷之作"。后来又作为程门的代表作收入上海书画出版社《景德镇瓷板画精品鉴识》一书，赵荣华先生在书中鉴赏此作时写道："整幅画面用写意手法画就，粗中有细，处处笔墨精妙。"给予了高度的评价。

一

在南昌的那天早上，东方天际刚露熹微之色，我就出宾馆到了紧傍赣江的榕门路古玩市场大厅，按事先约定我在这里等傅瑞交先生接我到他府上，去看程门《雨过山水图》瓷板插屏。滕王阁下的榕门路，古玩店一家接一家，但供摆地摊的交易大厅却不怎么宽敞，光线幽暗，人群拥挤。我漫不经心地逐摊闲逛，随手拣了两件青花梧桐纹外销瓷盘，还有一件云衢道人画的浅绛人物水盂，价钱便宜，不愧是几百年来的瓷器集散地。地摊还没有遛完，傅先生就来到了我的身边，此前我二人从未见过面，只是凭一种感觉就互相认出了对方。遛完地摊，我俩又一家接一家地逛店。当逛完所有的古玩店坐到饭店的时候，我的手中又多了王少维、任焕章和方家珍的三件作品。

饭店的玻璃窗外种了一丛芭蕉，碧绿的蕉叶直抵窗棂，顺着半卷着的蕉叶望上去，即是从缭绕的云雾中露出尊容的滕王阁。滕王阁为江南三大名楼之一，它的名气委实太大，吃完早点，当然要先奔它而去。

在滕王阁的平台上，傅先生向我讲起他当年得到程门《雨过山水图》瓷板插屏的事。那是1998年春天，他在天津开会期间，于天津文物店买到了这块瓷板插屏。据文物店工作人员讲，插屏本是天津一大户人家后人出售的，当时还不知什么叫"浅绛彩瓷"，一般都称其为"软彩"。瓷板在文物店里放了几年也无人问津，上面落了一层厚厚的灰尘，傅兄就是在那段还没有几个人知道什么叫浅绛彩瓷的时候邂逅了程门的压卷之作。

听傅先生讲起这插屏的流传过程，我愈发想尽快见到这件程门作品，于是走马观花般看了一遍滕王阁。重建的滕王阁尽管气势不凡，但毕竟缺少历史的年轮，印象最深的也只是站在阁之高处，通过槛外的苍茫烟水，超越时空，思接千载，与王勃的灵魂契合，真正体味那"阁中帝子今何在，槛外长江空自流"的千古浩叹。只有得到这样的感受，才算是真正登临了滕王阁。历史就是在这样的轮回慨叹中前行，1300多年前的阁中帝子和叹惋他的王勃都已成为今人登临此地的怀古主角，120年前的程门作品也成为我辈竞相追逐的旷世芳华，这种自觉的文化怀念与传承，正是人类灵魂净化与升华的源泉和动力。

带着这种思考，告别滕王阁到了傅先生家中，进门落座后的第一眼我就看到了程门的《雨过山水图》瓷板插屏。大气端庄，一见即有惊艳之感，仿佛一下就让我进入阅尽人间春色，唯此最是倾心的境地。插屏放在傅先生专门为之配置的一张清式红木案上。老红木插屏做工精致，为清代典型的插装组合款式，屏面与屏坐分装。屏坐中间和前后牙板均透雕藤蔓葫芦，两边屏坐装饰牙板则是透雕缠枝图案。屏坐可分拆成五块，宜于移动和包装运输。整个屏坐呈紫红色，满是包浆，泛着一百多年的岁月光泽，显示出插屏的主人很珍视这件艺术品，历经动乱波折，不仅完好无损，且保养有方，风华愈显。只是瓷板的书法题款经过岁月的磨蚀，已略显模糊，呈现着一种古旧感。不知为什么，多年来我总觉得浅绛的磨蚀是一种美，没有磨蚀的看上去反倒不得劲。我真是偏爱那种经过磨蚀的古旧光华。

插屏通高近80厘米，宽40多厘米；瓷板画净高55厘米，宽35厘米，按时下见过的程门瓷板作品，这一件倒是够大。但说它是"最大"还为时过早，因为尚不知民间还有多少程门的瓷板画没有面世。说它是"最好的压卷之作"，那也只是一家之言，况且"压卷之作"的说法也是仁者见仁，智者见智。"压卷"一词本是指诗文书画中压倒其他作品的最佳之作，好像最早是宋人对唐人的评价。陈振孙在《直斋书录解题》中说："《渭南集》一卷，唐渭南尉赵嘏承佑撰。压卷有'长笛一声人倚楼'之句，当时称为'赵倚楼'。"从此以后，唐诗中不少作品都获得过"压卷"之美称，且多不统一。所以今天说程门此瓷板为浅绛彩瓷中的压卷之作也不为过，毕竟它是此类作品中的精品。另外如喜欢金品卿、王少维、王凤池作品的，可能也各自会选出自己心中的"压卷之作"来。

二

一边品着傅先生为我泡的庐山云雾茶，一边在插屏前仔细端详这件"压卷之作"。果然名不虚传，它在当年瓷板画中确为较大作品，相比其他常见的一尺二寸板，它倒有些类似于纸本画的"中堂"。且创作个性极为突出，画面层次多重，完全没有了程门简约疏淡的一贯风格；用色厚重泼辣，一反浅绛彩瓷常用的淡赭淡墨，而以墨绿、草绿为主，间或点缀几簇明黄。瓷板上方有书法题款："雨过泉声急，云归山色深。戊子秋，笠道人程门。"后钤矾红阴文"门"字章。

记得戊子是光绪十四年（1888）。站在插屏前，我想象着雪笠先生当年的创作情景。

昌江边，珠山下。这一年的秋天，景德镇雨水丰沛，午后，下了大半天的秋雨停了下来。程门半掩上画屋的竹帘，继续在一块大瓷板上画他的浅绛山水。这块瓷板很大，但却不像金品卿、王少维、王凤池他们经常使用的那种专供御窑厂的白瓷板，两面极为平整光滑，背面没有垫烧的筋条，而是很厚，似乎还不太平。程门画浅绛瓷作品，从来不挑什么瓷板的质地，在任何白瓷胎上，他都能快乐地创作。不管是山水、人物、花鸟，也不管是瓷板、赏瓶、杯碗，出炉即让人高价拿走。这一块瓷板因为很大，构思了好一阵才下笔。他画了一会儿，又踱到窗前，推开面对珠山的窗子。只见珠山御窑厂四周林木葱茏，秋花耀眼，阳光下远远望去，林杪之上到处闪烁着雨后的珠光。山上的小溪流淌着跳跃着归入绕城而过的昌江，江中水阔溢岸，云雾蒸腾。

程门望着珠山上烟云缭绕中的亭台楼阁，不禁陷入沉思之中。自己已到55岁，对于画家尤其是长于瓷本绘画的画家来说，这个年龄段可能是最好的创作时光，可自己又有什么建树呢？如今已是光绪十四年，国家相对安定，江南的文人们都在开始建设自己喜欢的文化事业。听朋友说，浙江的孙衣言、孙诒让父子已在瑞安建起"玉海楼"，藏书达八九万卷；陆心源也在归安建"皕宋楼"，藏书万余卷；丁丙开始在杭州建嘉惠堂和后八千卷楼，连远在北京的老佛爷慈禧太后也不甘寂寞，正大动土木兴建颐和园呢。自己在做什么呢？还是飘零异乡，来江西，来景德镇也已20多年，可多半是在为生计所忙活。浅绛彩瓷画了一批又一批，悉数不存，尽管也有朋友说他的作品"得一杯一碗者皆珙璧视之"，然而自己真正满意且能传世的又有几件呢？想及此，程门顿感一股时不我待之情涌上身来，立即踱到画案边。没有画稿，瓷板上叠映出故乡黄山、齐云山；练江、新安江的岚烟雾影，水色林光。于是拿起画笔，饱蘸绿彩，酣畅淋漓地点染起来……

程门55岁时的这幅作品，终于成为他的传世之作。115年之后，我有幸站在它的面前，并名之为《雨过山水图》。

细细品读程门这幅作品，构图颇有些倪云林的一河两岸三段式。近景平坡上古树三五株，数间茅屋围成一开放式院落，院后河边矗一楼阁，很有些藏书楼的韵味。河边草地上一蓝衣高士张伞拄杖，踽踽而行。是访客，还是归人？文人浅绛瓷画中常见的景致，留给人的是更多的想象。

中景为两山夹一河，河水满涨，大有"潮平两岸阔"的势头。河水从两山脚下弯过。左边山峰拔地耸峙，层峦巍峨；右边山峰只露山根，但却给人山高林密、苍翠欲滴的感觉。

远景是用淡墨勾勒出的迤逦起伏，氤氲缥缈的山峰，虽然着墨不多，却很有纵深和重叠的立体感。

画作在着色上极为沉郁大胆，少皴多染。近景、中景的老树、坡地以浓厚的墨绿和蓝彩进行点染，使山体沟壑和林木层次虚实相生；草地、灌木和中景山岭则以草绿、淡黄渲染，愈显曲折有致；远山以淡墨轻染，山影如一抹灵动的黛眉，清雅秀丽。整幅画面不管是疏林散院，浅水遥岑；还是波光云影，坡岸峰岚，都表现得意境密致而幽深，处处散发着一种秋山雨后低云往来的湿润感和山泉奔流出涧的灵动性。幽邃、婉曲、丽密、苍郁，于尺幅之间，创造了一幅云烟供养、浑然大气的画卷，再现了程门山水瓷画的独特风韵。

当我从程门《雨过山水图》中回过神来的时候，手中的清茶已是半凉。

傅家厨房里飘出清醇的香味，傅大嫂为我的到来特地做了拿手菜"藜蒿炒腊肉"和"三杯鸡"；傅兄则在餐桌上打开一瓶留了15年的茅台酒。我和傅兄用小瓷杯一边慢慢地品着茅台，一边谈论着浅绛彩瓷，谈论着程门。短短一个午后，我们喝完酒再喝茶，坐对泛着锃亮包浆的老红木插屏，追寻清末瓷本绘画低温釉上的旧游屐痕，感叹程氏父子烟云缥缈中继承和发扬米点山水的绝妙，惊觉当下收藏活动的变异和庸泛，同时更惦记浅绛彩瓷这种最具书卷气和文人特色的瓷器会不会为大多数人所接受。

三

在见到程门《雨后山水图》的第二天，傅兄，还有《瓷板画珍赏》一书的编撰者赵荣华先生陪我一起到坐落在青云谱的八大山人纪念馆参观，在纪今馆的竹林茶座里，我们的话题依然是浅绛彩瓷。

赵先生编撰的《瓷板画珍赏》是第一本关于瓷板画的书，也是收集浅绛彩瓷板最多的书。据说此书出版后，曾有人专门拿着赵先生这本书在南昌按图索骥，将书中记录的大部分瓷板画收为己有，从而造成古玩市场瓷板画，尤其浅绛彩瓷价格的暴涨。而赵先生大半生在文物商店工作，且较早介入浅绛彩瓷的研究，可个人手中却没有几件浅绛彩瓷作品。在遗憾的同时，我也为他的从容淡泊和职业精神而感佩。

游览完青云谱，傅先生又在南昌有名的向塘土鸡店安排午饭。席间赵、傅两位兄长不时地谈起旧时江西瓷绘家的故事，从程门、金品卿、王少维、王凤池谈到珠山八友，谈到汪派山水。深感我们处于当下这样一个时代，应当责无旁贷地挖掘和推动浅绛彩瓷从大众实用器中脱颖出来，使之成为中国文人瓷画、中国瓷本绘画的标志性艺术。

那一刻，我想起了美国哈佛大学汉学家斯蒂芬·欧文在其专著《追忆——中国文学中的往事再现》中那段意味深长的话："我们一遍又一遍地听着旧故事，一遍又一遍地讲述旧故事，对我们来说这有什么意思呢？一旦被拖进复观的轨道，就会发现，我们无法让过去的事留在一片空白和沉寂无声之中。每当重新开始一个旧事的时候，我们就又一次被一种诱惑抓住了，这种诱惑使我们相信，能够把某些无疑是永久丧失了的东西召唤回来。"不能否认的是，一百年前素瓷彩料所承载所反映的中国文人精神的浅绛瓷画是永远诱惑着我们，永远值得我们召唤回来的。

在南昌三日，逛了榕门路的古玩店，登了赣江边的滕王阁，游了八大山人的青云谱，品了清香隽永的庐山云雾茶，饮了傅大哥的陈年茅台酒，尝了傅大嫂的藜蒿炒腊肉，还吃到了大有名气的向塘土鸡。当然对于我来说最大的收获还是得到了傅兄转让的程门《雨后山水图》大瓷板老红木插屏，另外还收获了王凤池的山水和俞子明的人物两块瓷板。

傅兄将心爱之物转让出来，深情难舍，于是一层又一层地为我打包，再三嘱咐我这三块瓷板不能托运，必须亲自提着，其他东西由他找车给我捎到沈阳。我只好遵命，先是坐火车软卧，再转乘飞机，终于将几十公斤重的三块瓷板提了回来。程门的《雨后山水图》就这样随着最现代的交通工具走进了沈阳，走进了我的浅绛轩。

浅绛彩瓷的制作历史只存在了70多年，随着清王朝的覆灭，雅致温润的瓷本绘画里那些诗词书印也如暮春花事一样凋零了，山河苍老，灯火阑珊，程门和他的徽州瓷绘家们先后隐入了历史。他们的作品历经磨难捶打，犹如过霜的繁树，枝上所剩无几，我只捡一捡飘落台阶的几片黄叶，也好似同晚清那一轮旧时月色重圆，民初那一弯浅浅清流汇合。接下来我所要做的，是要经营一种温文雅致的境界，从而有资格来陪伴云烟供养的程门和他的压卷之作。

附记：浅绛彩瓷与程门

"浅绛"原是指元代画家黄公望创造的一种以水墨勾勒并略加皴擦，以淡赭为主渲染而成的山水画。陶瓷界所说的"浅绛"则是借此山水画术语，特指晚清至民国初年流行的一种以浓淡相间的黑色釉上彩料，在白瓷上绘制花纹，再染以淡赭和水绿、草绿、淡蓝及点染少许水红、淡紫等彩料，经低温烧成，使其瓷上纹饰效果与纸绢之浅绛画近似的一种彩瓷制品。

浅绛与瓷器结合后，题材已不限于山水，人物、花鸟、走兽、鱼虫等国画内容均可在浅绛彩瓷中表现。目前，"浅绛彩"已成为一种区别于粉彩、新粉彩的约定俗成的瓷器品种。因其作品集中国瓷、中国画、中国书法、中国诗、中国印等五种最具中国化的艺术形态于一体，颇具文人气与书卷气，故称之为"中国瓷本绘画"。其名家精品之作近年受到收藏界的追捧，价格已接近清代官窑器。

晚清浅绛彩瓷创作队伍有千人左右，其中最知名的大家有程门、金品卿、王少维、王凤池。这四人又称为"浅绛彩瓷四大家"。四大家中以程门成就最高。

程门（1833—约1908），安徽黟县人。又名增培，字松生，号雪笠、笠道人。程门是公认的浅绛彩瓷绘的集大成者和开创者。他的创作时间比较长，几乎跨越同光两朝，历近50年。使用最多的名款为"雪笠程门""新安笠道人"，"程道人"名款较罕见。印章款有"程门""雪笠""笠道人""松生""笠翁""门""臣门""半园主人"等。部分器物底款为"筱园珍藏"。轩室名号中署"珠山官廨""浮梁公署""珠山官舍"等。

程门瓷绘以山水擅长，兼绘人物、花鸟。山水师法宋元米、黄、倪诸大家及清代八大山人、董诰等，画鸭近似华岩。审美情趣上追求"平淡天真"和"清润秀拔"的风格，喜欢若隐若现的山水形象，作品多绘云雾显晦、峦色郁苍、林梢掩映、洲渚迷离之景象，颇得"云烟供养"之真趣。

瓷本册页上的四时烟云

  程门的浅绛瓷画作品百分之八十都是山水，这些山水瓷画无疑都是沿着董源、巨然所开创，米氏所点染的温润秀丽、烟云缥缈的江南山水画系统走下来的。在他的瓷本绘画里，多数是远山近水，雾气缭绕，林梢出没，山脊隐现，表现出了丰富的烟云供养的境界和极为高古的意趣。这样的审美意境从近日所得到的"晚清程门四时山水瓷板"上最能体会出来。因为此瓷板为大小一样的四块，分别为春夏秋冬四时之景，所绘内容和题款与当年梁基永先生《中国浅绛彩瓷画赏析》一书所披露的程门三套纸本册页大体略同，所以我称之为"瓷本册页"。

  此"瓷本册页"的第一页我名之为"清程门浅绛彩瓷板《四时山水图·春》"。

  这是江南典型的春天景色，一湖碧水，万顷柔波，波上小舟轻荡，人语细碎；洲渚岸边，草色青青，柳丝在微风中摇曳，或一片鹅黄，或一抹浅绿；远山一脉，浅浅淡淡，半隐湖水，半入云际。画面右上题款云："万叠春波摇柳皱，一枝柔橹荡花圆。仿鹿床居士。笠道人。"钤"雪笠"白文印。这里

"仿鹿床居士"一句中的"鹿床居士"指清代山水画家戴熙。戴熙别号"鹿床居士",钱塘人。他生于1801年,逝世于1860年,比程门大32岁,他逝世时程门已27岁,两人或许有见面的机缘。但无论如何,其山水画风,耕烟气象,程门是很受戴熙影响的,就连题款中的"万叠春波摇柳皱,一枝柔橹荡花圆"一联,原也是戴熙的题画诗,所以才有"仿鹿床居士"之说。在梁基永先生披露的程门纸本册页第三册末一开的雪景山水上,也曾自题:"鹿床居士雪景小帧超妙多姿,偶师其意。"由此可见程门对戴熙的尊崇与师法。程门此"四时瓷本册页"曾出现在2013年北京嘉德和2014年北京匡时春拍上,可惜图录中的款识说明多有释文错字,如春中的"叠"错释为"双","橹"错释为"舻";秋中"晴晦"的"晴"字则错释为"清"。错释的结果,往往会影响时人的审美判断。

"瓷本册页"的第二页我名之为"清程门浅绛彩瓷板《四时山水图·夏》"。

夏天的江南,在程门眼中,当然最好的景色还是徽州一带的山里人家。草树丰茂,门对青山,草树半掩粉墙灰瓦人家,青山独对淡烟轻雾斜阳,只有在皖南山中才有的夏日美景,就这样让瓷画家轻松地点染出来。画上的题款是:"高房山云山发源米氏,迢青过之无不及也。笠道人拟之。"后钤白文"雪笠"印。款中的"高房山"是元代山水画家高克恭。高克恭字彦敬,号"房山",与赵孟頫南北相对,为一代画坛领袖,时人朱德润在《题高彦敬尚书房山图》时称赞说:"近代丹青谁自豪,南有赵魏北有高。"山水画初学二米,后学董源、李成笔法,专取写意气韵,颇有奇秀之气。程门在此说高克恭画云山初学米氏父子的"米点法",其迢迢青山比之米氏又有过之而无不及,我今即取此法。"米点山水"一直是程门瓷画中的主要风格,在程门纸本册页第三册中也有两开是学米的,构图与用笔的简约与此"四时瓷本册页"很相似。如《虚亭无人》一帧,与其瓷画几无二致,题款云:"米家山,率尔操觚者皆能为之，然其精奥未易语也。""烟去飘渺中见楼阁，此米家独创也。"这样的绘画警语，不是谁都能说出来的。

"瓷本册页"的第三页我名之为"清程门浅绛彩瓷板《四时山水图·秋》"。

秋景所突出的是挺拔的双松和竹林掩映的房舍，还有门前的青山叠嶂，葱茏林木。在房舍中还有一位红衣人物，或弹琴，或读书，不关阴晴，萧散自在，隐约可见。程门山水，多以人物点景，其点景人物不是红衣就是青衣，几成定律。画上的题款云："松云竹吹，时侵几榻，不关风雨，晴晦也，笠道人写。"钤白文"门"印。在这样的青山里，双松下，竹林边，半是休闲，半是隐居，听风吹竹叶，看松拂云烟，可谓惬意至极了。

"瓷本册页"的第四页我名之为"清程门浅绛彩瓷板《四时山水图·冬》"。

冬的景色简约而萧瑟，一河两岸，水色寂寥，颇有些秋尽江南草未凋的意味。远处沙洲迤逦，近处古树虬柯，野渡少人，小舟自横。舟上青衣人抱浆自待，一任秋水兴波，黄叶飘落。题款曰："奚铁生小册，笠道人拟之。"钤白文"雪笠"印。可见这一幅是程门仿奚铁生画法所作。奚铁生即清代篆刻家、书画家奚冈，字铁生，徽州人，"西泠八家"之一。奚冈是程门所崇敬的前辈同乡，两人画风很是相近，不管是纸上还是瓷上，程门笔法多从奚冈处得来。在纸本册页第二册《烟云寄兴》中的末一开里也有类似的题款："奚先辈铁生纯用水墨，颇得董华亭之妙。""董华亭"是明人董其昌，山水一脉，多有师承。

中国绘画是颇讲究传承的，程门将这种传承关系不仅运用于纸绢画上，更实践于瓷本绘画上，这一点从"四时瓷本册页"上就能完全体现出来，这里既有米的点染，又有戴的烟云，还有高的奇秀，更有奚的淡雅，令人看上去颇有金生丽水，玉出昆冈的审美感受。记得在程门纸本册页上曾有同治进士、湖北黄冈人卢璩采的题跋："画史——雪笠先生规仿百家，从长去短，不啻画中董狐也。"他赞扬程门绘画为"画史"，说他是"画中董狐"。董狐是春秋晋国修史之人，因其"秉笔直书"，亦称"史狐"。卢以"画史"相呼，谓程门就是画史的修史人。说明程门对国画发展史上各种门派兼收并蓄，"从长去短"，类似于秉笔直书的史家董狐。这不仅是对程门册页精湛艺术性的高度评价，也是对程门在绘画史上崇高地位的充分肯定。这一点从"瓷本册页"上的仿鹿床居士、拟高房山、拟奚铁生等题跋中也再一次得到了印证。

然而这"四时瓷本册页"尽管在画法上是以仿古为主，但却很好地展现了程门水墨运用的独到之处，即空灵、简约，即使学古人也透着自己的独特面目。

他先是从米家山水中悟出减笔之妙，深知作瓷画一繁则有匠气，因此他在这组瓷画中作远山及大嶂都用米家法，并完全摆脱了线的运用，他不像传统的水墨山水那样以勾皴来表现村、树、石和山峰，而是用笔饱蘸水墨，横落纸面，利用墨与水的相互渗透作用形成的模糊效果，以表现烟云迷漫，雨雾溟蒙的四时江南山水。清人王原祁在《麓台题画稿》中说："米家画法，品格最高。"程门可谓深得这"最高"境界之三昧，从而才有了当年张鸣珂在《寒松阁谈艺琐录》中"程雪笠（门），安徽歙县人。工山水、花卉，尝客景德镇画瓷，有得其一杯一碗者，皆球璧视之"的赞誉。

再一点就是程门的瓷画山水总是能创造一种"烟云供养"的艺术气氛，这一点在"四时瓷本册页"中也尤为突出。

"烟云供养"本指道家却食吞气以祈长生之境，后亦指山水画之欣赏有怡情养生之效果。董其昌在《画禅室随笔》中说："黄大痴九十而貌如童颜，米友仁八十余神明不衰，盖画中烟霞供养也。"清王士禛《香祖笔记》里也有："予因思昔人如秦少游观《辋川图》而愈疾，而黄大痴、曹云西、文衡山辈，皆工画，皆享大年，人谓是烟云供养。"结合"瓷本册页"上的四时景色，感到"烟云供养"这四个字首先很有禅意，它是餐霞饮露的清高，是淡泊超脱的象征，所以许多文人墨客都喜欢以此自勉；这四个字又很有画意，不管是山林溪涧，还是陂岸洲渚，烟云缭绕的画面总会令人心旷神怡，健心益寿。所以在瓷上画浅绛山水的程门自然洞悉"烟云供养"的真谛，以至我们今天所见到的雪笠山水，几乎都有一种烟云气象。从而开辟了中国一代文人瓷画的先河，让浅绛彩瓷在中国陶瓷史上有了划时代的意义。

程门取得这样的成就不是偶然的，他长期生活于江南地区，早看练江，暮对黄山，秀丽的山川河水，入目都是山岚雾影，烟郁云蒸，及至景德镇画瓷，山水依然。于是画山水自有"烟云供养"之境，自然超出笔墨蹊径之外。山川浮瓷，烟云满釉，每件山水瓷画都别有一番胸次，总是山岚迷蒙，到处烟景。表现的往往是烟雨、烟月、烟光、烟霞、烟水、烟江、烟波、烟棹、烟溪、烟沙、烟渚、烟浦、烟屿、烟皋、烟岸、烟陂、烟村、烟舍、烟林、烟树、烟杪、烟柳、烟郊、烟谷、烟嶂、烟壑、烟岭、烟岫……"烟云供养"四字在他可谓点染尽矣。其表现方法，恰此四幅"瓷本册页"的构图用笔，均以平视的角度，不做细节刻画，很少线条和皴法；近山草树以淡墨横点点簇，远山则不见笔痕，以淡墨晕染形状，或是一抹，或是一线，云均留白，山均点翠，略施渲染，效果却极为突出。从而让人感到，他的山水风华老到，老得有些苍然，苍然中又透着远古的凄清和华滋；草树孤高幽冷，冷得有些俏皮，俏皮里又诱人想和它作现实的亲近。都说他的山水师法米友仁，但我总想米友仁未必供养得起程门胸中的烟云。

美国哈佛大学汉学家斯蒂芬·欧文在其专著《追忆——中国文学中的往事再现》中曾意味深长地说："我们一遍又一遍地听着旧故事，一遍又一遍地讲述旧故事，对我们来说这有什么意思呢？一旦被拖进复观的轨道，就会发现，我们无法让过去的事留在一片空白和沉寂无声之中。每当重新开始一个旧事的时候，我们就又一次被一种诱惑抓住了，这种诱惑使我们相信，能够把某些无疑是永久丧失了的东西召唤回来。"不能否认的是，抚摩了一百年的"四时瓷本册页"，深感所承载的那种"烟云供养"的中国文人精神和情怀，将永远诱惑着我们，永远值得我们将它们召唤回来。

御窑两支笔，同绘"一品锅"

在流传下来的浅绛彩瓷作品中，四大家合作的作品殊为少见。其中金品卿和王少维虽然在一起时间较长，并同为景德镇御窑厂的"两支笔"，但两人合作的作品也是一件难求。我收藏浅绛瓷彩 20 余年，也只有一对金品卿、王少维、王凤池三人合作的山水帽筒，后来经不住福建陈先生的经年"觊觎"，只好转手予他，那是我出让的唯一一件浅绛彩瓷，后来署名"西塘红袖"的曾有一篇文章专记此事，题为《7 年增值 70 倍：一对浅绛帽筒的华丽转身》。自那时以后，我想我再没有浅绛四大家之间合作的作品了，不意前几天应陈树群先生之约，开始撰写《金品卿山水温锅》一文的时候，却发现这只温锅是金品卿和王少维两人合作的作品。意外发现，给了我一个意外之喜。

这只温锅于 2003 年购得，如果不是锅上的两组四个钮，任谁见了都会说是一件笔洗。就因为它不是笔洗，而且当时也未弄清楚是金、王二人合作的作品，所以价格并不高，况且还没有了温锅所必需的盖。然而即使它是温锅，也是温锅中的极品，所以我称它为"一品锅"。它高不到 10 厘米，口径也只有 14 厘米。这样小的温锅，在日用瓷器当中，很少见到，想来定是豪门世家老爷太太的专用。刚买来时，我曾经用其做了小半年的笔洗，后来一位沈阳文物店的朋友到我家来，看到案上的这只"笔洗"，看到洗中黑黑的墨水，还有斜放在里面的两支毛笔，然后摇头叹气地说："初府今非昔比啊，案上文房竟也如此奢侈，100多年前的金品卿作品只能在这里涮笔了。"当时我虽然也知道金品卿是浅绛彩瓷大家，但大家的东西也是实用器，不用当如何？但经朋友这么一说，深感我是唐突了金品卿大人，100多年的"笔洗"还完整如初，到我手中，使用过程中如果出现损坏，岂不可惜。于是洗净包装，纳入锦盒，真正归到收藏之列。

20年过去了，当我要写这篇小文时，又将这只温锅拿出来，放在我的花梨大画案上仔细欣赏。无盖的小温锅，此时不管怎么看，怎么都像是一件文人案上的水洗。它瓷胎细密紧致，釉色白中略带淡青，温润如玉。四个精致的描金小钮，虽已斑驳，但更显岁月沧桑，更有年份和包浆。

温锅的正面山水，自右至左，如同徐徐展开的一幅小手卷。开篇卷首，近景是岸柳石崖，柳为细柳低垂，崖是危石高耸；柳只碧翠几缕，崖却拔地一柱。崖后中景，绿树一丛，红叶数枝；及远则峰峦无语，立尽斜阳。次第卷中，再见近景，小舟缓行，舟上两人，萧散淡然。中景则洲渚错落，绿树苍苍；青山平陂，一脉葱茏。迤逦卷尾，近中景为悠悠碧水，一派空蒙，只有远景，苍茫树影中透出淡赭色的"青山一发"。读画至此，令人倍感诗意无尽，余音袅袅。左上角是行书题款："品卿金诰画"。款后钤朱白文印"金申"二字。

温锅的另一面是矾红大篆和行书两种书法。为了准确释文，我特意请沈阳故宫博物院研究员、著名书画篆刻家周维新先生辨识，确定在题为"屈生敦"之后的大篆文字为："任主溪作，宝敦子子孙孙，其万共年用享。己卯。""敦"是一种古代盛黍稷的器具。因其为"屈生"所做，故称为"屈生敦"。这段取自青铜器"屈生敦"上的文字，与晚清浅绛彩瓷上经常能见到的带有装饰性的大篆文字一样，都是告诫子孙永宝此物之意。可惜，这件精致的温锅终究是子孙不宝，以致百多年后即流散到我的手中，然而谁又能知道，多年后这件东西又会流转到哪里呢。文物散失之痛，古不鲜见，古稀天子的"御览之宝"尚且会成为"散佚"之物，更何况我之平民百姓呢？

在大篆书法之后，一段行书则是解释前边大篆文字的："屈其姓也，韐其名也，曰生。如龙鼎，称龙生之类。后言用敦，如在，乃宗庙之器；有神，如神在之义。己卯冬日。画饼书生。"文后钤白文"学古"长方印。这一段文字再次强调了"敦"这种器皿"乃宗庙之器"，具有"神在之义"，不可造次，当然更当子孙宝之。

这段文字的署名不是金品卿，不是王少维，而是"画饼书生"。在2003年的时候，还不知这位以"画饼"充饥的书生是谁，只因有了"品卿金诰画"这样的款识，就一切都被掩盖了。后来，随着浅绛彩瓷热的持续，有关金品卿、王少维作品和资料的不断发掘，研究者发现，"画饼书生"是王少维的号。首先发现这一名号的是徽州藏家所藏王少维的国画人物立轴《秋山静钓图》，图上题款云："癸酉（1873）立秋前三日摹于芝阳经署，画饼书生王廷佐。"由此证明，王少维有这样一个"画饼书生"的号，然而在浅绛彩瓷作品上却始终没有发现王少维再署"画饼书生"，在这件与金品卿合作的温锅上，当是目前第一次发现的王少维在浅绛彩瓷上所署的"画饼书生"号。

另外，在这件温锅上还有一个新的符号，即金品卿的名。我们知道，金品卿名金诰，以字行。他的号很多，如品卿居士、寒峰山人、新安樵者、新安樵子、三十六峰山人等；画室名有御厂轩亭、珠山之环翠亭、新安官廨、珠山官廨、珠山之敬事轩、珠山前之吟花馆等；印章有金诰、金品卿、品卿、品卿金诰、诰、臣诰、皖江金诰、皖江金品卿等。但在这件温锅上，他的印章却是"金申"，这也是第一次发现，他为什么要用这样一个印章，他是否还有一个"金申"的名字，尚待细解。

　　光绪五年己卯（1879），正是金品卿和王少维在景德镇御窑厂，誉称"两支笔"的时候。他们二人合作的这只温锅，历经130多年，有幸摆上了我的画案。看着金品卿那充满逸气的文人画，看着王少维那笔宗法"二王"的书法小品，我的心中也注满了融融的书卷气。这次从锦盒中取出来，我不想再放回去，我要将其盛上清水，真正用作笔洗。我想我的"浅绛轩"里，我的花梨大画案上，就该用这样的"一品锅"来做笔洗。

瓷上丹青数丹臣

　　2009 年 10 月，我从武汉开完会去景德镇，途中经阳新县小停，只为这里是王凤池的故乡。在县城里询问浮屠镇王志村，路人说不太远，往西南方向几十公里就到了。因为旅行计划中没有浮屠镇这一站，所以只好遥望西南，留待以后再参访了。丹臣故里历史悠久，风光秀丽，素称"百湖之县""鱼米之乡"，古代曾有"阳新八景"闻名于世。其八景为：沧浪烟雨、南市渔歌、宋山樵唱、孔殿秋香、道观晴霞、谢墩夕照、杨林晚渡、坡桥夜月。这八景当年曾由王凤池的好友金品卿、王少维、方玉在景德镇写绘成浅绛彩瓷八屏，并赠予王凤池带回阳新收藏。后来这件精美的八景屏风由阳新流出，2007 年曾在雅昌网上露面。那一阵，阳新古八景的繁华旧梦曾让许多收藏爱好者彻夜难眠，王凤池瓷上丹青的前尘影事从而也成为浅绛爱好者追寻的目标。

一

　　历史有时候微妙得让人难以捉摸，如果不是 20 世纪末兴起来的浅绛彩瓷热，可能王凤池会永远湮没在历史烟尘中而鲜为人知。虽然他是颇具才学的翰林，虽然他也曾做过四品的南康知府，但这些都不足以让他显赫。在浅绛彩瓷热兴起之前，他也只是在《明清进士题名碑录索引》《清代翰林传略》和《兴国州志》里有简单的记载，其他史料则鲜为人知。他的诗虽然也写得很好，但他的诗集《福云堂诗稿》则鲜为人知。因为在中国浩如烟海的历史文化中，毕竟翰林太多了，知府太多了，诗人也太多了，王凤池的学名、官名和诗名既上不了电视剧，也进不了"百家讲坛"，他无法让后人去追逐。但是让他自己都想不到的是，在他去世一个世纪之后，他的浅绛彩瓷却让他声名鹊起，他的名字与当年在景德镇画浅绛彩瓷的程门、金品卿、王少维并列在一起，成为晚清"浅绛彩瓷四大家"，其作品价格也一路飙升，几与清三代官窑接近。

王凤池虽为翰林，但关于他的记载并不是很系统。我们今天所知道的王凤池，主要是依据《清代翰林传略》《明清进士题名碑录索引》《宫中朱批奏折》《白鹿洞书院教思碑》《兴国州志》《黄公定占传并赞》及《王氏家谱》等，综合这些资料，可知王凤池（1824—1898），谱名王隆桃，字兆木，一字丹臣，号敬庵，别署福云、小樵、云樵、太史、福云小樵、观棋后樵、词垣痴客、改厔从游庐山小樵、改厔从游匡庐使者等，斋名福云堂、福云山房、兰亭后轩等。

王凤池 1859 年 35 岁时中举人，1865 年 41 岁时中进士，钦点翰林院庶吉士。1871 年 47 岁时授为翰林院编修，负责起草诰敕、纂修史书、侍讲经筵。1874 年，王凤池 50 岁时以特授南康知府的身份分发到江西候补，1877 年补授南康知府实缺。"南康知府"治星子、都昌、建昌、安义四县，在知府任上，王凤池曾数次到庐山白鹿洞书院讲学，书院生徒立"教思碑"纪其德。1880 年，王凤池 56 岁时丁艰回籍。其间适逢岁欠，他组织捐款赈济，又主持修葺儒学，大兴读书之风。同时整理编辑自己的《福云堂诗稿》，与刘凤纶合作续修《兴国州志》。1898年，王凤池在家乡病故，享年74岁，葬于浮屠镇王志村白云山麓。王凤池幼配吴氏，又娶潘氏为妻。生子二：文琮、文琯。文琮第四代孙王义天曾为中国科学院地勘研究所博士后研究员。文琯曾官至浙江绍兴府台，子嗣留在浙江。

二

说到王凤池的生平，还与我所在的辽宁有些关系。2009年3月30日的《葫芦岛晚报》曾发表过一篇记者杜红梅写的《弄清一块匾20年不间断》的报道。说的是辽西走廊最西端的葫芦岛市龙港区收藏家秋雁先生，在1984年有幸自北京柯家表姐处得到一块匾，这块匾长2.8米、宽1.2米。匾上有四个描金大字"露浥冰桃"，上款"祝贤甥媳柯门罗氏孺人节寿"，落款"翰林院编修愚舅王凤池题，光绪三年丁丑吉月"。从落款上得知，这块匾是王凤池题赠给外甥媳妇的，从书写时间上看，"光绪三年"是1877年，应是王凤池补授南康知府实缺那年所题。

秋雁先生在得到这块匾后，最大的兴趣就是想考究清楚匾后的故事。他知道这块匾是表姐娘家送给她的传家宝物，最应当从表姐娘家查起，而表姐娘家正是辽西走廊东端的北镇市。于是秋雁先生数次到北镇探访，终于在医巫闾山下一个小村庄里找到了一位上了年纪的柯家后人，他向秋雁先生讲述了这块匾的来历。

原来王凤池少年时与其二姐感情深厚，后来二姐嫁到北镇柯姓大户人家，有一段时间王凤池即到二姐家读私塾。当时的北镇称为广宁，为辽海重镇，历史人文积淀深厚。王凤池在这里读了很长一段私塾，同时书法与绘画也大有长进，颇呈才情。成年之后回到兴国，一步步考上举人、进士，成为翰林并外放为知府。在知府任上的王凤池仍时时惦记着远在北镇的二姐，因为姐姐与儿媳的关系长时间很不融洽，主要是她对儿媳太苛刻，凡事百般刁难所致。不料想二姐晚年得了"腰痿"，整日卧床不起。在这种情形下儿媳罗氏不计前嫌，对卧床的婆婆端屎端尿，悉心照料。这一下让婆婆十分感动，逢人即夸儿媳孝顺，致使方圆百里都在传颂柯家媳妇的美德，并以她做典范教育子女。王凤池也深为外甥媳妇的贤德感动，于是亲手题字制匾，并派人送到北镇柯家。以"露涴冰桃"这高洁无尘的四个字来极度赞扬外甥媳妇的纯美贤孝，可谓选词讲究，意象奇警。他在匾上没有属"知府"之官称，而是属此前的翰林一职，尽显低调与书卷气。

经过 20 多年的时间，秋雁先生终于弄清楚了这块匾的来龙去脉。他崇尚王凤池的才情与学问，还去了一次王凤池的家乡，见到了王凤池的第七代孙，访问了王家祠堂，拜谒了大山深处的王凤池墓，终于续写完成了王凤池与辽西走廊的这段匾额佳话。

三

当北镇柯家"露涴冰桃"匾现世，人们还在考证王凤池是何许人的时候，中国收藏界浅绛热也开始悄然兴起。于是，在程门、金品卿、王少维之后，王凤池的名字和他的作品也如同"露涴冰桃"般的新颖和鲜活，开始引起浅绛彩瓷收藏者和研究者的注意。初始阶段，人们还在纠结与争论：王凤池的浅绛山水瓷板到底是他自己所绘，还是由王少维代笔？然而当王凤池的作品不断被发现，他在瓷上的绘画、书法、诗文以及随意而兴的铭辞题跋更多地展现在人们面前的时候，藏家们终于瞪大了眼睛：浅绛彩瓷，得程门、金品卿、王少维易，得王凤池难！瓷上丹青，诗书画三绝，非王凤池莫属！

从现存资料看，王凤池的浅绛彩瓷创作应是从他 1874 年以特授南康知府的身份分发到江西候补开始的，直到他 1880 年丁艰回籍，满打满算也就是不到六年时间。就在这六年里他也不可能经常到景镇画瓷，最可能集中在瓷上创作的时间就是他在景德镇"榷陶"那一段。据唐山陈树群先生在 2017 年发现并披露的王凤池《黄公定占传并赞》所记"池于丙子赴景镇权榷务"，"丙子"为 1876 年，从这一年开始，王凤池在景德镇代理督陶官，像当年的唐英一样，有机会与陶工一起切磋制瓷、绘瓷技艺，同时与"御窑两支笔"金品卿、王少维成为好友，一起合作浅绛彩瓷，后来则单独创作了许多作品。

其实在赴江西之前，王凤池的书法与绘画已达到相当不错的水平。其斋名"兰亭后轩"，证明了他的书法走的是帖学一路，追慕的是先祖东晋书圣王羲之的兰亭遗韵。阅遍清代翰林书法，几乎人人精到。书法不好的文人考不上进士，而翰林又是进士里书法更好者，所以今天的艺术品市场，翰林字始终是藏家所中意的。同时王凤池的诗文创作也成就很高，于浅绛瓷上题诗最是他的得心应手处。有了这样的基础，于瓷画创作上只是稍加指点即可登堂入室，实践证明也确实如此。

那么，王凤池在景德镇共创作了多少件瓷绘作品，现在已很难查清，恐怕以后也难清楚。据唐山陈树群先生统计，近 20 年间，王凤池单独创作的作品于藏家手中露面的大约只有 15 件，与金品卿、王少维合作的在 20 件以内。以民间瓷器收藏过百年所存已"十不及一"的规律看，王凤池单独创作的数量是 150 件左右，但王凤池所做均是高端摆件，一般在后世藏家手中会得到妥善保管，恐不至于损失太多，要远远小于"十不及一"的损失率。所以现在看，当年王凤池单独创作的浅绛彩瓷作品最多也就是百件左右。即使是这个数字，王凤池无疑也是中国古代翰林出身的同级别官员中创作瓷绘作品数量最多者，同时也是瓷绘家里官阶最高的人物，当然这不包括"郎窑""年窑""唐窑"中的郎廷极、年希尧和唐英，因为他们或是总督兼署窑务，或是专职督陶官多年。

四

王凤池独自创作的作品主要集中在光绪二年丙子（1876）和三年丁丑（1877）两年里，即他在景德镇榷陶这一年和1877年离开景德镇，补授南康知府实缺之前这段时间。在这两年里，王凤池特地在珠山南麓御窑厂内的环翠亭旁辟有陶室"敬事轩"，专事瓷绘之事，许多精品都是在这一段时间完成的。这首先是因为他自身所具备的学养和书画功夫，其次是前一年与金品卿、王少维的切磋与合作，才使他单独所创作的作品达到了能与程门、金品卿、王少维相媲美的高度。

目前所见，王凤池在乙亥（1875）独自创作的作品有《赠黄定占瓷板》，这件作品和后两年所作瓷板比，其画面与书法明显感到流畅不足，说明他还未完全掌控瓷上的书画技法。到了丙子（1876）时所绘朱竹六棱大瓶，画面与书法则特别流畅，自然而洒脱。而到了丁丑（1877）所作的山水瓷板，则已达到炉火纯青之程度。

目前所见到的王凤池1877年所绘的两件瓷板，一件是《深山寻诗图》，另一件是《昌江日对黄山图》。

《深山寻诗图》为典型的中国古代山水画的三段式，近处苍石堆岸，秋草迷离，一汪湖水，平静澄澈，映衬出岸石的清癯。坡石上，几株萧萧挺拔的古树，疏疏落落。林间古道上，两位骑驴负囊之行客，一人挥鞭，欲指路过桥；一人身背锦囊，背身以听，或已得诗句正在相告。中景为一湖平水直抵对岸，左边露一沙洲，洲上树影婆娑，楼阁隐隐。远景是青山两重，一重嫩绿，一重淡赭。淡赭的秋山枯瘦清旷，山影如一抹灵动的黛眉，清雅秀丽。画面左上角题款为行书七言绝句："山似嵩恒路一条，林亭泉石入烟霄。骑驴二个奚囊客，得句成功过野桥。丁丑新秋评清修道人画意。丹臣，王凤池。"画的题款已点明，这是诗人在寻诗途中，山势崎岖险峻，如同中岳嵩山，又似北岳恒山，丛丛峰岚，只有一条山路可行。一程程只见林深亭隐，清泉奇石，风光尽在云霄烟霞之中。就在这样一个清幽的山野里，来了两位像唐人李贺一般骑着蹇驴寻诗的"奚囊客"。唐人李商隐在《李长吉小传》中曾这样写李贺："恒从小奚奴，骑距驴，背一古破锦囊，遇有所得，即书投囊中。"他说李贺每天日出后就带一个未成年的小书童，骑着一头弱驴，背着一个老旧的破锦囊，遇有诗材成句就写下投入囊中。所以后来就将诗囊称为"奚囊"，并成为诗人喜爱的重要意象。宋人卢祖皋《水龙吟》词里说："向闲中时有，奚囊背锦，开松户，看云岫。"张炎《壶中天》词里也有："奚囊谢屐，向芙蓉城下。"元代诗人柳贯《夜行溪谷间梅花迎路》诗也说："正为先生行役苦，故留皱玉荐奚囊。"后世也多有用"奚囊"二字作为书名的，如明人张瀚有《奚囊蠹馀》，清人沈钟有《奚囊璀剩》，清抄本里有《奚囊杂录》等。两个"奚囊客"此行收获颇丰，"得名成功"，因此要行过野桥，要踏上归路。从图上不难看出，那位挥鞭而指的人似乎在说："老兄，该过桥了。回家且饮且吟去。"

这件《深山寻诗图》瓷板整幅画面不管是疏林坡岸，还是浅水遥岑，都表现得意境疏朗幽秘，神韵萧散简远。且简中寓繁，拙中藏巧，用笔似嫩实苍，于尺幅之间创造了一幅浑然阔远的画卷，再现了王凤池山水瓷画的独特风韵。让人感兴趣的是那两头蹇驴，画得极为生动，尤其那驴腿与驴蹄，只点线勾勒几笔，即见风见神，极其生动地表现出了山中之驴靠腿劲与耐力的特点。仅此一笔处，我们即可见出王凤池在绘画上的功力。

王凤池的《昌江日对黄山图》瓷板，瓷质细腻，背板平滑。画面为山脚湖滨，近峰高耸，远山如黛，山下一泓碧水，傍岸一舟，舟上竹篙插水。岸边乔木参天，绿荫匝地，树丛中隐一院落。近景处，一蓝袍高士正拄杖沿岸向山中而行。左上角书法题款为一首七言绝句："桑落村中酒一觚，八年未见米颠兄。昌江日对黄山谷，画里诗间说曼卿。丁丑夏日临匡庐盆浦之谱以奉小鸿仁兄大人映正。丹臣弟王凤池寄意。"关于这件作品，我曾写有《浅绛瓷板上的翰林风华》一文，刊于《收藏界》，此处不再多叙。

这两件瓷板，当是王凤池山水瓷画的代表作，其画意古雅，题画诗精绝，书法亦潇洒漂亮，在中国陶瓷史上堪称不可多得的杰作，其艺术价值，或许只有唐英款的作品可堪比肩。

王凤池在1877年的浅绛作品当中还有《香山九老图》大瓶。此瓶高60厘米，原为宁波胡越骏所藏。2011年底以150万转让的沧州一位藏家，曾创造了浅绛彩瓷当时的市场价纪录。也正是从那时起，王凤池的瓷画作品在市场上日趋走高，受到藏家的大力追捧。

五

从现存王凤池浅绛彩瓷作品看，他与金品卿、王少维合作的作品要比他单独创作的多。三人中，金品卿长于花鸟，王少维擅画人物，王凤池精于书法，各有超凡功力和独到之处，其合作过程堪称珠联璧合，其所合作的作品也书卷气十足。

现在能见到的三人合作的最早作品是乙亥（1875）年开始创作的八条屏。这套八条屏共50块瓷板，最下面的3块博古图缺失，余47块，创作时间跨度为三年。此屏以八仙故事为主线，辅以山水、人物、花鸟、金石文字，题材非常丰富。其中八仙故事和山水及人物多为王少维所画，花鸟为金品卿所画，5块博古图没有文字，从风格看也是金品卿所画。金石文字板部分为王凤池所作，其中集古诗词和临摹钟鼎文的瓷板落款名字很多，大多为晚清官员。这件屏风不仅真实记录了金、王两位浅绛大师与王凤池在环翠亭里吟诗作画的场景，同时还反映了王凤池此三年间的心路历程，以及金、王二位御窑厂画师的精彩画风和王凤池超迈的书法艺术。

在21块文字瓷板中，有两块大板是王凤池题的自作七律诗，一首为《咏西湖图湖心平眺》："平湖宕漾不风波，韵绕四围泛棹歌。白傅诗随潮到早，黄筌画入镜中多。亭前树色分青霭，桥畔春荫映绿蓑。云影天光双眼豁，催缨狂拟百东坡。"另一首为《黄鹤楼次韵》："第一长江第一楼，涛声帆影几经秋。凤凰岭罩霞千朵，鹦鹉洲笼月半钩。纵有诗人才子笔，难将黄鹤白云留。仙人与我真消息，玉笛飞声最上头。"另两块书法大板一录《金川将军传》，一写《灵飞经》，尽现王凤池的书法风格。

其中还有两块书法记事板，也是王凤池书写："光绪二年丙子夏五月选于昌江珠山南麓之敬事轩，环翠亭前内造。福云堂兰亭后轩珍藏。"印章"王氏""福云"。这块书法板印证了敬事轩是御窑厂内的陶室，也是王凤池与金、王等经常在一起切磋瓷艺的画室。另一块内容为："丁丑冬十二月后，昌滨陶室佳瓷片如玉板纸，随手录近来所记拙音。福云山房观棋后樵丹臣氏凤池自制。"印章"臣"。记录了王凤池在瓷上题诗作画的简单过程，尤有史料价值。

另外，后人所知王凤池所用的名号斋馆也多出自这件屏风上，如"丹臣""观棋后樵""福云堂""福云山房""兰亭后轩""敬事轩""环翠亭"等。所以说，这件屏风集中了有关王凤池的多种信息，对于研究王凤池的生平和创作，颇有价值。

六

在王凤池与金品卿、王少维合作的作品中，还有一批重器就是他离任还乡时带回湖北阳新的得意之作，即与金品卿合作的山水花觚、仰天春、万象春、六合春、润春、守春、涵春、含春、养春瓶，还有一对与金品卿、王凤池全做的帽筒。这批浅绛彩瓷随着王凤池入昌江、过鄱阳湖、溯长江，最终和他的乡愁一起回到翰林故里。这批浅绛彩瓷多以"春"命名，并且将其拟人化，或尊为"父"与"师"，或称为"兄"与"弟"，宝爱有加。2005 年 6

月 20 日，雅昌论坛民国瓷版主韦强先生发表《王凤池寻访记》，详细介绍了他到王凤池故乡寻访这批浅绛瓷的过程。

据韦强先生介绍，这批作品可圈可点的是与金品卿合作的山水花觚。这件作品高 60 厘米，分为三节。中间一节由金品卿作山水，上下两节由王凤池分别用行书和隶书题跋。其上部行书题跋为："有坦白先生者，其甲子似在羲王以上之年，陶其姓也，名以钧传，体成端雅，质赋刚坚。昌浦之源，珠山之巅，发祥协吉，以生所贤，浑融谦冲，正直平圆。拟精于地，受圆于天，众芳在宥，得气之先。丙子新秋日，丹臣凤池撰。"通篇以铭、颂之体和拟人修辞笔法，盛赞瓷器的源起、产地和优良品质。称瓷器为"坦白先生"，当是王凤池的首创。不过这个创意倒也贴切，因为《说文》释"坦"字为"安也。从土，旦声"。这和瓷器的性质极为相符。另外"坦"字还有显豁、明亮之义，这也与瓷器相合。如《广韵·旱韵》说："坦，明也。"《庄子·秋水》云："明乎坦途，故生而不说，死而不祸，知始终之不可故也。"而"坦白"成词则谓"纯正清廉"之义，如宋人范仲淹在《祭陕府王待制文》中所称："性清方以自处，故坦白而莫欺。"综合以下因义，这位"坦白先生"从土而生、生而不说、显豁明亮、纯正自处，是不是案上常见的瓷器？花觚下部分用隶书写道："坦白先生，陶门之贤士也。万象春君、六合春君，其父师也。如润春君、守春君、涵春君、养春君，皆其友若弟。惟仰天春君，则其兄也。同会于福云山房，以品群芳。"此与上节题跋相呼应，均以拟人手法，赋予瓷器人性化，强化了对这些浅绛瓷的宠爱之情。

其中的"仰天春"大瓶，高 110 厘米，是目前所见浅绛彩瓷中最高大者。"仰天春"为狮耳螭虎花口瓶。此瓶原为一对，解放初期，王凤池后人的家产作为土改对象，其福云山记一室之"陶门之贤士"也开始父子遣散，兄弟分离。据收藏此瓶的王凤池故乡人熊君清向韦强讲述，他收藏的这只"仰天春"当年分给了一位村民，村民将其放在家中装稻谷。那花口上的残破处就是村民装稻谷时不小心砸掉的。而另一只"仰天春"的命运则更为悲惨，它当初分给了一位贫农，只因这瓶子太重，那贫农搬不动，只好将其放在地上，用脚踹着往家"滚"，结果在滚动过程中撞到石头上，碎成几瓣而被丢弃。

如今历尽劫难而保留下来的这只残了口的"仰天春"上，我们可以看到这只大瓶画的是"高士杖藜寻梅图"。画面从瓶肩螭虎处开始以斧劈之势布就山形，山崖下，高士杖藜而立，若有所思。童子执梅相迎，似有所述。远处为碧水一泓，沙洲缥缈；高士身后的悬崖上红梅一枝，老干虬曲。表现了寻梅高士超然物外的高洁与萧散，为典型的王少维画风。

"仰天春"大瓶画面右侧有王凤池题跋："此少维神品也。丹臣评画。"旁又有王少维亲笔题款："少维王廷佐画。"瓶的另一面题有王凤池"仰天春"三个楷书大字。下方有王凤池题款："光绪二年，丙子春正，选于昌江珠山。丹臣记。"钤白文印："太史氏珍藏。"这件大瓶，不仅体量硕大，信息量也格外丰厚，实在是不可多得之物。

当年王凤池带回老家的还有一对王凤池与王少维、金品卿合作的山水帽筒。其中一只为金品卿作。画面为远山近树，中景为一房舍。其中近树两株画得极为简净，深得倪云林高洁挺括之法，文人味极足。题款为："仿倪高士画法。金品卿临于昌江珠山之敬事轩。"款后钤白文"臣诰"印。另一只为王少维画，断崖之下，有屋舍一间，细柳数丛。远处湖水接天，沙洲点点。水上一艇，艇上一人，似钓似划，悠闲萧散。另一面为王凤池题款："丙子冬至后选寄，畅陔老弟大人赏品。丹臣兄凤池书赠。三吴王少维画。"有"王氏""佐印"两枚矾红印。关于这对帽筒，《收藏界》曾刊有《7年70倍：一对浅绛彩瓷帽筒的华丽转身》一文，介绍了这对帽筒的前世今生。

王凤池带回故乡现仍存世的另有"涵春""润春"和"含春"花鸟琮式瓶。

与通常所说的"浅绛三大家"程门、金品卿、王少维相比，王凤池的作品没有那么多，然而正是这有限的创作，却证明了王凤池在瓷上的无限风光。翰林就是翰林，饱学之士，一流的才情境界，一流的情致风范，一流的书法甚至一流的绘画，作品自成旧家风范。天生流连后花园的才子襟怀，腕下瓷上自然能生发出倪云林式的山水云烟。诚如杜甫在《过郭代公故宅》所言："迥出名臣上，丹青照台阁。"这也是我之所以说"瓷上丹青数丹臣"的个中缘由。

浅绛瓷板上的翰林风华

    随着浅绛彩瓷收藏与研究的勃兴，王凤池的作品也越来越令人关注，其作品的市场价值甚至超过同时期的程门、金品卿、王少维。细细想来，王凤池的声名顿显，也属历史必然，因为翰林、知府或是能诗善画者虽多，但同时工瓷绘者却又寥寥，尤其是翰林瓷绘家，在中国历史上，可能除了王凤池，还找不出第二人。因此，当我十年前拿到王凤池《昌江日对黄山图》浅绛瓷板的时候，我就深知这件作品对于王凤池，对于中国瓷本绘画史的重要价值。

一

    十年前的春天，在南昌，在瓷友傅瑞交先生的陪同下，拜访江西省文物店创始人之一、《瓷板画珍赏》的作者赵荣华先生。在赵先生的客厅里品黄山毛峰，于茶烟氤氲中听他温文尔雅地谈浅绛彩瓷，谈"珠山八友"，那真是一种高华典丽的享受。就是那一次，承赵先生介绍，我拿到了《昌江日对黄山图》浅绛瓷板，第一次感受王凤池这个人。回来后查找王凤池的相关资料，于是对此人多有了解，并写了《瓷上丹青数丹臣》一文，从而对这块瓷板有了更多的认知。

《昌江日对黄山图》瓷板作于光绪三年（1877），高42厘米，宽31.5厘米，瓷质细腻，背板平滑，是典型的金品卿、王少维作品中常见的御窑厂专供瓷板。画面上水岸隔湖，近峰高耸，远山如黛。傍岸一舟，舟上竹篙插水。岸边乔木参天，绿荫匝地，树丛中隐一院落。近景处，一蓝袍高士正拄杖沿岸向山中而行。画面左上书法题七言绝句："桑落村中酒一觥，八年未见米颠兄。昌江日对黄山谷，画里诗间说曼卿。"诗后题跋："丁丑夏日临匡庐盆浦之谱以奉小鸿仁兄大人映正。丹臣弟王凤池寄意。"题款长形引首章，阳文"恩水画"。款后为阴文"王氏"章和阳文"丹臣"章。这件瓷板不仅尺幅阔大，且画得精致而文气十足，层层绿意，鲜活轻倩；青山秀嶂，怡神悦目，整个画面构图清晰明快，生动而活脱，于随意处显功夫，颇得文人山水画之神韵。尤其是近景之树，画得极为简净，枝干老道，树叶以方形墨彩点染，神完气足。

更为难得的是瓷板上的题诗写得灵动而呈才情，书法也自然飘逸，可谓诗书画俱佳，从中不难见出翰林才情。当是王凤池浅绛彩瓷画的代表作。

中国的翰林虽然不在少数，但翰林的独特身份，却无法不让人恭敬。中国自唐代设立翰林制以来，一直沿用到清末。翰林院号称"玉堂清望之地"，翰林不仅是士子中的佼佼者和以文采名世的清贵职位，同时也是政治型的知识分子，皇帝的文学侍从官。一旦选为翰林，就像唐人韦处厚在《翰林院厅壁记》一文中所写的那样：常在君相之侧"指踪中外之略，谋谟帷幄之秘"，时人誉为"天上人"。杜甫曾在《赠翰林张四学士垍》诗中写道："翰林逼华盖，鲸力破沧溟。天上张公子，宫中汉客星。"尊崇翰林之风气一直从唐代延续到清末。王凤池能够跻身翰林院中，不管是智慧还是才情，自然非同凡响，而诗书画之才更是他作为翰林的雕虫小技。

二

从这件瓷板的诗后题款上看，诗人与老朋友"小鸿"已经八年未见，此次于昌江边上相聚，格外亲切。诗人用了三位宋代大名人的名字来说事，叙述两人之间的情致与话题内容，可谓匠心别运。

"桑落村"，在这里并非实指，而是泛指桑叶飘落时节的一个处所，即在景德镇昌江岸边那个桑叶纷纷飘落的小山村里，诗人和他的朋友一觥一觥地对饮着。"桑落"是古诗中常见的一个意象，分"桑之落矣"与"桑之未落"，都源自《诗经·氓》篇："桑之未落，其叶沃若。"是指桑树长成的时候，叶子沃然茂盛，后世解经者谓这两句是比喻女子的年轻美貌和象征男女之间的浓情蜜意；"桑之落矣，其黄而陨"，则是说桑叶由黄而凋零，解经者则说这是用桑叶由绿变黄来比喻女子的年老色衰。后来"桑落"二字在诗词中成为一个意象，一是指时节，即深秋桑叶凋落之季节。如李白《浔阳送弟昌岠鄱阳司马作》诗："桑落洲渚连，沧江无云烟。"王安石《招约之职方并示正甫书记》诗："忆初桑落时，要我岂非夙。"二是称一种酒，即桑落酒。桑酒大约产生于北朝，北魏的贾思勰在《齐民要术·笨曲并酒》里写道："十月桑落时者，酒气味颇类春酒。"北周诗人庾信的《就蒲坂使君乞酒》诗中就有了这种酒："蒲城桑落酒，灞岸菊花秋。"到了唐代，这种酒已成为一种名酒，如白居易《刘苏州寄酿酒糯米，李浙东寄杨柳枝舞衫，偶因尝酒》诗中就有："柳枝慢踏试双袖，桑落初香尝一杯。"钱起《九日宴浙江西亭》诗中也说："木奴向熟悬金实，桑落新开泻玉缸。"王凤池与"小鸿"一觥一觥对饮的时节正是桑落之时，说不定喝的也是桑落酒，所以诗人正是在这种美酒微醉的情境中，才将坐在对面的朋友看成了宋人。

诗的第二句里，诗人称这位对饮的朋友"小鸿"为"米颠兄"，即将其比作宋人米芾。宋代大书法家米芾以其行止违世脱俗，倜傥不羁，人称"米颠"。如文天祥在《周苍崖入吾山作图诗赠之》中说："三生石上结因缘，袍笏横斜学米颠 。"清人陈维崧在《满庭芳》词中也写道："空归去，数声暝磬，行过米颠坟。"由此可见，王凤池的这位"小鸿"朋友，绝不是普通的往来者，一定有着与米芾一样的性格或是擅写米体字的书法家。

诗人接着写道：在昌江岸边的这个山村里，开轩面南，对着的正是黄山一脉。这里的"黄山谷"一语双关，既是实指自然景观的黄山山脉，又兼用了宋人黄庭坚的名字，另外还寓意是处往来无白丁，每天都有黄庭坚一样的人物可谈笑品饮。北宋书法大家、著名诗人黄庭坚，号山谷道人，人称"黄山谷"，也是江西人。昌江边上的景德镇距黄山并不远，直线距离也就是百公里左右，而距黄山余脉则更近了，所以诗人说"昌江日对黄山谷"；同时，诗人与八年未见的老朋友聚会，一日之间晤谈甚欢，对面坐着的又犹如宋人黄山谷，以此高度赞美了这位能书如米颠，能诗如黄庭坚般的"小鸿仁兄"。

三

最后一句："画里诗间说曼卿"，他们品酒、论诗、作画，其间的话题是"曼卿"。"曼卿"是谁？宋人石曼卿，这是王凤池在诗中第三次提到宋人的名字，也是他二人饮酒间最主要的话题。

石曼卿，名延年，曼卿是他的字。他生于北宋淳化五年（994），卒于康定二年（1041）。他虽然只活了47岁，却是宋代赫赫有名的人物。他性嗜酒，举止放荡，善出诙谐幽默之语，有李谪仙之奇才。《蓼花州闲录》一书中曾记载他为"天若有情天亦老"的绝对："月如无恨月长圆"。他因为被诬告的好友说了几句公道话而贬到海州（今连云港市），做了一个小小的通判。后来他又受命于危难之际，在河北、陕西等地组织起几十万大军抵御西夏，立下大功，皇帝因此赏赐他绯衣银鱼。然而当朝廷正准备重用他的时候，他却因病逝世。石曼卿才华横溢，众多文人都与他交好。他病逝后，欧阳修作《祭石曼卿文》，梅尧臣作《祭石学士文》，又作《吊石曼卿》诗，蔡襄作《哭石曼卿》。由此可见他的影响和与这些人的交谊。

石曼卿的书法也颇为有名，王凤池与"小鸿""画里诗间说曼卿"，其中最主要的可能就是他的书法，因为在第二句里诗人曾称他为"米颠翁"。石曼卿的书法，颇呈才情，当时人说他"奇篇宝墨多得于醉中，真一代文翰之雄也"。范仲淹在《祭石学士文》中也称赞说："曼卿之笔，颜精柳骨，散落人间，宝为神物。"如此说来，在那种深秋桑叶飘落，黄山隐约的环境里，与故交挚友酒熟耳热之间，谈论石曼卿人品书品，真是一个再好不过的话题了。

在诗后的题款是，王凤池说"临匡庐盆浦之谱"。"盆浦"即"溢浦"。"溢"系溢水的简称，又名溢涧，因源出江西省瑞昌县（今瑞昌市）清溢山东麓而得名，顺流经九江而入长江。因此，九江在晋代称"溢城"或"溢口城"，其后又称作"溢浦港"。这里是说此画作是临摹庐山九江溢浦一带的山水之景色以送兄长。可见此山景是有所本的，王凤池曾为九江知府，对"溢浦"山水景致当然熟知。或可说这也是他在瓷板上的写生之作。

这首题在瓷板上的七言绝句，深得唐宋真韵，既有情趣，又具理趣，且内中意象纷呈，堪称诗中妙品。诗不贵深奥，全贵投入，深奥是学术之獭祭，投入方为创作之精血。学术靠苦功，博大的学术描入落花庭院之中难免两伤，饱含精血的作品才是天生性灵之铸造。看王凤池这首绝句，可见出他与朋友"小鸿"的深情投入，从从容容，洒洒落落中以三位宋人才子相比对，可谓真情真趣。

在欣赏《昌江日对黄山图》的画意之后，我也更对王凤池的书法感兴趣。王氏行书，完全从古代帖学一脉而来，宗法"二王"和宋人笔意，尤其是对宋人书法，体会最深，表现最切。这正如同他在与朋友的品饮间就能一下拈出三位宋人入诗，并且那般妥帖，那般浑融一样，他的书法中也多是宋人意趣，既有苏轼的才情，又具米芾的气韵；既萧散奔放，又严于法度。如这件瓷板书法上的布局和结字，以及每一笔的书写，都做到了裹藏恰好，肥瘦适宜，疏密得当，简繁有度的程度。比如"桑"字的瘦，"间"字的扁，"卿"字一竖的外倾，"奉"字一竖的拉长等，都给人以意外的情致和趣味，从而达到一种沉着超逸的视觉美感。这种书法美学上的个性追求，也是他作为翰林书家最基本的当行本领，在那个年代的浅绛彩瓷画师中，无人能及。

王凤池是个有才气又睿智的人，学问境界自然一流，天生具有流连后花园的才子襟怀，作诗写字绘画自成旧家风范。与金品卿、王少维之间稍加切磋，就会在腕下瓷上生发出倪云林式的山水云烟和翰林风华。中国文人瓷画收藏与研究家石门张森先生见此板曾评说："好瓷，好画，好诗，好字，好印！——谓之五绝不为过！"此评可谓颇中肯綮。

方胜瓶上的山水合欢

沈阳故宫博物院研究员周维新兄曾告诉我给瓷器及书画文玩命名的原则，先是断代，次为作者，再是文饰色彩与题材，最后是器物形制。如果按周兄所言之原则，汪藩这两只浅绛彩山水瓷瓶的全称应是"清汪藩绘浅绛山水方胜对瓶"。

与此前的官窑民窑器难以断代不同，浅绛彩瓷的一大好处是断代清晰，因为作品本身就有纪年款。所以看着汪藩的这对方胜瓶，就会让人想起一百多年前的景德镇，想起珠山上的妙静轩。

清光绪十二年（1886）的夏天，景德镇黄家洲码头边上的妙静轩。窗外竹荫匝地，青苔铺阶，昌江渡口上的市声从远处隐隐传来，和着树上的几声蝉唱，飘入轩中。汪藩看着案上刚刚画完的浅绛山水瓶和瓶上那潇洒的米体字，脸上露出一丝微笑。这是他近些年来所画最满意的一件作品，而且还是一对方胜瓶，这种瓶胎体难做，画起来难度也大。他一边端起茶杯，一边思忖，不知这对瓶能否传之后世？

那一年，汪藩43岁，正是瓷绘生涯最旺盛，创作最成熟的时期。在画

完这对方胜瓶 37 年之后，汪藩病逝于故乡徽州黟县，享年 80 岁。那一年是
1923 年，已是民国时代，国共合作，国民革命如火如荼。2003 年，在汪藩逝
世 80 年之后，历经清末民初，抗战、内战和"文革"、改革开放等多个时代
的这对山水合欢瓶，在通信和物流最为发达的时代，从黟县流出，几经辗转，
最终流到东北鞍山。在鞍山那个下了腾鳌高速路口，进入市区不远的"民间
收藏展示中心"里，这对方胜瓶与我相遇。当我第一时间将眼光落到这对方
胜瓶上时，我就有了她们一定会属于我的想法。经过询价、谈价、付款，当
天晚上，方胜瓶就走进了我的浅绛轩中。在灯光下我一遍遍地欣赏着；在惊
叹汪藩瓷绘精绝的同时，又感叹现代物流和交通的快捷，徽州之物可以在几
天之内就能远赴东北；鞍山古玩店中的瓷瓶，也可以在几个小时之内就能来
到我的书斋中。从此能每天面对，如晤佳人，素心相知。

　　在清末民初那批文人瓷绘家任意挥洒着浅绛色彩的时代里，汪藩与程门、
金品卿、王少维、王凤池等四大家相比，虽然算不上一流大家，但作品中突
出的个性，总会给喜欢浅绛彩瓷者留下深刻的印象，不敢小觑。

　　汪藩字解眉、介眉，号梅庄居士，安徽黟县人。如果不是清末徽商没落
导致新安画派的集体转行，西行绘瓷，汪藩可能会成为新安画派中的重要画
家。正是因为徽商和新安画派的式微，才使他成为清代同光年间一位画技精
湛的浅绛彩瓷名家。他的作品以文人画风入瓷，尤擅山水。他的浅绛山水瓷
绘，既不同于程门的云烟点染，又不同于金品卿的冲澹古雅，更不像王少维、
王凤池的简括萧散，而是在浅绛基础上，大胆施以黄、绿、红等色彩，使画
面更加浑厚氤氲，气象更趋丰赡华滋。这对方胜山水瓶则是他这一路风格的
典型代表，且瓶形独特少见，因此在传世的浅绛彩瓷作品中堪称珍品。

　　方胜瓶，自唐代开始流行，一直是中国瓷器立件中的佼佼者。陶瓷界曾
有"一方顶十圆"之说，即做一个方形器所费的工艺时间，大约可做十个圆
形器。而方胜瓶比方瓶更难，方瓶只有四面，而方胜瓶却有八面八棱。所以

在各大博物馆以及拍卖会中，方胜瓶一般难以见到，而浅绛彩瓷方胜对瓶就更为难得。

"方胜"，是中国名物学中一个特有的名称。"方"是指方形。"胜"则是一种从汉代就开始流行的戴在女人头上的首饰，以金、玉、铜等制成，取"优胜"之意，诚如《辞源》释"胜"所云："事物优越美好的叫胜。"《山海经》里曾说西王母就戴过这种首饰，叫"蓬发戴胜"。杜甫《人日》诗中又有"胜里金花巧耐寒"之句。"胜"又分为数种：如花之状的称为"花胜"，像人形的唤作"人胜"，两个菱形压角相叠而成的则叫"方胜"。著名戏曲史论家王季思先生在《集评校注〈西厢记〉》中说："胜本首饰，即今俗所谓彩结。方胜，则谓结成方形者。"这是王先生在《西厢记》第三本第一折中的注。那其中的一段曲词是："先写下几句寒温序，后题著五言八句诗。不移时，把花笺锦字，叠做个同心方胜儿。"由此可见，"方胜"是由两个斜方形（菱形）部分叠合相连而成的一种图形，寓有"同心双合，彼此相通"的吉祥含义。因方胜压角相叠的形状，既寓意"同心"，又暗含"优胜"，所以前人写完情书，总要"把花笺锦字，叠做个同心方胜儿"，以寄相思相合之情。方胜流风余韵到今天，我们还能经常见到的就是中国结，又称"方胜盘长"。

不辞其难而做成的方胜形瓷瓶，自然也有着"同心方胜"的美好寓意，它更加完美地诠释了中国传统几何装饰纹样中的东方审美理念，即对爱情的美满希冀，对生命的无限崇拜和对吉祥的恒久企盼。正是从这个意义上，方胜瓶在民间又称作"双连瓶""连体瓶""合欢瓶"。我则对"合欢瓶"这个浪漫的称呼更加喜欢，不仅喜欢它在形状上的同体合衾，更属意于它纹饰上的山水相合，丹翠呈欢。

这对连胜瓶山水画意基本一致，正面为山水，背面书诗文。正面山水画在四折相连的四个面上，看上去如同一把半合半开的折扇。画面近处，红树几株，明艳如炽；中景苍山滴翠，林杪盈泉；远处三两茅屋掩映在彼岸绿荫之中，水亭临渚，小舟缓缓。整个画面布局精巧，并充分利用方胜瓶特有的多个转折侧面，互为呼应，一气呵成，给人以强烈的艺术美感。一只侧面题款为："山居图。仿子久之笔，介眉氏并书。"另一只为："介眉汪藩并书。"画面上方，于瓶颈四个折面处有书法题款："一湖绿水，几叠青山，渔樵属业，舟楫往还。时在丙戌夏写于昌浦之极妙静轩，法古风山人之笔。介眉氏作。"瓶的足部为鱼尾形，画有一枝横斜的梅花，老干如骨，花朵艳丽，古雅宜人。两只瓶的背面中间为行书："古砚不容留宿墨，清瓶随意插新花。时在丙戌夏，写于昌浦之于抢珠山馆，法古风山人之笔。介眉汪藩。"颈部为金文篆书："文尊彝其萬（万——作者注）年寳（宝——作者注）用之吉祥。"一对方胜瓶上，集中了诗、书、画、印、瓷等五种最具中国元素的文化符号，犹如知性美人，端庄静淑，很是让人赏心悦目。

为我命得"清汪藩绘浅绛山水方胜对瓶"之名的周维新兄出身世家，祖父周樾溪，光绪最后一科进士。父亲周铁衡，为齐白石弟子，诗、书、画、印无所不精，兼通金石学、文字学、考古学、医学、古琴、钱币等。周兄退休前于沈阳故宫博物院做研究员，承袭父祖遗风，诗、书、画、印，文玩鉴赏，书画收藏，样样精擅，名播辽海。其人一向谦谦，一身君子之风。多日前曾送我台湾产檀香粉一盒，每有闲静之时，品茶之间，即于案上铜炉检点燃之。这一天，我正在檀香袅袅、茶烟轻扬的书房中细赏汪藩对瓶，恰好周兄打来电话，说起此瓶，他称极为难得。然后又帮我按文物条例，命得此名。我玩了十几年的书画古玩，但却不知名物书画命名还有条例之说，周兄给我上了一课。此身曾是故宫人，周维新终归是周维新，了不起。

照黎与兴黎

——浅绛彩瓷中的"汪氏兄弟"

我从 20 世纪 90 年代末开始玩浅绛彩瓷，买的第二件藏品是汪兴黎的"青花纹与刘备招亲图浅绛大瓶"。那是在辽西古昌黎义县的一家寄卖行，大瓶虽身有裂纹，且缺耳一只，但 66 厘米的高大器型和三层青花纹饰，一面浅绛人物，一面书法诗作，既有纪年款，又有署名的彩瓷作品，着实让人喜欢。在看惯了满世界的瓷器包括官窑器在内大都为匠人之作的时候，见到这样具有书卷气象和文人韵致的大瓶，自然令人耳目一新，于是毫不犹疑地花 300 元买了下来，尽管当时许多人都认为我被打眼了。买到这件瓷器不久，我才知道它叫作"浅绛彩瓷"，它的作者汪兴黎是徽州人。汪兴黎还有一位兄长叫汪照黎，似乎比他更有名。于是我开始满世界地寻找这类瓷器。到 2004 年入藏最后一件浅绛彩瓷时，我的浅绛轩里已有 28 件汪氏兄弟的作品，其中汪照黎的 22 件，汪兴黎的 6 件。

一

浅绛彩瓷的创世到衰落，经历了 70 年；而衰落之后到成为藏界新宠，也是隔了 70 年。从 20 世纪 90 年代末期开始，浅绛彩瓷被世人重新发现并成为热门藏品，这期间，汪氏兄弟，尤其是汪照藜的名字大概是玩家最熟悉的，几乎所有收藏浅绛的人，手中可能都会有一两件汪照藜的作品；早期浅绛玩家，也大都是先淘到汪照藜后再收到程门或金品卿的。因为在上百位流传到今天的浅绛彩瓷名家中，汪照藜的存世量可能是最多的，保守估计，他应当有一二百件作品存世，相比其兄，汪兴藜的则要少了许多。

在资料匮乏，缺少文字记载的情况下，要搞清楚当年浅绛彩瓷名家的生平事迹一向很难，直到今天，我们也查不到汪氏兄弟的生卒年和具体出生地。知道他们是徽州人，是因为汪照藜的作品上偶有"新安汪照藜"的署款。而知道他们是兄弟，则时间更晚。在 2008 年以前包括玩浅绛彩瓷最活跃的雅昌网近现代瓷论坛上，还都将汪兴藜的作品误为汪照藜的。这主要是因为繁体字的"兴"与"照"在书法上很相像，不细看难以区别。如玩家发在论坛上的汪兴藜渔樵人物方胜瓶、五如图方胜瓶、竹溪六逸人物瓷板等都曾误为是汪照藜的。后来玩家逐渐发现这是两个人，而且是两兄弟。同时，我还见过一网友收藏的汪燃藜乙巳年（1905）所作"捕鱼为业图浅绛彩温酒器"，这个汪燃藜是否也是照藜、兴藜的兄弟呢？因其作品少见，难以确定，但从"燃藜"之名看，当有兄弟之缘。如果未来对燃藜所作多有发现，确认其与照藜与兴藜的兄弟关系，那此文的副题就当改为"浅绛彩瓷中的'汪氏三兄弟'"了。所以在当下，我们还只能先写这两兄弟。

知道照藜、兴藜是兄弟，一是我曾见过他二人合绘的瓷瓶；二是"照藜""兴藜"之名，也是兄弟起名的惯例。这一点，对徽州浅绛瓷绘家颇有研究的晨欣先生在《浅绛瓷绘名家中的徽州人》一文中也说汪兴藜是"徽州人，汪照藜之弟也"。尽管如此，说他俩是兄弟，还是缺乏铁证。但同是徽州人，生活在同一个时代，同姓本家，又名字中同有"藜"字，称其为"兄弟"自也成立。因为在徽州，自古以来就有"九李十八张，天下无二汪"之说，更有"黟歙之人，十姓九汪，皆华之后"的说法。

"汪"是徽州大姓，公元197年汉龙骧将军汪文和避乱渡江南迁，孙策授其为会稽令，遂居于歙县，为徽州汪氏一世祖。之后徽州汪氏兴旺发达。其14世孙汪华生有9个儿子，后裔在境内分布最广。歙、黟为汪华长子建和第八子俊之后；婺源、休宁、祁门为汪华第七子爽之后；绩溪为汪华第九子献之后，构成徽州汪氏放射形分布，而且汪氏人口众多，这就是"十姓九汪，皆华之后"的来历。不仅如此，在徽州之外，还有"天下汪氏出徽州"之说，由此可见徽州汪氏在全国的影响。

画浅绛的汪氏兄弟出自徽州人文渊薮之地，其姓不凡，其名自也不俗。"照藜"复"兴藜"，都与"藜"结缘，可谓意味深长。

"藜"是一种一年生草本植物，茎直立，嫩叶可吃。在我辽西的老家则称其为灰藋、灰菜。老茎可以用来做拐杖，称"藜杖"。《晋书·山涛传》记载说："魏帝赏赐景帝春服，帝以赐涛，又以母老，并赐藜杖一枚。"古诗中又有"杖藜"一词，唐代杜甫《暮归》诗道："年过半百不称意，明日看云还杖藜。"姚合《道旁亭子》说："南陌游人回首去，东林过者杖藜归。"北宋诗人孙季秀《题屏》诗中有："说与旁人浑不解，杖藜携酒看芝山。"南宋诗僧志南的《绝句》也说："古木阴中系短蓬，杖藜扶我过桥东。"都是将"藜杖"入诗的最好句子。

在与"藜"相关的典故中，最有名的是"藜火"和"青藜"。晋王嘉《拾遗记》里载："汉刘向校书天禄阁，夜默诵，有老父杖藜以进，吹杖端，烛燃火明。取《洪范五行》之文，天文与图之牒以授焉，向请问姓名。云'太乙之精'。"南朝时的《三辅黄图》一书也记有此事，并增加了"老人著黄衣，

植青藜杖"一句。后因以"藜火"和"青藜"为夜读或勤奋学习之典。正是
因为有此神授，刘向才成为一代经学大师。于是刘向的子孙后裔，就以"藜
照""藜阁"等为堂号，自称藜阁刘氏，以纪念刘向这位杰出的显祖。所以后
世也以"照藜"之典喻勤奋读书，又因是黄衣老人持青藜而来，所以"照藜"
之名者，字必带"青"。而名"青"者，则以"照藜"为字。如清末民初浙江
有位著名书法家刘山农（1878—1932），原名青，字就是"照藜"。另一位上
海书法家刘文玠（1881—1933），名青，也是字"照藜"。

由此可见，汪照藜之名正是来源此典，而从存世的汪照藜浅绛瓷上也可
见到他的字正是"子青"，还有"筱青"。而其弟汪兴藜，或还有汪燃藜，也
是随其兄而名，都有"藜"字。从其传世作品上看，汪兴藜又称"仰和"，这
当是他的号。

二

照藜与兴藜兄弟，在清末民初浅绛彩瓷的创作上，虽然未能达到如程门、
金品卿、王少维一样的成就，但却以大量的创作，形成独特的风格，在浅绛
彩瓷的发展史上自成一派，不可轻视。

汪氏兄弟的主要创作时期是在光绪年间至民国初年。我所见到的现存最
早的汪照藜作品是光绪二十年（1894）的"灌溉图蒜头瓶"和"群仙高会图
笔筒"，最晚是1925年的"渔樵耕读帽筒"，跨度在30年以上；现存最早的
汪兴藜作品是1906年的人物方壶，最晚的是1910年的人物帽筒。可见这位
弟弟的创作时间并不长。汪照藜在1925年仍有创作，这在浅绛瓷绘家群体
中，大约是最后的香火。但他晚期的风格已多是粉彩，即使是浅绛，也大都
画得粗糙，且底款为"汪照藜造"，我判断这是以他的名字注册的"汪氏公
司"所为，不一定是汪照藜亲笔所为了。

在30多年的时间里，汪氏兄弟的创作应当数量很大，器型也多种多样。如文房器有笔筒、墨盒、水盂等；观赏器有瓷板、琵琶尊、蒜头瓶、象耳瓶、方瓶、六棱瓶、方胜瓶、壁瓶、嫁妆瓶、帽筒等；实有器有杯、壶、盘、碗、小碟、盖缸、将军罐、冬瓜罐、粥罐、花盆、水仙盆、鱼缸、枕头顶、渣斗等。各种器型应有尽有，这在当时的浅绛瓷绘家里是不多见的。

汪氏兄弟的浅绛彩瓷创作主要在光绪朝的后平期，作品内容丰富，既有历史重大题材，又有民间风物传说；既有人物山水、花鸟虫鱼；更有渔樵耕读、品茶醉酒。

历史题材的瓷绘内容似乎是这两位兄弟的拿手好戏，历史上的许多故事都曾出现在他们的作品里，如汪照藜的百里溪拜相、破镜重圆、风尘三侠、霍小玉传；汪兴藜的管鲍分金、刘备招亲、竹林七贤、李白回书、竹溪六逸、和靖爱鹤等。民间传说中如汪照藜的彭祖长寿、单衣顺母、窦燕山教子、富贵寿考、一堂五福、十二花神；汪兴藜的九图、加官晋爵、郭巨埋儿、关羽送嫂等。同时配有大量历史诗文，使瓷上的浅绛历史瓷画更为生动，更有内涵。

对于日常生活的创作题材，那更多的是汪照藜的选项。在目前发现的汪氏兄弟的浅绛彩瓷作品中，还有没看到汪兴藜表现日常生活的题材，他几乎是清一色历史题材的创作。而汪照藜则不然，他既有历史题材的，更有生活题材的。如砍樵、钓鱼、读书、醉酒等生活小景都会出现在汪照藜的瓷绘中，尤其是饮茶和耕织图系列最为突出。如己亥年（1899）的"坐对茶经"执壶，癸卯年（1903）的"客去茶香留舌本"提梁壶，庚戌年（1910）的"寒夜客来茶当酒"提梁壶，辛酉年（1921）的"谈心解渴总相宜"人物执杯，茗饮系列题材似乎是汪照藜最擅长的，所以每一件也都画得纯熟而充满诗意，且没有重复之感。所以我深信汪照藜不仅是一位多产的瓷绘家，还是一位喝茶高手和茶文化爱好者。

在中国古代，天子三推，皇后亲蚕，男耕女织，是最为美丽的小农经济图景。因此，《耕织图》就成为最流行的绘画题材。中国最早的《耕织图》是南宋绍兴年间画家楼俦所作，并得到了历代帝王的推崇和嘉许。后来许多画家纷纷创作，演绎为中国绘画史、科技史、农业史、艺术史上一个独特的现象，也成为中国文化遗产中的一大瑰宝。瓷器上出现的耕织图纹，始见于康熙时期，多用青花或五彩表现。浅绛彩中的耕织图目前仅见于汪照藜，其中他画得最好的是乙未年（1895）的"耕织图琵琶尊"。这件作品收在陈建欣先生编著的《浅绛彩瓷画》一书中。此尊高45厘米，四面绘有耕织图内容，分别为"选种""饲蚕""灌溉""收刈"，每幅画上均有题诗。整件作品庄重古朴，大方端庄，其四时田园风光所呈现的耕织图画面和小农经济场景，既素朴温婉，又风华独标，令人赏爱不已。我还曾见过一件汪照藜甲午年（1894）绘的"灌溉图"蒜头瓶，画的也是《耕织图》里的场景。我藏有一对他甲辰年（1904）绘制的"插秧碗"，表现的也是《耕织图》的内容。汪照藜选择《耕织图》上浅绛彩瓷，不仅是他对市场的把握，更有他瓷绘审美上的独特选择，这一点正是汪照藜不同于其他浅绛瓷绘家的高明之处。

在瓷绘风格上，汪氏兄弟尽管手法多样，但其在光绪时期的主体作品却很有些独到之处，不仅有突出的个性，还更具有浓郁的"浅绛"色彩。

在"浅绛"色彩上，兄弟二人的风格是一致的，即是很典型的"浅绛"。我们知道，浅绛是中国山水画中的一种设色技巧，即画面以淡红青色彩渲染为主，多用淡的赭石和淡花青类颜料，而照藜与兴藜兄弟的瓷绘正是遵循这一用色原则，所以他们的作品看上去虽是淡抹轻染，但却简静素雅，充满融融古意。

在人物造型上，二人风格也很一致，其人物大都是当时海派如任伯年、钱慧安等人的风格，面部多是高额头、稍拱嘴的"光绪人"形象。这一点，在汪兴藜的作品中也有记载，如他绘于丁未年（1907）的"青花纹与刘备招亲图双耳大瓶"和"竹林七贤图双耳瓶"上就有这样的题款："仿海上名人画法于珠山"。

与画意不同的是，兄弟二人在书法上却大相径庭。汪照藜的书法风格为"二王"一路，颇近似于赵孟頫和唐寅，流美而华滋。而汪兴藜则厚重朴拙，很像吴昌硕一路，且多有隶书。

三

全面洞悉汪氏兄弟浅绛瓷绘的内容与风格，当然还是以其具体作品的研究入手最合适。下面选数件二人的代表作品予以介绍，来进一步了解兄弟二人创作的共性与个性。

（一）汪照藜戊戌年（1898）作"松柏人物笔筒"

高 14 厘米，直径 13 厘米。此笔筒上口描金，大气雍容。图为三松一柏，柏树虬枝老干，松树高大挺拔，树下一红衣蓝袍高士，杖藜而行。款为："松伯延年。戊戌仲夏月写于昌浦客次。书奉荣春翁台老大人指谬。教晚张秀峰敬呈，后学汪照藜作。"有矾红印两方。底有矾红款"官窑内造"。此笔筒瓷绘布局严整，笔墨极具功力，整体不输浅绛三大家之作。

（二）汪照藜甲辰年（1904）作"汉唐人物故事方瓶"（对）

高 57 厘米，底径 14.5 厘米，口径 15 厘米。此瓶四面，两面对映。其中一对映面为瓶身绘画，瓶颈书法；另一对映面则瓶身书法，瓶颈绘画。瓶身绘画一面是根据唐孟棨《本事诗》所绘南朝陈太子舍人徐德言与妻乐昌公主破镜重圆的故事。瓶颈书法款为："乐昌公主。破镜随身望再圆，何曾抛掷别离边。菱花不是无情物，完就人间未了缘。书请叔奇如兄大人清玩。仲樵氏

敬赠。"从最后的落款可见，这是一对定制的赠人对瓶。另一只瓶身的绘画
是唐传奇《霍小玉传》的故事。瓶颈上的书法题款为："小玉。玉钗敲斫紫鸳
雏，消息声华满帝都。能致黄衫偏薄倖，死生哪得放狂夫。时在甲辰春月书。
汪照藜作。"两只瓶的书法一面是行书七言绝句："一阵寒梅落上阳，六宫从此
换新妆。名花不肯对常谢，留作佳人额上香。写于珠山画馆。汪照藜作。"颈
上画洞石、盆兰、香梨、灵芝。题款为"宜寿宜昌"。另一面的书法亦为七言
绝句："鸾凤齐鸣自越江，兰亭芬馥灿银缸。深宫不少闲花草，珍重黄蓉只一
双。甲辰暮春偶书。筱青并题。"瓶颈上画折枝石榴。书法款为"榴开百子"。

（三）汪照藜甲辰年（1904）作"插秧图碗"（对）

高 7 厘米，底径 5.7 厘米，口径 10.8 厘米。两只碗画面与题款一至，一
面为"插秧图"，一面为书法款："溪南与溪北，笑歌插新秧。时在甲辰，汪照
藜作。"底有矾红楷书款"官窑内造"。

（四）汪照藜乙巳年（1905）作"人物山水六棱镂空帽筒"（对）

高 26 厘米，口径 13 厘米。每只帽筒分别为三面绘画三面书法。绘画分
别为松鹤图，题款"一品大夫"；江山水阁图，题款"溪亭避署"；渔人归来
图，题款"沽酒醉归船"。书法两面行书题李商隐七律《隋宫》，另一面篆书：
"益作宝鼎子子孙孙永享用之，汪照藜乙巳年作。"

（五）汪兴藜丁未年（1907）作"青花纹与刘备招亲图浅绛大瓶"

高 66 厘米，底径 19.7 厘米，口径 20.5 厘米。口沿、颈部和底足部分别
为青花云纹、海水纹和芭樵纹。瓶腹部为大幅"刘备招亲"图。书法题款为
清代袁枚的咏史七绝《孙夫人》："刀光如雪洞房秋，信有人间作婿愁。烛影
摇红郎半醉，合欢床上梦荆州。丁未（1907）季夏，汪兴藜画。"瓶的另一面

腹部为书法，内容是唐人杜牧的《山行》、李白的《清平调三首》其一和明人杨士奇的《刘伯川席上作》。书法之上，瓶的颈部画有"管鲍分金图"。款为："仿海上名人笔法于珠山，仰和画。"如此大的青花纹饰和浅绛画大瓷瓶，题诗多首，且非一般常见诗作，这样的作品在存世的浅绛彩瓷中也并不多见，由此也见出汪兴藜的文史积淀和瓷绘功力。

（六）汪兴藜丁未年（1907）作"加官晋爵图冬瓜罐"

高 28 厘米，底径 14 厘米，最大腹径 22 厘米。一面绘有"加官晋爵"图案。并有书法题款："加官晋爵。仿华秋岳笔法。汪仰和写。"另一面书唐人王维六言绝句《田园乐》："桃红复含宿雨，柳绿更带朝烟。花落家童未扫，莺啼山客犹眠。时丁未（1907）季冬，汪兴藜写。"

（七）汪兴藜丁未年（1907）作"竹林七贤图双耳瓶"

高 45 厘米。底径 18 厘米，口径 18 厘米。画面为湖岸竹林边，六位高士与五位童子组成的"竹溪六逸图"。图上颈部有题款："仿海上名人画法与珠山。江兴藜。"另一面瓶腹书孟郊《游子吟》诗。瓶颈上题款："法名人画，插寿者花。"

天圆地方：浅绛重器数玉泉

　　戊戌初夏，一件海外回流 87 厘米高的"玉泉款天圆地方浅绛彩山水花鸟大瓶"出现在中国人的收藏视野里，各种官媒与自媒体争相传播，一时羡煞浅绛彩玩家，纷纷猜测，不知此硕大重器最终落在谁家。

　　浅绛彩瓷诞生在 150 年前，而浅绛彩瓷获得真正的认知与重视也就是这 20 多年间的事。20 世纪末，随着中国收藏热的兴起，浅绛彩瓷引起藏家的关注。当时，许多人认为这是一种失传了的工艺，而且断言"浅绛无大器"。时至今天，并不复杂的浅绛工艺已经复活，当年创制浅绛的景德镇已有许多人在重新绘制浅绛瓷，个别仿古作品甚至已达到真赝难辨的水平；而随着浅绛彩瓷市场价格的不断飙升，浅绛大器也陆续出现，其中 2018 年 5 月 18 日中贸圣佳拍卖的这件"玉泉款天圆地方山水花鸟大瓶"就颇为壮观，此前如此硕大的浅绛彩瓷重器只是在韦强先生《王凤池寻访记》中见到的王凤池、金品卿合作的 110 厘米高的"仰天春"大瓶，接下来可能就是这只玉泉款天圆地方瓶了。此瓶不仅器型大方壮观，别出机杼，且四面山水花鸟，相映成趣；色彩经年如新，古艳清雅，令世人叹为观止。

在中贸圣佳的预展厅里，这件大瓶是所有拍品中最吸引参观者眼球之物，其主因就是硕大，在众多展品中颇有鹤立鸡群之感。在器型上，大瓶采用"天圆地方"造型，敞口、束颈，下接四方直肩，直腹下收。整个瓶形方圆有致，浑然挺括。

"天圆地方"造型是中国古代最古朴的宇宙认知和哲学思想体现。自古以来，中国人就把天地未分、混沌初起之状称为太极，太极生两仪，两仪划阴阳，阴阳分天地。于是将由众多星体组成的茫茫宇宙称为"天"，立足其间赖以生存的田土称为"地"。由于星空中日月等天体总是在周而复始、永无休止地运动，好似一个闭合的圆周无始无终；而大地却静悄悄地在那里承载着人类，恰如一个方形的物体静止稳定，于是"天圆地方"的概念由此产生。西汉扬雄在《太玄·玄摘》中曾说："圆则杌梲，方为吝啬。""杌梲"是动荡不定；"吝啬"为收敛静止。一动一静，形成天地生机和永恒。正是在这种天圆地方的哲学思想影响下，几千年来中国的传统建筑和许多生活器物都是按着这个原则建设和制作的，"玉泉款天圆地方浅绛彩山水花鸟大瓶"则是传世器物中最能体现这种哲学思想的典型代表。其圆润的口部和颈部，与方正的肩部和瓶身既形成鲜明的动感对比，又融为天然的和谐一体，哲思内蕴，风致十足。

"天圆地方"大瓶在装饰上也十分讲究，肩下有霁蓝釉饕餮衔金环辅首，生动传神。瓶敞口内绘梅花，虬枝老干，花蕾点点，盘旋圆口之中，布局绝妙而典雅。颈部绘山石花鸟，布局严整。花为折枝桃花与金雀花，蕊瓣翠叶，俏丽嫣然；鸟为一只立于石上正在鸣叫的山雀，神态生动，啾唧有声。瓶腹两面绘山水、两面绘花鸟。两幅山水，一面为重山曲水，草树亭台，水中小艇摇荡，沙洲迤逦，山色翠微，朦胧而苍然。题款："得意扬帆。玉泉。"并印。另一面是近景古松挺拔，松下两高士席地而坐，悠然自得；远景双峰对出，高耸入云。题款："但识琴中趣，何劳弦上音。玉泉。"并印。两幅山水画得丰满舒朗，温润华滋，既得米家山的点染之妙，又有同时代程门、金品卿、王少维、王凤池瓷上山水的书卷之气。另外两面花鸟，其中一面是芙蓉翠鸟，间两三竹叶。题款："未有信天翁，日暮秋江上。玉泉。"并印。另一面为墨梅翠竹，扶疏摇曳。题款："竹外一枝斜更好。丙戌夏三月，研生写于珠山客次。"其花鸟用色精雅，形态妍婉，活色生香，颇有金品卿花鸟之精神。

从瓶上的款识看，这个大瓶绘于"丙戌夏三月"，即光绪十二年（1886），距今已132年。132年间，这个叫玉泉的先人几乎被后世所遗忘，如果不是已经传世132年的这只大瓶，我们不会想起这个人，更无法想象132年前的那个"夏三月"，玉泉在景德镇昌江岸边该是怎样的冥心构思和挥汗如雨。然而我们现在还只能是想象，因为他留给我们可考察的史料实在是极少极少。我们只知道他活动于晚清同光时期的一位瓷绘家或画家，名"研生"，字或号"玉泉"，姓什么，仍是无从得知。

中贸圣佳公号介绍这件大瓶说："作品少见，目前面世作品仅见两件，其一为这件来于欧洲的天圆地方大瓶拍品，其二为英国东方陶瓷研究会长彼得·韦恩先生的旧藏——丙戌夏研生玉泉写山水大瓷板。"其实玉泉款浅绛瓷虽然不多见，但目前传世作品不止这两件，就我收藏研究浅绛彩瓷20余年，所见泉生作品除这两件之处，尚有三五件。印象深刻的是几年前在上海见到的一只玉泉款方笔筒，两面山水花鸟，两面书法诗文。诗是杜甫的《水槛遣心二首》其一和韦承庆的《凌朝浮江旅思》，两首诗都是五言律诗，但都少了后两句，可能是方笔筒面积太小，难以写下八言，此种情形在浅绛瓷中并不少见。另一件是在北京古玩城看到的六棱花鸟花盆，印象很深的是花盆上的海棠花画得极好，轻倩而俏丽，款是"研生玉泉写"。只是当时因为浅绛彩瓷价格高涨，比我当初收藏时已高出几倍甚至几十倍，我已不再买浅绛瓷有多年了。

中贸圣佳所言"丙戌夏研生玉泉写山水大瓷板"，早在2007年就曾在内地披露过，是"浅绛风彩"先生于雅昌"民国瓷"版论坛介绍的。他说："玉泉——一个不为大家熟悉的名字，可能作品流传太少了，可绘画功力绝不在程金王之下。入选百家应无问题吧。"他还在论坛里发了这件大瓷板的照片，说"这是英国东方陶瓷研究会会长比得恩的藏品，20 年前购自中国，曾收录在他的藏瓷图录封底上。"他所说的"入选百家"之事是指当时宁波胡越骏和唐山陈树群两人正在编辑的《浅绛百家》一书，只是因为图片翻拍自藏瓷图录《等待春天》一书的封底，不太清晰，故这件作品最终并未收进《浅绛百家》。但此书在所附"浅绛画师录"中有"研生"之名，放在"宣统及国民前十年"里，现在看应当在同光时期才合理。

据"浅绛风彩"披露，"丙戌夏研生玉泉写山水大瓷板"八年之后的2015 年，这件作品终于回到中国。购回这件瓷板的是"井冈杜鹃"先生，他是在一家英国拍卖网站拍到的。瓷板 67.5 厘米 ×48.5 厘米，也是浅绛瓷板中的大件。井冈先生在雅昌论坛里发文描述说："瓷板描绘的是湖上春景，近处青草、绿树、渔舟、楼阁；远处碧波荡漾，山脊上一抹翠绿。构图大气磅礴，远山近水，尺幅千里，水墨味极浓。胎、釉、彩皆为上品。"题款"丙戌夏研生玉泉写"，和中贸圣佳拍卖的这件天圆地方大瓶同一年绘制。

2015 年秋天，玉泉这件大瓷板又出现在北京匡时秋拍"推陈出新——近现代及当代瓷专场"，注为"英国东方陶瓷研究会会长彼得·韦恩旧藏"，最终以 34.5 万元拍出。

时光到了 2018 年初夏，收藏界中人更期待的是"玉泉款天圆地方浅绛彩山水花鸟大瓶"，5 月 18 日，几乎所有喜欢浅绛彩瓷人的眼光都聚焦在中贸圣佳。下午三时，经过数轮激烈叫价，此瓶最终以 45 万拍出，加上佣金近 50 万。对于这个价格，在场的几位浅绛彩瓷收藏与研究专家认为并不高，未来仍有可观的升值空间。他们说，此等器型硕大的浅绛大瓶目前仅见三件，而此件拍品又是其中尺寸最大的。不管是艺术价值还是收藏投资价值，这件大瓶都是最可期待的。

　　而在我，最期待的是彼得·韦恩《等待春天》一书，看一看这位英国东方陶瓷研究会会长都收藏了哪些中国的浅绛彩瓷，他早于我们所有内地浅绛彩瓷藏家而来中国搜罗浅绛彩，可谓先醒先悟之人。他为什么如此中意于研生玉泉？抚摩着天圆地方大瓶的刹那，我有一种"等待春天"的感觉。

浅绛盖碗里的一盏好茶

在浅绛彩瓷的各种器型里，我比较喜欢盖碗。这种浅绛瓷盖碗玲珑三件，小巧精致，杯与盖上的瓷画小品也简约生动，诗意横生。置于案上品茶赏器，给人以足够的玩味与惬意。这当是浅绛彩瓷实用与观赏两相结合最为恰当的妙品，也是此种彩瓷风行 70 年，艺术魅力至今不减的一个奥秘所在。

正是出于这一审美意趣，我才在早春时节访景德镇的时候，与数位国家级工艺美术大师闲谈起当下景德镇大师级的作品，几乎都是观赏器，而极少实用器的现象。对于这一问题，他们说也认识到了。但也有人不以为然，他们认为国家级大师甚至省级大师是陶瓷艺术中的精英，就应当追求高端艺术，创作观赏器；而实用器为大众消费，应是一般工匠所为。对于景德镇陶瓷界的这样一种倾向，我实不敢恭维。因为自古以来陶瓷艺术都是与实用性结合在一起的，如果非要人为将实用与观赏予以分野或割裂，这实在是陶瓷艺术的悲哀。这里不再赘述，我只是说明，陶瓷的观赏性与实用性并不矛盾，它们能有机地结合在一起，且结合得越好，则生命力越强，盖碗就是典型。

盖碗在明末清初之时即开始使用，有的地方又称"盖盅"或"盖杯"。其实它和"盖盅"或"盖杯"是有区别的,"盖盅"为圆形,只有盅身和半圆形盅盖,没有托;"盖杯"则是有杯身和杯盖的普通茶杯,典型器如 7501 水点桃花盖杯。盖碗则是一种上有盖、下有托、中有碗的茶具。它是中国人经过长时间积累,创制出的一种既实用又具文化内涵的瓷质器型,在民间又称"三才碗"或"三才杯",意即盖为天、托为地、碗为人,暗含天地人和之意。一件小小的茶具寄寓了天地甚至宇宙之思,包含了古代哲人所谓"天盖之,地载之,人育之"的自然之道,由此可见中华文化的博大之境和精妙之思。

到了瓷器的浅绛时代,盖碗的制作与普及几乎达到一个高峰时期。在浅绛彩瓷流行的 70 多年时间里,景德镇的陶瓷艺人和文人瓷绘家制作了大量的盖碗以供应市场需求。这一点从现存的清末民初盖碗中即可印证,如在当今的市场和藏家手中,我们已很难看到清末民初时期的清花或粉彩盖碗,但却能见到浅绛彩瓷盖碗。像汪照藜的盖碗,我曾在沈阳的一家古玩店里一次就见到 6 只。盖碗在所有实用器中无疑是最容易打碎和难以保存的,三件一起,经常磕碰;品茶之间,端起放下,它的易碎率比瓶、罐、瓷板和文房具等要高得多。但尽管是这样,我们今天仍能不时见到,由此可见浅绛盖碗在当年的存世量。

但见到归见到,如果你想要淘得一件或一对浅绛名家的完整盖碗,也不是易事。记得 2000 年之后宁波的胡越竣先生曾以 7000 元在宁波古玩店淘到一对金品卿的墨彩梅花盖碗,两年后以 10 倍价易手,再两年后又想 20 倍买回却未能如愿。金品卿是这样,其他浅绛名家的盖碗作品也同样是一件难求。这多年,我藏浅绛彩瓷几百件,其中盖碗也还是不到 10 件,其中最可心的也只有汪友棠的一对,我称为"松山滴翠图浅绛彩瓷盖碗"。

这对汪友棠山水盖碗完整周正,瓷质细密,釉色温润。碗上的金边有如新制,可见多少年来很少用过,说明盖碗的主人当年对其也是宝爱有加。盖碗的盖、碗和托均绘有典型的汪氏风格浅绛山水,数寸大小的画面上,山滴翠微，水漾碧波；茅亭远树，沙渚轻舟，很有些山渺水阔，尺幅千里的气韵。碗上有行书题款："松排山面千重翠。丁未冬汪友堂作。"

盖上的题款是"云间山秀"，托上的题款为"山川挺秀"。这样的实用器，这样的盖碗，不论谁见了都颇有赏心悦目之审美效果，连连称赏，赞不绝口。

这对汪氏所绘盖碗，我于2002年在南昌初遇，当时要价2000元，犹豫之间，被人买走。后来其玲珑可爱的影子总在眼前晃动，两年后我又托朋友辗转询问，最后花了比当年高两倍的价钱买到手。10余年过去了，在我的书房里、画案上，我也只用其泡过一次茶，那是朋友从胡适的老家上庄归来，送了我一盒明前新茶"金山时雨"，说此茶采自胡适故居后面的山中，当年胡适最爱喝的家乡茶。喝这样的好茶，当然要用好茶具，什么茶具最好呢，我想起了鲁迅先生《准风月谈》里的《喝茶》一篇。文中说："喝好茶，是要用盖碗的。于是用盖碗。果然，泡了之后，色清而味甘，微香而小苦，确是好茶叶。"于是找出汪友棠的这对盖碗，夜晚窗下，和友人泡上"金山时雨"。不知是茶好，还是盖碗好，盖碗里的这盏绿茶果然滋味不同。朋友小心地端着盖碗托，一边轻啜新茶，一边欣赏碗上的山水画面说："'松排山面千重翠'，那下一句正好说出了我们此时品茶的情形啊。"我知道朋友是在说唐代诗人白居易《春题湖上》中的颈联："松排山面千重翠，月点波心一颗珠。"当时正好有月色透过窗纱，照在我的书案上，洒在盖碗里。嫩绿的茶汤，溶溶的月光，端着碗托，以碗盖轻轻拂过，茶水与月光荡漾在一起，啜入口中，咽下的，一半是中唐西湖的月色，一半是胡适上庄的茶香。

这般品过"金山时雨"，方知鲁迅先生"喝好茶，是要用盖碗的"道理。形而上的审美不说，单说这盖碗喝茶的好处，就有多多。它沏茶之后，碗盖总是稍稍倾斜，留出月牙似的一条大缝，茶的清香就从月牙缝中丝丝微微地透出来；喝茶时不必揭盖，只需半张半合，茶叶既不入口，茶汤又可徐徐沁出，因其碗盖比碗口小，盖可入碗内，喝茶时碗盖也不致滑落；还有碗托，又免去烫手之虞；碗盖在碗内，若要茶汤浓些，可用碗盖在水面轻轻刮一刮，使整碗茶水上下翻转，轻刮则淡，重刮则浓，这种喝茶的动作情态，真是雅意婉约，奇妙无比。以此盖碗饮茶，可谓淡泊休闲，过慢生活的最好方式。

从此，我喝茶开始用盖碗，但舍不得再用这对汪友棠，那只好用单只的马庆云，有冲线的俞子明和汪照黎，后配盖的喻春。马庆云的人物盖碗，依然是他一贯的海派画家钱慧安一路的风格，人物形体上下小、中间大、脸型丰满，神态娴雅，一身福气。线描作细线鼠尾干笔，衣褶充满动势，背景柳丝亦用钉头法，倍显劲峭。俞子明的人物则依旧是历史故事题材，"投笔封侯"，人物庄重，场面庄严。汪照黎的还是多用赭石与水红色，传统题材"乐在抚琴"，高士与童子的典型画面。喻春的则与以往瓷绘题材略有不同，为"桃花柳燕春归图"，盎然明快，题款"可以清心"，正好是雨后春茶，燕子归来之时。

这几只浅绛彩瓷盖碗，在我的案上可以轮流值班，三两月换一只，陪我春夏喝绿茶，冲过金山时雨、开化龙顶、敬亭绿雪、信阳毛尖和洞庭碧螺；秋冬饮乌龙、红茶或是花茶，泡过武夷名种、祁红、浮红和张一元、吴裕泰。用着这样的浅绛盖碗喝好茶，每一盏似乎都氤氲着徽州明月、昌江烟水的颜色与气息，每天都在马庆云、俞子明、汪照黎和喻春的关照下享受茶之美味。

盖碗的茶香，穿越悠悠时光，在《茶疏》《茶寮》，在《煮泉小品》《续茶经》的泛黄书页面里飘过，带着一分闲适，二分雅致，三分淡泊，滤过了十几代人的灵魂，并将这种优雅的喝茶方式传到西方，传遍全球，从而不仅让世界知道了中国，还知道了这种盖碗的质地叫 china。而浅绛彩瓷盖碗，又以文人瓷画作为标志，更将这一茶器的实用性与观赏性做到了完美的结合，从而使每一盏好茶都能在这只盖碗里得到生命绽放和审美升华。

寒菜一畦

　　我的书柜里放着一只晚清浅绛彩瓷温锅，既没有瓷绘者署名，也没有纪年款，而且锅身上还有一道大冲线。尽管这样，我还是很珍爱它，始终放在我每天都能看到的地方，因为这是我收藏的第一只浅绛彩瓷，我喜欢它的外在形象，更喜欢它的丰富内涵。

　　这只温锅是 20 世纪末年在沈阳南湖古玩市场地摊淘得的。记得那天是周六，快近中午时我在一个摊上发现了这只温锅，我看中的理由是其极为清雅的山水画面和极富书卷气的书法文字，于是花了不到 30 元钱买了下来。当时许多开店的古玩商都不理解我，为什么要买这种不值钱的"软彩"残器。其实我是想探究一下，绝大部分瓷绘都是匠人之作的中国陶瓷史上，为什么会有这样的文人瓷画。将温锅捧回家浸泡清洗，置于案上细细品鉴，愈感其萧散超逸，冷隽脱俗，似乎在哪见过，又曾是旧相识。忽然悟到：这就是瓷器上的黄公望和倪云林啊。当时，我还不知道什么叫浅绛彩。淘到这只温锅的第二年，梁基永先生的《中国浅绛彩瓷》才出版，那是中国第一本有关浅绛彩瓷的书。

在此之前，中国的收藏界绝大多数人并不知道有浅绛彩瓷一说，尽管早在 1959 年三联书店出版的《景德镇陶瓷史稿》一书中对浅绛彩瓷就有所介绍。书中第 314 页上曾这样写道："百年来，在瓷绘技法上有一个大的改变，那就是瓷器的浅绛绘法几乎取代了古粉彩的地位。浅绛画的特点是颜色柔和，清淡有味。它之应用于瓷器上，一方面，它不须打玻璃白，而取古法之平涂。一方面它又采取粉彩画法，使之不刚不柔。技法易于掌握，而成本较粉古彩为低，操作过程也很简化。它可以用之于美术瓷，也可用之于日用品。"但这段描述甚至连这本书并没有引起世人太多的注意，所以在 21 世纪最初的几年之前，浅绛彩瓷的收藏和市场价值一直被严重低估。

进入我书房的第一只浅绛彩瓷温锅高 14 厘米，最大腹径 19 厘米，置有内胆。其盖上有酱釉狮钮，生动可爱，栩栩如生。锅身两面对衬，有四只洒蓝釉狮耳，附穿提梁所用。从此温锅的形制与设计之精致，以及山水画面和书法内容看，绝非泛泛之物，当为十分讲究之大户人家所用。

温锅上绘有两幅山水图画，一幅绘于锅身，一幅绘于锅盖。绘于锅身的山水画为山崖近处，掩映古树茅舍，两高士在树下隔水指点远处群山。画面疏林崖岸，浅水遥岑，笔简意远，淡雅空灵。绘于锅盖上的则是近水远山，茅亭孤树，其意境幽秀旷逸，荒寒空寂。两幅山水，风格萧散超逸，简中寓繁，小中见大，寥寥数笔，顿觉逸气横生，虽然近似落寞，但又深感内蕴热爱生活之情怀。曾有玩浅绛彩的朋友说，看这温锅上的画意，像极了金品卿。我说不管像谁，没有那个人的款，怎么像都不行。无论如何，我都相信温锅上的山瓷画确是一流，这一点毫无疑问。

温锅上的两行书法题款，一行题于锅身另一面，一行题于锅盖之上。

题于锅身的是隶书："鲜鲫银丝脍。"钤白文"臣"字印。这五个字让人会想到，这温锅一定是盛新鲜的鲫鱼脍的。

"鱼脍"大约是中国最古老的食物之一。在茹毛饮血的时代，先民们网上鱼之后开始用简易的石刀、蚌片剔去骨刺，割肉而食，最初的"鱼脍"即今天仍然在吃的"生鱼片"就出现了。按照汉代许慎《说文解字》的解释，"脍"即"细切肉也"。古籍中第一次出现"脍"是在《诗经·小雅·六月》："饮御诸友，炰鳖脍鲤。"说的是周宣王在宴会上用炰鳖（蒸煮甲鱼）和鲤鱼脍来犒赏将士。后来的《论语·乡党》也有句话叫作"脍不厌细"，指的是生肉切得越细越好吃。而成语"脍炙人口"则是说生切肉与烤肉一样都被人们喜欢。

"鱼脍"在漫长的中国饮食史上，一直占有重要地位，同时也是文学作品中的重要意象。《世说新语》里曾记载张翰在洛阳见秋风起，因思吴中菰菜羹、鲈鱼脍而辞官回乡。到了唐代，"鱼脍"最为盛行，杜甫在《陪郑广文游何将军山林》其二中说："鲜鲫银丝脍，香芹碧涧羹。"浅绛温锅上的这五个字正是杜甫此诗中的句子。这"鲜鲫银丝脍"是如何制作，由温锅之"温"可让人联想到唐人"鱼脍"的沸汤浇泡法。这种做法是将鱼脍加工成型后，再烧热汤，汤内作料齐全，调味匀和，然后把滚热的调料汤浇泼在鱼脍之上。从饮食方式上看，这种吃法应当是科学的，诚如《本草纲目》的告诫："肉未停冷，动性犹存。旋烹不熟，食犹害人。况鱼鲙肉生，损人尤甚。为症瘕，为瘤疾，为奇病，不可不知。"生鱼片如此不利健康，自然令人望而生畏，所以到了清代，"鲈鱼脍羹"已经与唐以前的"脍"大相径庭。《清稗类钞》说："将鲈鱼蒸熟，去骨存肉，摘莼菜之嫩者煮汤，益以鲈肉，辅以笋屑，和以上好酱油，厥味之佳，不可言喻。"显然是一道完全的熟食了。这样的"鱼脍"自然得有这样的温锅相配才能端得上江南大户人家的餐桌。

温锅的另一行书法是在锅盖上："宜庾子山寒菜一畦。"也是隶书，款后有白文'臣'字印。"庾子山"是北朝文学家庾信，而'寒菜一畦'则是他《小园赋》中的一句。"寒菜"在北方指的是越冬的菜蔬，而南方则泛指蔬菜。古代称田五十亩为"一畦"，这里则是说菜园数亩。八个字是让人明白，这温锅里最适合盛上冬天里的菜蔬，与庾子山那句"寒菜一畦"相契相谐，颇有形而上之意趣。

庾信的《小园赋》在后世颇得文人雅士之赏，我早年曾在荣宝斋见到一幅吴昌硕集《小园赋》，写给"海如仁兄"的篆书对联："落叶半床狂花满屋，焦麦两瓮寒菜一畦。"集得工稳而有意境，令人过目难忘。

能将《小园赋》中句子和杜甫诗题在温锅上，再加上宋元一脉的山水画，无疑让这件实用器得以升华。以至百年之后，它在我的书柜里得以清供，其典藏意义早已远远超出了"寒菜一畦"的实用功能。器物有文化，温锅也尊贵起来。

"叱石成羊" 壁瓶

　　家中书房与卧室走廊间的门壁上悬有一件瓷壁瓶，平时插三两枝鲜花，扶疏雅致，虽是点缀之物，但却极其夺人眼目，有朋友来第一眼看上的就是这件东西。

　　此壁瓶是我在 2000 年于沈阳北站古玩地摊上得到的一件浅绛彩瓷，为光绪二十七年（1901）景德镇烧制，是浅绛瓷绘名家俞子明的作品。壁瓶通高 25 厘米，直径 9 厘米，造型古朴精致，图案雅净可人。瓷画的题材为"叱石成羊"。画面有两人席地而坐，一位袒胸露乳，神态雍容高华、满蕴仙风道骨，握鞭指石，石露羊角；一位蓝衫高髻，身背斗笠，绰手静视。书法题款为："叱石成羊。辛丑冬月，俞子明作。"嵌朱红阳文印章"子明氏"。

　　世间事物不可至于大雅，也不可趋于大俗。至雅则缺乏亲切与生气，趋俗则堕入物欲与无趣。最好是雅而不失烟火气，俗能透出清雅味。标准则是要"俗得雅"而不要"雅得俗"。家中这件浅绛彩瓷壁瓶最能体现这一点。它虽为实用瓷，但同碗碟一类不同，它是一件壁瓶，俗中满蕴雅趣。通常是将其挂于壁上或轿中，所以它又称"轿瓶"，做插花或文具之用，如插花或插干花或插鲜花，如插鲜花，还可放入清水。最为难得的是作品的造型设色与题材尤其让我喜欢。

壁瓶主体画面在人物造型上准确生动，章法严谨，线条流畅，神态自然活脱。设色上，除浅绛常用的淡墨淡赭外，在人物的衣饰上则用了浅绿与浅蓝，极为温和淡雅，整个画面流动着一脉绝俗出尘的韵味。平时插三两枝鲜花，扶疏雅致，虽是点缀之物，但却极其夺人眼目。除此而外，是壁瓶上"叱石成羊"的典故，这是晋时牧羊儿挥舞皮鞭演绎出的一个仙雾缭绕的道家故事，同时又是中国绘画史上一个久画不衰的绘画题材。

在中国历史上，曾有过三个经典的牧羊故事，即"苏武牧羊""龙女牧羊"和"叱石成羊"。三个牧羊的经典故事中，两个是神话传说，一个是真实的历史。三个故事中，"叱石成羊"相对知名度小一些，但它的神秘感和影响力比前两个并不逊色。

"叱石成羊"故事最早出自晋代葛洪的《神仙传》，后来《金华府志》也有详细记载。故事说晋代道士黄初平是道教著名的神仙，原为东晋金华丹溪人（今金华兰溪），生于公元 328 年农历八月二十三日，自幼家贫，8 岁牧羊。相传他 15 岁那年，在外出牧羊途中被一位仙翁带至赤松山金华洞的石室中修炼，自此超凡脱俗，潜心修道，钻研丹药，40 年不食人间烟火，终于理悟修道玄机，得成法道。初平的哥哥初起为找弟弟，到处打听下落，后来遇到一位道士，告诉他说："金华山中有一牧羊儿，不知是否是初平。"于是初起来到了金华山，在金华洞中找到了容颜未改的初平。兄弟相见，初起问及当年羊群的下落，黄初平说："近在山东耳。"初起往视之，不见羊，只见白石散落山间。回来对弟弟说："山东无羊也。"初平告诉他："羊在耳，兄但自不见之。"于是两人再往看羊。只见初平对着漫山白石叱曰："羊起！"那满山白石即应声而起，变成千万只羊。后来初起也跟随弟弟学道，二人不食人间烟火，仅食松子茯苓，至五百岁，能坐立而亡，行于日中无影，面有童子之色。

后来兄弟二人返还乡里，见亲友们都早已亡故，于是又回金华山中，初平改字为赤松子，初起改字为鲁班。兄弟俩都成了神仙，人们称为二皇君（或二仙）。赤松子擅长炼丹和医术，得道之后在民间惩恶除奸、赠医施药、劝人扬善，留下了许多脍炙人口的故事。后人为纪念大仙的"普济劝善、有求必应"，在二仙羽化之地——金华北山"双龙洞"左侧建立起金华观，历史上曾盛极一时。

后世帝王对黄初平也多是顶礼膜拜，宋代元符、淳熙两位皇帝先后诰敕："崇其美名，褒其有求必应"。古吴越的钱镠王，宋哲宗、理宗、徽宗，明太祖皆对"金华牧羊儿"下过诏颁。明万历年间，"赤松羊石"就已成为金华十景之一，历代名贤雅士纷纷闻名而来。不仅如此，"叱石成羊"的故事还成历代文人画家争相探索和表现的热门题材。

明开国皇帝朱元璋留下过《牧羊儿土鼓》的诗篇，有"群羊朝牧逼山坡，松下常吟乐道歌"之句。李白在《古风》之十七中则说："金华牧羊儿，乃是紫烟客。"后来，事关"叱石成羊"的诗名则俯拾皆是。

在绘画艺术上，"叱石成羊"也是一个热门题材。据说最早绘画这个题材的是东晋的顾恺之。北宋苏轼于《顾恺之画黄初平牧羊图赞》中曾说："先生养生如牧羊，放之无何有之乡。止者自止行者行，先生超然坐其旁。"可见苏轼是见过顾恺之这幅作品的。

其实从东晋开始，在1500余年的漫长历史中，"叱石成羊"一直是丹青之士热衷的题材，其艺术魅力经久不衰。我们现在比较容易见到的如明代郑文林的《二仙图》、胡应麟的《黄初平牧羊图》，清人苏六朋的《三仙图》、方梅生和任熊的《黄初平牧羊图》，近人黄宾虹的《黄初平叱石成羊处》，还有李渔编的《芥子园画传·黄初平牧羊图》等，都十分生动有趣。其中胡应麟、李渔、方梅生和黄宾虹四位还是黄初平的老乡。另据《清史稿》记载，铁岭人指画大师高其佩亦善画"叱石成羊"，其作品或石已成羊而起立，或将成而未起，或半成而未离为石，风趣横生。但现在已很难见到了。由此不难看出黄初平的形象已与世俗化的"八仙"一样，得到了中国老百姓的喜爱。而历代《黄初平牧羊图》在绘画技法上大都采用了中国画的传统笔墨：或是"春蚕吐丝"，或是"吴带当风"，或是"工笔线刻"，或是"泼墨写意"，成为中国人物画中一笔极为宝贵的财富。

浅绛彩瓷的绘画内容是以传统中国画题材为主进行创作的，因此，"叱石成羊"出现在浅绛瓷画中亦是一种必然。但现存的浅绛彩瓷中，"叱石成羊"的题材并不多见，个中原因有待探究。

我一向认为美好的物件本不该束之高阁或收之箱案，应当让它充分发挥作用，人与物互为奴仆。基于此，我将"叱石成羊"壁瓶清洗一净，加水，再插上从早市上花一元五角钱买回的三枝荷花，然后悬于走廊的门壁上。从此，每天回家都要多看上几眼，心情为之愉悦，并从中想象黄初平，想象俞子明，感受浅绛瓷画的闲散淡雅与氤氲的书卷气。还让我生出一定要去金华山的想法，据说那山上现在还有似羊非羊的白石，想那里的山水一定是空灵缥缈的，山下就是那条美丽而知名的三月桃花雨、鲤鱼来上滩的兰溪。在那山中对着散落的白石而呵斥一声，该是多么的开心与有趣。

补充一点，故事中的赤松子黄初平后来即是我国南方和港澳地区香火极盛的黄大仙。2002年春我在香港，当地朋友特意安排去位于九龙的黄大仙庙，那里不仅有黄大仙庙，且所在的区还称黄大仙区，区里还有黄大仙路与黄大仙车站。那天黄大仙庙人群耸动，烟雾缭绕，香火之盛令人难以想象。最让我感兴趣的则是庙中那一组石刻白羊，是金华市赠送的。造型讲究，刻得也好，让人感念大仙的故里之情，诚如大仙祠宫中的一副对联所说："叱石尽成羊，胜迹金华余想望。"幽幽乡情，缭绕不去。

三星拱秀

在中国瓷绘史上，明以后，"福禄寿"三星题材出现，有清花也有粉彩。在我的收藏中有一对清光绪年间少岩氏所绘的浅绛彩六棱镂空帽筒。此帽筒高 26 厘米，直径 12 厘米，为橘皮釉，三面人物画，题为"三星拱秀"，并有"写于珠山客次，少岩氏作"书法款识。

俗话说："天上三吉星，人间福禄寿。"有福、得禄、长寿这三个目标一直是中国道教信徒和普通民众追求的共同理想。"三星"之说最早出现在《诗经·唐风·绸缪》中："绸缪束薪，三星在天。今夕何夕，见此良人。"但此处的"三星"还与"福禄寿"三星有别。

作为民间信仰神的"福禄寿"三星并列出现是在明朝。三位老哥们中最早面世的应是"寿星"。寿星在星际中为"南极老人星"，在神话中称作"南极仙翁"，是古典题材小说和戏剧中经常出现的人物，如元杂剧《南极登仙》《群仙祝寿》《长生会》中都有南极仙翁的形象。寿星在汉代即已供奉，司马迁《史记·封禅书》说："于杜毫有三社主之祠、寿星祠。"看来从那时起寿星就已成为长寿的象征。

　　"福星"最早指木星，古称木星为岁星，所在主福，故称。"福"是世俗人心目中最基本最广泛的一个概念，福气、福运、幸福，这是任谁都要祈求的目标。于是福神应运而生，并同岁星结合在一起，降临人间。福星的出现应在唐代，晚唐李商隐《无愁果有愁曲北齐歌》有这样的句子："东有青龙西白马，中含福星包世度。"福星是道教"三官"中的"天官"，因为道教说"天官赐福，地官赦罪，水官解厄"，于是人们就将天官作为降福的福神来供奉了。还有一种福星是历史人物衍化过来的，据《三教源流搜神大全》讲，福星是汉朝的道州刺史杨成。当时，汉武帝每年要道州进贡侏儒，杨成上任后就奏了一本，说"道州有矮民，无矮奴"。汉武帝就免了这项进贡。道州人见杨成造福百姓，就请他做了福星，并流传开来。这只是个传说，但历史上确有其事，只是人物不叫杨成，而是叫阳城。他也不是汉武帝时人，而是中唐时人，曾做过道州（今湖南道县）刺史。《新唐书阳城传》确实记载过他劝谏道州向朝廷进贡侏儒的事，为此受到道州人的感谢。当地人奉其为福星也未可知。从这件事上也佐证福星确实最早出现于唐代。

　　"禄星"来自天文中的禄星，《史记·天官书》中说文昌宫的第六颗星为专掌司禄之禄星，后由星辰崇拜而渐入神化，后还附会为"送子张仙"等。"禄星"的定型大约在明代。明李东阳《三星图歌寿致仕马太守》中说："禄星高冠盛华裾，浮云为驭鸾为车。"《白雪遗音·南词·禄》里则这样描绘禄星："云消华月满仙台，禄星怀内捧婴孩。"禄星刚出现时大概也是与婴儿有关的。

　　"福禄寿"三星各自都是怎样的一种形象，我书案上的这对"三星拱秀"帽筒比较典型。在一株缠满古藤的老树下，福星居中，他是典型的"吏部天官"模样：方脸广额，五绺长髯；身着官服，黄袍广袖，龙织玉带；手执大如意，足蹬朝靴，一派雍容华贵的气象。一般的福星身旁还有一童子，手捧花瓶，瓶中插玉兰、牡丹，寓意为"玉堂富贵"。还有的福星手抱身带五个善童，这与历来多子多福的观念相一致。我的这对"三星拱秀"帽筒上的福星未跟童子，大约是三星单独相会，略去了童子做陪衬。左边是着黄衣的寿星，他的形象也颇为逗人：身量不高，弯背弓腰，一手拄拐杖，一手伸到福星的身后，似在亲切地扶他一把，又好像同他相互致意。他慈眉悦目，满面笑容，最令人难忘的是飘逸的长抵胸际的白须和秃了的凸出的大脑门，将脸上的五官挤兑得聚在了一起。这种可爱的形象，在人们看来，他根本不是什么"星"或"仙"，而是一位慈祥和善的长者。可能正是这个原因，寿星在民间才成为最大众化的神，诚如元代方回《戊戌生日》诗之二所说："客舍逢生日，邻家送寿星。"送个寿星过生日是再平常不过的事了。帽筒上的这位寿星还拄着一只拐杖，据说寿星最初是不拄拐杖的，到了东汉，兴起了敬老活动，凡是年满70岁的老人，朝廷都赐给一只鸠头玉杖。古人认为鸠鸟是"不噎之鸟"，其用意是欲老人"不噎"，能吃能喝。这以后，老寿星也就入乡随俗，拄上鸠头拐杖了。在右边一侧的是禄星，他身着蓝袍，为一般的朝中员外郎的打扮，这回他没抱婴孩，而是抱一笏板。

帽筒上的三星与一般年画上庄正严肃的合影照不一样，而是画得自然率真，形如不约而会，满韵现实生活气息。这也是清末浅绛瓷画的一大特点，不受任何法则约束，充分发挥个性创作，以求淡雅放逸的文人化韵致。

定型化了的福禄寿三星从明朝开始广泛在民间流行，道教信徒和一般民众大致都知道，福星指的是天官；禄星指的是文昌；寿星指的是南极老人；福星司祸福，禄星司富贵贫贱，寿星司生死。民间对福禄寿三星的奉祀也经久不衰，道教宫观，尽管少有专门设立的福禄寿三星君殿，但是单独供奉寿星的仍较普遍，一般的大户也要请三尊福禄寿三星瓷雕回家供奉，并预先在道观中开光分灵，以求神明，护佑合家有福、得禄和长寿。福禄寿三星还广泛用于绘画、建筑、家具等的装饰上，尤其是年画和吉祥图案，福禄寿三星随处可见，典型的形象是福星居中，禄星在右，寿星列左。有时三星还用传统的谐音借代方法，以蝙蝠（福）、梅花鹿（禄）、松鹤或桃子（寿）代表三星，如我另收藏的一幅老年画《三星图》，画面为一老寿星骑鹿，跟随一捧桃侍从，上空飞着蝙蝠。今天这种年画在市场上仍能见到。

"三星拱秀"，祝福的是所有的世间人家。及此我想到了《天雨花》第十回中的一句词："今宵就订三星约，三更小姐到园亭。"小姐到园亭做什么？明知故问，福禄寿身边那些童子，不是缘于三星之约吗？还是古老的《诗经》来得暧昧：三星在天，今夕何夕？

读书的二乔

读书的女人总是让人敬惜的。近日在冷摊上得清末"二乔读书"盖罐一只和方盘一件，这是两件瓷胎细密、釉色考究、画工精致的浅绛彩瓷。画面为一株芭蕉树下，姐妹二人于窗前摊书共读。姐姐紫衫蓝裙，妹妹赭裙绿衫，两人低眉凝神，清丽脱俗，一派风雅的情致和出尘的空灵。左上角书法题字是"江东国色"，押矾红阳文印。盘是室内景致，二乔相携而读，边有清供数件。题款"江东二乔亦风流，汪佩璋作"。这样的风月当然是遥远的绝响了。闺窗蕉荫，灵璧清癯，书香满宛，与眼下满世界的时尚新潮和到处流行的快餐文化相比，不啻在贴金饰银的大款家中摆上了斗彩梅瓶插上一枝寒梅，恰如冷夜里来了春消息。

千百年的文化积存，值得怀恋的大约正是这一类残留的风花雪月。在得到这两件浅绛彩瓷之前，我曾于一位朋友处见到一块白玉雕二乔读书图牌，那是地道的老玉，玉质洁白纯净，滋润细腻，有凝脂感。玉牌为扁平长方形，边缘及四角圆钝，满是包浆，两面上端琢一对夔龙纹，其间有穿系小孔。正面阳线边框内浅浮雕"二乔观书"图案，背面边框内琢阳文隶书五言绝名一首："国色人间少，乔家竟得双。共观黄石略，佳婿足安邦。"尽叙二乔本事。末署阳文楷书"子冈"款。这件玉件是著名玉雕大师陆子冈的作品。陆子冈为清中叶吴中（今苏州）太仓人，在中国玉雕史上的地位数一数二，他艺术创作严谨、精致，有记载说他"凡刻一新月，必上弦而偏右；凡刻一晓月，必下弦而偏左"。其作品往往一簪之微，价竟高达五六十金。其中有不少传入宫中，成为帝王寰赏之物。朋友的这件二乔读书玉牌，他视为家中重宝，常年佩在身上，宣称"君子必佩玉"。我则戏他揽二乔于怀中，对古人大不敬。

我对古玉不懂，兴趣也不高，但对读书的二乔我却喜欢。上海博物馆藏有一件清吴之璠的竹刻"二乔并读图笔筒"，我没有见过实物，但我手上有王世襄先生的台湾先智版《竹刻鉴赏》，其中收有这件竹刻笔筒的照片与拓本。王先生说那笔筒刻的是："两妇高髻，一持扇坐榻上，一坐杌子，手指几上书卷，似在对语。榻上陈置古尊，插牡丹一枝，旁有笼、箧、炉、砚、水盂、印盒等文房用具。"笔筒背刻阳文七绝一首："雀台赋好重江东，车载才人拜下风。更有金闺双俊眼，齐称子建是英雄。"从照片上看，二乔人物刻得颇好，形神俱备，而诗写得却很一般，无根底地将子建扯上，失了许多雅士风范。

几件旧物强化了我的一个印象，二乔原是读书人。过去读《三国志》和《三国演义》只注重战场上的刀光剑影和战场后的运筹帷幄，很少关注二乔读书与否。其实在这两部书中也未透露二乔是否读书，所述及的只是她们的美丽。其实，古代女人美不美全靠历史笔墨渲染而定，未必可靠。"二乔"之"乔"，陈寿《三国志》本作"桥"，是桥公的两个女儿。到了《三国演义》里，作者为了编故事，改为"乔"，并与铜雀台联系起来。安排诸葛亮计，将曹植《登台赋》中的"连二桥与东西兮，若长空之蝃蝀"改为"揽二乔于东南兮，乐朝夕之与共"。周瑜听罢大怒，指北而骂：老贼欺吾太甚！诸葛亮佯作不知究竟，周瑜方才道出："大乔是孙伯符（孙策）将军主妇，小乔乃瑜之妻也。"由此，赤壁之战的序幕拉开。这件事在《三国演义》中叙述得有声有色，但赤壁之战发生在建安十三年（208），铜雀台建成于建安十五年（210），小说家言不可信。但《三国演义》的虚构也有来由，那就是晚唐杜牧《赤壁》诗中的名句："东风不与周郎便，铜雀春深锁二乔。"说起来二乔嫁给孙、周，虽然是江东国色配上乱世英雄，但欢愉短暂。孙策26岁就去世了，大乔多说与他也就是生活几年。周瑜25岁娶小乔，36岁去世，夫妻在一起也只是生活了十年多一点的时间。丧偶姐妹的归宿历史上没有记载，人们不得而知。曾有报道说小乔墓在今岳阳一中校内，大约也是一种附会。但这种附会在古时就有了，清代乾隆时的著名学者毕沅就为小乔墓题过对联："战士久无家，赤壁清风苏子赋；佳人犹有冢，黄陵芳草杜鹃啼。"颇多文人风怀。想来她们姐妹后来的生活不会太幸福。三国时代，对渴望建功立业的男人固然是一次天赐良机，对女人则只意味着一个接一个的灾难。《三国演义》中有个名叫刘安的猎户，为了招待刘备，也把妻子杀了。罗贯中的这个情节虽让人不敢恭维，却从一个侧面说明了三国女人的集体命运。魏文帝曹丕颁布的《禁妇人与政诏》就说："夫妇人与政，乱之本也。"将所有乱的责任都推到了女人的身上。"为人莫作妇人身，百年苦乐由他人。"白乐天的哀叹，竟像是对三国妇人而发。如二乔，不管后来如何，她们还算是集体不幸中的幸运者，别的不说，毕竟还有那么多人记得她们姐妹。

后来的文人们没有忘记二乔。大约在文人眼中读书的二乔比不读书的二乔总要招人喜欢，因此，二乔读书倒成了一个传统题材。宋人秦观在《蝶恋花·题二乔观书图》中说："并倚香肩颜斗玉，鬟角参差，分映芭蕉绿。厌见兵戈争鼎足。寻芳共把遗编躅。"大约是因为苏轼《念奴娇·赤壁怀古》中"遥想公瑾当年，小乔初嫁了，雄姿英发"的名句，沾了夫婿的光，小乔倒比大乔要知名得多，如元人杨维桢在《拟三妇词》中则把小乔描写成懂兵书的女子，明人高启等也有《二乔观兵书图》，说周郎的妙计颇得小乔谋略之助。《画继》还载有李伯时的一幅《嫁小乔图》。

　　前几天，有人问我要不要民国的月份牌，品相很好，这类藏品近几年升值很快。可是我毕竟不收集这一路藏品，伶仃一件，难成格局，但其中有一张胡伯翔的《二乔读书图》我还是留下了。画面上的大乔手捧红色封面的线装书孜孜入神，小乔则不自觉地一边轻舒右臂理着云鬓一边探头书卷上。姐妹俩一身的粉妆玉琢，头上绾起精精巧巧的发髻，瓜子脸上凤眼樱唇，细眉入鬓。胡伯翔的美人真是与同时人的不一样，当 20 世纪 20 年代月份牌画家几乎均采用曼陀的擦笔水彩画法时，他却独用水彩层层渲染的画法；当大多数画家追求美女形象的立体感时，他却注重女性的气质和个性；别人以女性的西洋装饰为时髦，他笔下的美女形象则更多地保留了东方文化的内涵，《二乔读书图》正是这一方面的代表。

　　读书的女人让人敬惜，读书的二乔让人喜欢，可见美女是最应当读书的。不读书的美女让人怕。然而，美女也不可读书太专，读书太专往往误了文采，大约正是因为读书太专，专到兵书一类，以致二乔不见诗文传世，正像有人所说，如今满街的博士，文章上乘者不多。

冬瓜罐上渔乐图

坊间得到的这一对浅绛彩冬瓜罐让我颇为喜欢。它应当是早年寻常百姓家里最为出彩的摆设，一眼看上去就让人闻得一股烟火气息，想起在农家院落草房里，朴素的农民家中的柜头上、穿衣镜前都要摆上这么一对冬瓜罐，以显日子过得殷实。罐中装着茶叶或是糖果、点心，有客人来了，搬到桌上，开始最隆重的招待；平常日子里老奶奶或是老爷爷也会从中神秘地掏出花生或是干枣，奖赏给听话的儿孙们。

这对冬瓜罐通高 26 厘米，底径 15 厘米，腹径 23 厘米。形如冬瓜，两头略小、中间肚大，盖上有一高钮，如同冬瓜的蒂。这"蒂"也如同熟透的冬瓜一样，往往最是容易打掉，所以百年之后留到今天的冬瓜罐，大多数"瓜存蒂落"，有盖无"蒂"，甚至连盖也没有了。在北方农村，这冬瓜罐还称"茶坛"，因为它确实是装茶叶的好物事。

说我这对冬瓜罐有烟火气息，最主要是因为罐身的浅绛瓷画是一幅精彩的江滨渔乐图，岸上抛竿，船头下网，一派其乐融融的生活气息。

两只冬瓜罐的绘画基本一致，摆在一起，十分对衬。画面上垂柳两株，树下山石嶙峋，花木扶蔬。两棵柳树，一棵柳丝轻扬，飘逸而自如；一棵老干新枝，嫩绿挺直。柳树用鲜亮的嫩绿画出，色鲜而不燥，煞是可人。画面中的六位人物，有三人在船上，其中一人正在撒网，另一文士模样人闲坐舱中，还有一童子正在整理鱼篓。岸上三人，有两人在水边，一人甩竿，一人抄网，另有一人背着草帽手执鱼竿正往河边赶来，一边走一边同水边正在甩竿的人打着招呼。六个人物各具神态，栩栩如生，展示了一幅典型的悠闲而散淡的渔家生活画面，真是羡煞久居红尘的都市人。

冬瓜罐的另一面有行书题款："渔家乐乐利于川，只渡韶华不计年。岁属丙午，仲冬之月书于珠山客次碧云西轩，茂昌儒生作。"书法题款告诉我们，钓鱼生活取利于山川水泽，乐趣在水中，在钩上，在鱼篓里，在轻摆的柳丝间，在摇曳的苇尖上。渔乐让他们只觉度过光阴，而不知今夕何年。

于川泽之中获渔钓之乐，生计之利，这是古人最基本的生活方式。据传说，春秋时期，越国大夫范蠡离开越王勾践后，曾驾一只小船到了洞庭湖中的钓洲，由于遇到大风浪，他就停舟靠岸，在钓洲钓鱼。钓到大鱼熟而食之，钓到小鱼放生湖里。后人为了纪念范蠡，将他放生的鱼称为"范蠡鱼"。后来，范蠡隐居于无锡的太湖之滨，曾提出"种竹养鱼千倍利"的主张。齐威王曾召见他，问致富之道。范蠡回答说："治生之法有五，养鱼第一。"范蠡后来著有《养鱼经》，成为中国第一部养鱼著作。可见养鱼钓鱼是一件既获利又得趣的美事，而将其描绘在浅绛彩瓷中，则更是一件相得益彰的二美俱兴之作。

瓷器上的钓鱼应当是瓷画中的一个重要题材，就如同最早的瓷画有很多是婴戏图一样，钓鱼图也是瓷器上常见的画面，尤其是在民窑瓷器上。就我们现在所能见到的瓷画，钓鱼图最多的是两个时期，一是明代后期的万历、天启、崇祯年间的民间青花瓷，另一个是清末的同治、光绪两朝的浅绛彩瓷。在明末青花器的垂钓图上，画面背景多是残山剩水和飘落的枯枝败叶，或是无光的太阳和远飞的大雁。江边一人或立沙洲，或蹲坐礁石，独自抛竿，独自打发着时日。而清末浅绛彩瓷中的垂钓图则表现出一种浓郁的生活气息，与明末瓷器上的钓鱼题材相比，不管是在人物表情、背景设置上，还是在画面用色、语言意境上都有了很大的变化。这些浅绛钓鱼瓷画的景色多是山清水秀，树翠花红，碧湖清波上，篷船悠悠；石畔沙洲边，垂柳依依；钓鱼人或三五成群，或邻家相聚，船掩苇丛，衣晒竿头，撒网、执竿、背篓、摸鱼，每一幅画面都是典型的渔家欢乐图。人物多是长衫短袖，面部也多是简约的一点红唇、两撇胡须，以及等线的眉眼和两个圆点形成的朝天鼻孔。用色或是淡雅，或是明艳，层次厚重分明，呈现出盎然的生活暖意和"不知有汉，无论魏晋"的超然情态。

钓鱼瓷画在明末和清末繁盛的主要原因是共同的，那就是当一个二三百年的王朝走到末路，岌岌可危的时候，各种矛盾激化，社会动荡不安，官不用命，民不聊生。在这种内忧外患的情形下，人们忍耐、逃避、失望，于是一种居于深山水滨的消极出世、入道逃禅的垂钓生活就成为人们的追求，而瓷画上的垂钓图正是这种追求的必然反映。然而，明清两朝末代的垂钓瓷画也有风格上的区别，如果说明末青花瓷上的垂钓者表现的是更多的凄凉和无奈，清末浅绛彩瓷上的垂钓者则是悠然的自得与融通。从瓷画上可以看出，明末人的垂钓生活是水瘦山寒环境下的孤寂和世事无常的颓废，隐含着对现实的逃避和信心的丧失。清末人对这种渔乐生活却是自觉地认同和习惯，他们同大自然有一种本能上的融合，达到了"只渡韶华不计年"的出世与入世完全融洽的快乐情怀。这种区别的原因是多方面的，比如政治上、经济上、外来思潮的影响等。但我想最主要的还是作者身份和文化素质、文化追求的区别。明末青花钓鱼瓷画的作者主要是民间艺人或是匠人，他们作瓷画的目的主要是为了生存，当时动荡的社会环境对他们的生计产生了破坏性的影响，因此他们所向往的垂钓生活是一种无可奈何的退避和对社会极为不满的宣泄。

而清末浅绛钓鱼瓷画的作者主要是御窑厂流落出来的陶瓷艺术家、社会上有一定知名度的文人画家和懂绘画的官员等。他们对当时的社会现实有一种清醒的认识，现实已让他们失去希望，于是他们只好在理想中寻找一块净土和生活方式，这就是平等、悠闲、清静的渔乐生活。所以说，清末的浅绛彩钓鱼瓷画，是"茂昌儒生"一类文人士大夫笔下的理想境界，尽管画面传达的是现实生活，但寄寓的却是一种超现实的"乌托邦"式的理想。

在冬瓜罐上作浅绛瓷画的这位"茂昌儒生"正是这样一位文人画家。他是一位外乡人，在景德镇画瓷也是一边为生计一边为理想，所以他说是"珠山（景德镇市内的一座小山，画瓷者一般借指景德镇）客次"。大概这位儒生在他乡过得还好，作画之处还有"碧云西轩"可居，能一边在浅绛瓷上挥洒钓鱼情思，一边透过西轩的窗口欣赏灿烂的碧云，生活还是蛮浪漫的。

枕上瓷笺

枕头是人类睡眠不可或缺之物，其重要性不言而喻。中国古代有关枕头的典故和情事实在太多，或是暧昧，或是香艳，给人以充分的想象。今天说的是浅绛彩瓷枕头顶的艺术，这是一个小众题材，小之又小。

什么是枕头顶？通俗点说就是圆的或方的枕头两端的堵头，一般为方形或长方形，上面绘有图案或是文字，主要有刺绣和瓷制两种。北方多刺绣，南方多瓷制。

枕头顶的起源，想来一定会比枕头晚许多年。因为枕头顶与满族有关，满族人的枕头长而圆，枕头两端为方形，最适合有枕头顶，所以我们现在所见到的刺绣和瓷制枕头顶没有早过清代的。尤其是瓷枕顶，我所见到的都是乾隆朝以后的作品，而同治、光绪两朝的浅绛瓷画枕头顶比较多见，青花、洋彩、新粉彩则少见。到了民国初年，随着浅绛彩瓷的式微，瓷枕头顶也逐渐淡出了人们的视野。

瓷画枕头顶多为长方形，也时见正方形，四周密布细孔，以便穿针引线缝制到枕套两端，和晚清民国时的嫁妆瓶一样，成为婚嫁时的必备之物。瓷枕头顶和刺绣的枕头顶一样，一般都是成对的，也有一对枕头两对枕顶相同图案的。

与清代北方刺绣枕头顶图案的题材多为民间故事或民俗图案不同，景德镇生产的浅绛彩瓷枕头顶图案则多是文人画意，或山水，或高士，或仕女，或花鸟，或诗文。其中以花鸟居多，花有芝兰、翠竹、牡丹、荷花、紫藤等；鸟有双燕、芦雁、仙鹤、伯劳、绶带鸟等。由于文人瓷画的介入，从而使枕头顶这种实用之物具有了书卷气，有了更多的典雅味道。

因为瓷枕头顶为实用器，枕头经常搬动，自然损坏居多，所以遗留下来的枕头顶相比其他器型的瓷制品要少许多。十几年前，我在收藏浅绛彩瓷的过程中，也曾注意搜罗瓷枕头顶，集了十几片。其中最喜欢的是一幅芦雁图，岸边草色青青，几枝芦苇摇曳多姿。画面上的四只芦雁，两只正在芦苇丛中专心觅食，一只仰头望着空中飞来的另一只。四只芦雁画得羽毛细致而活脱，神态或悠然或深情，分外可人。另有一对徐善琴的仕女图枕头顶，也画得清雅隽秀，为徐氏笔下仕女的典型画法。还有一对佚名仕女枕顶，图上女子当窗半倚，低眉凝思，令人想象，不禁要问"谁家红袖凭江楼"，其背后一定是"悔教夫婿觅封侯"。

21世纪初的那几年，雅昌网民国瓷版的浅绛瓷收藏与研究论坛十分活跃，有网名"单瓢陋室"先生曾专题收藏浅绛彩瓷枕顶，发了许多作品。我在论坛里说他是"枕顶眠云"，曾给他起了一个斋名："枕顶眠云山馆。"他后来还请书家题了一个匾，也是趣事一桩。

浅绛瓷枕头顶确是令人喜爱，它小巧可爱，方寸间展天地秀色，呈鸟语花香。有人说它犹如瓷画邮票，或瓷画册页。我则说它是枕上瓷笺，每每抚弄欣赏它，就会想起了岑参《春梦》中的句子："枕上片时春梦中，行尽江南数千里。"不说也罢。

浅绛彩瓷上的题画诗

中国是诗的国度，瓷的国度，更是书法的国度，所以在瓷器上以书法题诗，则是中国的独有，也是中国艺术史上的一枝奇葩。

中国瓷器上的题诗大约有三次高潮，第一次是唐五代时的长沙铜官窑，二是金元时期的磁州窑，三是晚清的浅绛彩瓷。

长沙铜官窑始于初唐，盛于中晚唐，衰于五代，前后经历了 200 多年，是与浙江越窑、河北邢窑齐名的中国唐代三大出口瓷窑之一。铜官窑广泛采用了釉下多彩的装饰技艺，打破当时瓷器生产"南青北白"的格局，开创了中国瓷器的彩瓷时代。它最早将诗词、书法、绘画等中国传统艺术运用到瓷器装饰上，做到了诗、书、画与瓷器装饰的完美结合，把瓷器的装饰艺术推向一个新的高度。这个古窑址自 1956 年发现以来，出土文物已过万件。其中许多瓷器上都题有诗文，曾负责铜官窑考古发掘的著名学者萧湘先生著有《唐诗的弃儿》一书，收录几百首铜官窑出土器物上的古诗，这些诗都是《全唐诗》所未收录的。萧先生曾赠我此书，我对书中的两首诗至今记忆犹新。一首是："君生我未生，我生君已老。君恨我生迟，我恨君生早。"另一首是：

"春水春池满，春时春草生。春人饮春酒，春鸟弄春声。"这两首诗题于出土的瓜棱壶上，不管谁见了这样的诗，都会容易记住，轻易不会再忘。如当年能置于《全唐诗》中，相信也会与"窗前明月光"一样，家喻户晓。

长沙铜官窑衰落之后，其装饰技法则为河北邯郸的磁州窑所传承。不过长沙铜官窑多饰于壶，而磁州窑书画而多饰于枕。瓷壶多用于公众场所，故以诗言志；瓷枕则是相对隐蔽之物，所书多是内心的情感独白，则多以词抒情。如广州西汉南越王博物馆所藏金代瓷枕，枕面有一首《词寄月中仙》："独倚危楼，向春来玩赏，山市晴岚。青红挥绿，见樵人相呼，独木桥边。渡口渔村落照，乍雨过，西山畔轩，远浦帆归岸。羌笛数声，幽韵孤峰伴。摇（遥）指酒旗高悬，望滩头隐隐平沙落雁。潇湘夜雨，打松霜惊，山僧归禅。洞庭秋月圆。听烟寺晚钟，声潜远，暮雪江天。景堪图画，入屏仗看。"全词以暮春时节佳人登楼远眺之情景，并巧妙地将"潇湘八景"隐嵌于词中。试想，枕着这样的枕头入睡，该是何等的风雅。再如磁州窑博物馆所藏金白地黑花腰圆形诗文枕，上有篆字七绝："绣顶聚金不胜情，夏便瓷枕自凉生。清魂内入游仙梦，有象纱橱枕水晶。"瓷枕如枕水晶，生动描述了此枕在三伏夏日的妙处。

磁州窑之后，瓷上题诗最多的则是浅绛彩瓷了。浅绛彩瓷于清末到民初存在 70 年，其中重要瓷绘家中多是新安画派的文人画家，他们在瓷上画中国画，用书法题中国诗，钤中国印。与传统的纸绢中国画一样，题画诗已成为这种"中国瓷本绘画"上的重要元素。因此大部分浅绛彩瓷都有诗文，多数诗文为清以前的古诗，以唐宋诗居多，其中最珍贵的则是文人瓷绘家的自作诗。

这些浅绛瓷画上的自作诗，内容大都是与画面相结合，一般来说凡是题有自作诗的瓷作品，均为精心之作。

在所有浅绛彩瓷上的自作题画诗中，首推应是王凤池，因为他本身就是四品翰林、诗人，学养深厚，书法一流，并有诗集《福云堂诗稿》传世。我藏有一块王凤池作于光绪三年（1877）的瓷板，瓷质细腻，背板平滑，是典型的金品卿、王少维作品中常见的御窑厂专供瓷板。画面上水岸隔湖，近峰高耸，远山如黛。傍岸一舟，舟上竹篙插水。岸边乔木参天，绿荫匝地，树丛中隐一院落。近景处，一蓝袍高士正拄杖沿岸向山中而行。画面左上书法题七言绝句："桑落村中酒一舣，八年未见米颠兄。昌江日对黄山谷，画里诗间说曼卿。"诗后题跋："丁丑夏日临匡庐盆浦之谱，以奉小鸿仁兄大人映正。丹臣弟王凤池寄意。"这件瓷板不仅尺幅阔大，且画得精致而文气十足。更为难得的是瓷板上的题诗写得灵动而呈才情，书法也自然飘逸，可谓诗书画俱佳，从中不难见出翰林才情，当是王凤池浅绛彩瓷画的代表作。

雅昌网的民国瓷论坛曾发过金品卿、王少维、王凤池三人合作的 47 块瓷组成的八条屏风。其上有王凤池所题诗两首。其中一首题为《咏西湖图湖心平眺》："平湖宕漾不风波，韵绕四围泛棹歌。白傅诗随潮到早，黄筌画入镜中多。亭前树色分青霭，桥畔春荫映绿蓑。云影天光双眼豁，催缨狂拟百东坡。"另一首为《黄鹤楼次韵》："第一长江第一楼，涛声帆影几经秋。凤凰岭罩霞千朵，鹦鹉洲笼月半钩。纵有诗人才子笔，难将黄鹤白云留。仙人与我真消息，玉笛飞声最上头。"这是典型的"诗家之诗"，韵律精严，对偶工稳，当属浅绛彩瓷题画诗中的精品之作。

程门是浅绛彩瓷的开山之人，名家翘楚。他许多作品上的题款都是自作诗，有时一两句，也多是自己的创作。早年曾见过一件程门的早期浅绛彩瓷山水瓷板，远山近水，杂树茅屋，小桥流水边一杖藜高士踽踽而行。题诗道："秋树与斜阳，幽然一色黄，故人家不远，只是隔陂塘。"此五言绝句自然灵动，读来颇有晚唐"小杜"之风格。

尝见一金品卿人物帽筒，其上题诗云："玉颊红添绝色姿，宫人枉事点丹脂。君恩不自多怜惜，媚态非关獭髓医。"其诗用典使事极为讲究，足可见出金氏的学养与诗才。

浅绛彩瓷作品多见的俞子明也是一位诗中高手。几乎所有收藏浅绛彩瓷的人都知道一件俞子明的《梅轩敲诗图》笔筒，最早出现在梁基永先生的《中国浅绛彩瓷》一书中，后来多次转手，相比最早的价格，20年竟涨了700倍，圈内誉为"明星笔筒"，这件笔筒画意清雅，文气氤氲，其梅花疏影横斜，暗香幽幽，与轩窗之文士执笔沉思之形象相得相谐。另一面则是自作题画诗："长庚入梦悟前身，珥笔簪花傍紫宸。漫道毫枯无润色，黑甜乡里也生春。"此诗古雅隽永，使典用事新颖恰切，极为难得。将此诗放入真正的诗人集里，也毫不逊色。

还曾见过俞子明1893年六棱人物花鸟花盆，其上题诗曰："浔阳风月管清秋，一曲琵琶夜泊舟。依旧芦花萧瑟里，怜卿可有白江洲。"又有丙申秋所制花鸟笔洗，题诗道："黄花红叶两经秋，斗帐高愁景物幽。题就新词应写怨，问他流水意浓不。"如此颇具书卷之气的诗家语，在当时诗坛，也会占有一席之地。

再有玩浅绛彩瓷的人都知道汪氏兄弟，即汪照藜与汪兴藜。这二人不仅作品很多，经常能见到，而且常常能在作品上自题诗。如汪照藜所绘的方墨盒盒盖上就是楷书七言绝句一首："东壁图书最可珍，文章经济与时新。行藏用舍原无定，一刻千金孰等伦。"曾见过汪兴藜丁未年所画"百忍堂图"瓷板，有题诗："满堂老弱乐如如，想像熙朝瑞气舒。始信心传忍字好，张家藉此永同居。"

不久前曾见一件程万年人物花鸟琮瓶，上有五言题诗："为结香山社，居临八节滩。龙门秋色好，收入图画篇。天地究吾蠡。新人俯仰宽。飘然星磕外，懒心应酬官。"翩然古意，颇有唐人风致。

在浅绛彩瓷作品中，类似自作题画诗还有许多，早年曾随见随记，集了几十首。不意多年前电脑出了问题，因为没有备份，最终丢失，令人惋惜。

但以上诸作即可见出浅绛彩瓷绘家中不乏诗人。这是因为浅绛彩瓷本就是最近文人画一路，其画上题诗往往又是不可或缺之艺术元素，他们自然会在瓷画上一呈才情，从而使浅绛瓷画更具艺术与文化内涵。这也是浅绛彩瓷越来越让人喜欢，值得收藏的重要因素。

浅绛水仙

　　每年元旦和春节前一月，朋友小三省堂主人都要送我几棵他在漳州寻到的地道水仙头。我则用百年前的以淡赭、淡墨、淡蓝和少许草绿、水红点染出的浅绛彩瓷盆供养起来，此盆正可与水仙的绝少俗气和一脉清雅相融相谐。到了元旦前一日或春节前两日，它会按时开花，香盈一室。在东北最寒冷的缺少绿意的季节，于家中总能见到叶如水葱花似银台金盏的水仙，真是很让人开心的一件事。

一

　　水仙有多个别名，其中最好听的是凌波仙子、女史花、天葱、雅蒜，等等。水仙的这几个名字可谓雅俗共赏，雅的赏其凌波仙子、女史花的轻倩秀逸；俗的也可因她叶似葱、头似蒜而以"葱""蒜"会意，但她又不是形而下的葱与蒜，而是不食人间烟火的"天葱"与"雅蒜"，不可果腹，只供清赏。据说"雅蒜"之名原是"琅琊榜"时代的创意，而"天葱"则是宋朝人的发明。宋人赵湘在《南阳诗注》中曾这样说："此花外白中黄、香美如仙，茎干虚通如葱，本生武当山谷间，土人谓之天葱。"我很佩服武当山原住民的雅思，能起出"天葱"这样既形象又上口的好名字。而水仙又绝不仅仅名字好听，她还是中国的十大名花之一。她在人们的印象里，总是作为迎春花的角色，并以吉祥和纯洁的美好象征，经常出现在古人的《岁朝清供图》里。

水仙的花儿与雪花一样，同是六个瓣儿，都有高洁的共性，都不以妖艳呈花色，幽幽而来，悄悄开放，只等春天真的来了，就平平静静地走完了自己的路程，等到第二年的冬天，又会相约而至，又会幽幽地开放起来。然而她对生长条件却要求得不高，仅凭一勺清水，几粒石子，即可亭亭玉立，修得冰肌玉骨，典雅清纯，"风鬟雾鬓无缠束，不是人间富贵妆"，以她那玉洁冰清的神韵和馥郁芬芳的清香，在天寒雪飞的季节创造一个最令人赏心悦目的意境。试想，在我们这个冬天零下二十几度的城市里，过年置一盆水仙在案头，会是怎样的情趣？

辽海地区素来有冬天家养水仙的习惯。我曾见过一本 1934 年在旅顺出版的《农业进步》杂志，其中介绍当时铁岭县蚕业学校校长刘绍唐擅养水仙的情事。这位刘先生养水仙远近闻名，每年春节时朋友们都能得到他送的一盆开得正好的水仙。杂志里有一篇他写的《养水仙经验随笔录》，细说他在铁岭养水仙的具体方法与步骤，很有参考价值。

二

养水仙需要在最早的时间里买花球。东北的水仙花球一般在农历霜降过后即从南方运到花市，霜降一过，即可到花市上选水仙花球。在摆满花花草草的花店中，裹着泥巴的水仙花球总是放在一个不起眼的纸箱里，像一个冬眠的尤物。购水仙最好是选新打开箱的，而不要买商家已剥好在水中浸泡的。

开箱后，选花球壮大、叉齐，扁圆形者数个。因为花球不壮难含花箭，没有花箭自然不会开花。判断花球是否有花箭，要仔细观察生出绿叶的部位是否粗壮，是否呈圆形。一般细弱而呈扁形的大都不含花箭。生出绿叶的花球，叶片少于四片的可望有花，而叶片多达六七片的一般不含花箭。一个大的水仙球往往有五至七个生叶部位，但并非全都含有花箭，有一半就算优质花球了。当下亦可网购，网购之选择更需仔细。

选好的花球拿回家中不急于剥皮清洗，而是置家中阳台晾晒数日，晾晒过程中切记不要伤及芽尖，芽尖一旦受伤，即有黑印。几天后，将晒好的花球上棕褐色干枯外皮一点点剥掉，并扒去根部的护泥、枯根和小叉。然后用小刀在鳞茎上部纵横切出十字纹（不可伤叶芽），使鳞片松开，利于花茎抽出。我不喜欢那种雕刻的水仙，尽管它匠心独运、婀娜多姿，但总感到它不自然，似乎好好的花扭曲了灵性。凌波仙子，大雅不雕，还是让她轻盈而来，从容而去的好。

整理好的花球泡于水盆中，第二天早晨刷洗一次，去其黏质。洗后再晒一日，晚上重新泡于冷水中。第三天早晨再刷洗一次，直至将黏沫洗净为止。

三

水仙可土栽、沙养，但最好最雅致的还是水养。水养当有好盆，最好的水仙盆是浅绛彩瓷盆，于是我每年要用两件自己收藏了多年的浅绛彩瓷器来养水仙。

一件是许品衡绘的浅绛花鸟方形水仙盆。许品衡为清代光绪年间浅绛花鸟和博古纹的瓷画名家。这个水仙盆典雅而大方，一面绘有紫荆花和青松，松树上落一弯嘴雄鹰，另一面为荷花芦苇，苇丛中立一凝视远方的白鹤。余下两面为书法题款，从题款上看水仙盆制于清光绪十二年（1886）的景德镇。

从绘画与书法功力上看当是许品衡的代表作。

另一件是子和绘的浅绛柳燕图三角攒碗。子和绘的这件本是清代大户人家餐桌上装瓜子或干果用的九子攒碗中的一件，瓜棱三角形。瓷画为翠柳丛中，一枝桃花探出，柳燕站在桃枝上欲落欲飞。书法题款为唐人王维的绝句："桃红复含宿雨，柳绿更带朝烟。"九子攒碗完整的当是九件，一件为方形，八件为三角形，九件拼成一个九格大方盘。百年之后，子和的这伶仃一件让我作为水仙盆，大概也是历史价值的最大化了。

两件浅绛彩瓷作为凌波仙子的居身之处，轻盈的情致里似乎注入了一脉古典意韵。

我还有一件筐箩形玛瑙水仙盆，此盆看上去如同早年农家土炕上放置的装针线的柳条筐箩，晶莹中有古朴，以此养水仙，最是相衬。当然也可选用因形而凿的石盆，简约的紫砂盆等。

水仙有好盆供养，更须得上好的小卵石相配，于是我用珍藏多年的南京雨花石做盆中固定的卵石。雨花石入水仙盆中，既得实用之利，又在水中呈现碧透的五颜六色，如同凌波仙子赤脚踏出五彩祥云，水中荡漾，玲珑而缥缈。

置入浅绛盆中的水仙球在前 12 天重点控制水分，少上水或不上水，但每天要清洗一次。水仙的神奇常常让我惊叹，花球一遇到水，像是立即惊醒了一位沉睡的仙子，伸着腰肢，细嫩的叶子一天一个样地生长，用不了几天，那个洋葱似的球体，就会带来了一片葱绿。第二个 12 天里上半盆水，浸泡至花头一少半处即可，隔一天清洗一次；24 天到 30 天则隔三天清洗一次，盆中水满八分，不再减少，月余即开花绽香。

四

乍看水仙，不能不说她娇嫩，那绿得滴翠的叶子，摸一摸仿佛就会沁出透明的玉液来；也不能不说她柔顺，但凡约略掌握了一些养她的要领，就可以把握她花期的迟来或是早到，能在春节期间让她开出一丛幽香的花儿。而娇嫩柔顺的水仙又是坚强的，记得沈阳入冬第一场大雪后的一天，零下23℃，晚上忘了将在露台上的她端回室内，早晨起来见了，盆里的水都结了冰碴，绿叶也挂上了白霜。心想这下准得冻死，颇为惋惜。岂料到了下午，她竟然挺了过来，依然碧绿，活得蛮好。难怪有诗人赞她清香可压荼蘼，拒寒不输梅花了。

总结多年养水仙的经验教训，养水仙最主要的是掌控好阳光与温度。阳光不足和温度过高，致使叶子茂盛徒长而无花或少花。要想水仙多开花且花期长，必须抑制叶子的生长，使花头中的养分最大限度地供给花箭。叶子矮而花朵开在叶子上面，姿态雅观，才会有翠裙黄冠，花容婀娜，冷香幽远，微步凌尘的效果，才会出现古人所说的那种"冰肌更有如仙骨，不学春风掩袖人"的意境。为了达成这种效果和意境，我白天将水仙移至南窗台里，充分见光，温度在20℃左右；晚上视天气温度，放在北阳台或留在南阳台中，温度保持在2℃—5℃之间。前20天的晚上最好将盆中的水倒空，不给叶子生长提供养分，第二天早上再注清水。

室温越高水仙开花越快。室温8℃—12℃时，40天才开花；室温保持20℃则23—26天开花。为了让水仙生长的时间更长一些，我控制的温度在8℃—18℃之间，主要在南窗北窗间进行调整，但每天都需要见几个小时的阳光。采取这些措施可以将叶子蹲至10厘米以下，很矮。大约到腊月二十五六，露头的花苞即能高过叶子，那时即可移入厅里或书房中，直至花朵凋谢为止。按此做法，我春节前30多天将花头植入盆中，年三十前开花，凌波仙子当在春节如约而至，翩跹而来。

春节将至，我浅绛花盆中的水仙已在一丛葱绿之中鼓足了圆圆的花苞，透过那层蝉翼般的花蕾表皮，已隐约见到伸腰的花瓣和嫩蕊，凌波仙子即将撩开脸上的轻纱，绽开她盈盈含羞、玲珑粉嫩的娇颜。我期待着曹植《洛神赋》中"凌波微步，罗袜生尘"的情景再现，我憧憬着宋人黄庭坚《水仙花》诗中那"凌波仙子生尘袜，水上盈盈步微月"的意境到来。一种灵性的冷香已然在我的客厅和书房里悠悠飘流起来……家有浅绛彩瓷，凌波仙子，春节自然过得不一样。

第三辑：异彩肇新

又见肇新

沈阳的春天一向是轻寒料峭，暖意迟迟，清明时节偶有细雨纷纷，但也时夹一阵薄雪。在这样的时日里，我和朋友再次到惠工广场的肇新窑业办公楼前，不是为了赏景，只是为了纪念，纪念 90 多年前曾在这座楼里办公的杜重远先生。站在楼前，我想起了今年是杜重远 120 周年诞辰，也是他所创办的中国最早的工业制瓷"模范工厂"肇新窑业 95 周年。而就在前些天，于沈铁路 39 号终于发现并确认了陶瓷学者寻找了多年的肇新窑业遗存。厂房依旧，窑址还在，树已古貌。这是怎样的巧合与偶然？其实世间之事，没有偶然，有的只是天道轨迹下的必然，历史到了这个结点，必然会让我们想起杜重远，又见肇新。

20 年前，杜重远 100 周年诞辰时，习仲勋在《人民日报》刊发长文《缅怀革命烈士杜重远》。文中说："永远不能忘记这位在我党处于艰苦环境下，同我们并肩战斗的战友，无私无畏地为民族解放事业而献身的革命烈士。"是啊，永远不能忘记，尤其是沈阳人。因为杜重远先生不仅是革命先烈，同时他作为著名实业家，创办了中国第一家现代陶瓷工厂，为曾经走出唐英的

"陶圣"故里沈阳，创造了中国陶瓷史上最为辉煌的一页。

杜重远于1898年农历三月十五（1898年闰三月，杜重远出生在哪个三月，没有确切记载。如果是生在第一个"三月十五"，则是公历4月5日；如果是第二个"三月十五"，则是公历5月5日）生于奉天省怀德县（今吉林省公主岭市杨大城子镇凤凰岭村）一个普通的农民家中。小学毕业后以优异成绩考入奉天省立两级师范附属中学。当时，在全国人民愤怒声讨"二十一条"的热潮中，杜重远深感民族存亡，匹夫有责，于是苦苦思索什么才是救国之路。一天，他偶然在一本窑业杂志中看到一篇载有日本人在大连开办大华窑业会社，欲占领中国陶瓷市场的文章，内心颇不平静。瓷器是中国发明的，是中国的国粹，远在唐宋时期，日本就多次派人来学习。如今，曾被世界称为"瓷器之国"的中国，竟在市场上一蹶不振，而日本国内生产的瓷器则以"价廉物美"冲击着中国市场，进而又在中国设厂制造，将严重地危害中国的陶瓷生产。杜重远深感"唯有振兴实业，才能拯救中国"，于是下决心复兴祖国的陶瓷业。1917年，杜重远满怀"实业救国"的愿望，终于考取了官费留学日本，入仙台高等学校窑业科，专攻陶瓷专业，成为中国这一专业最早的留学生。1922年冬，24岁的杜重远学成归国。当时，有很多人劝他做官，他却不为所动，依然坚持要以所学专业贡献于祖国，立志经营瓷业，建设一座现代化的陶瓷厂，以实现实业救国的夙愿。

为了实现在沈阳建厂的目标，他投亲访友，多方募集资金，在奉天城北小二台子购地100亩，创办"肇新窑业公司"。以"肇新"命名所创办的窑业公司，不难看出杜重远的深刻用意。"肇新"，意即"始新"，谓新的开始。以"肇新"为窑业之名，即想以此开创中国民族工业新局面，达成以实业救国之目的。

杜重远的创业梦想，在当时沈阳民族工业奠基人张志良和后来主政东北的张学良支持下得以实现，先是机制砖瓦，继而机器制瓷。至1930年，肇新窑业有工人 600 多名，年机制瓷 800 余万件，红砖年产 4000 余万块。肇新窑业的成功，在陶瓷生产领域沉重打击了日本的经济侵略野心，为国家挽回了诸多利权，给当时的民族工业发展打下了一个良好的基础和示范作用；率先使瓷器生产实现工业化制作和工业化管理，无疑是一场陶瓷产业革命，在中国陶瓷史上具有里程碑的意义，为当时东北地区的城市现代化建设做出了重要贡献。

在那样一个半殖民地半封建社会里，在国内军阀混战和日本帝国主义疯狂进行经济侵略的东北，杜重远和他的肇新窑业能在民族陶瓷工业上取得如此骄人的辉煌业绩，不能不说是一个奇迹。以至十几年后，当年曾任辽宁省政府秘书长的著名史学家金毓黻先生还在日记里对杜重远记忆犹新："诚为辽土之杰，年大将军羹尧以后一人而已。"将其与辽宁北镇人，康雍时代著名大将军年羹尧相并列，足见对其评价之高。时至今天，肇新窑业对于研究中国民族工业史、陶瓷发展史和今日陶瓷文化产业创新与发展都有着重要的历史与现实意义。

因为肇新的成功，杜重远也成为中外知名的企业家和陶瓷专家。1929 年，张学良又聘其为"司令长官公署"秘书，协助处理对日交涉问题。同时他还以商会领袖的地位成立了"辽宁国民外交协会"，发动和组织民间力量，开展对日斗争，取得了很大的成绩。

九一八事变后，肇新窑业被日军占领，杜重远因此前坚持抗日，驱逐日货，成为日军追捕的要犯。于是他怀着满腔怒火离开沈阳到天津，再到北平，参加了旨在支持组织东北抗日义勇军，抵抗日本军国主义侵略的"东北民众抗日救国会"，并与高崇民、阎宝航、卢广绩、王卓然等成为 9 人常务委员和张学良身边核心组成员之一。后来到了上海，通过夏衍第一次见到了周恩来。又接受江西省省长熊式辉的邀请，任江西陶业管理局局长，重整式微的景德镇陶瓷产业并一度形成中兴局面，成功阻止了将瓷业中心从景德镇迁往九江等外地的主张，保住了陶都的地位。1935 年，因其主编《新生》周刊所发《闲话皇帝》一文被判入狱，其间曾两度会见张学良，为其精辟分析当时的抗日形势，明确指出联合抗日才是中国唯一的出路，对张学良在西安与中共的合作起到了重要作用。1936 年秋，他出狱后即赴西安做张学良的工作，坚定其联共抗日决心，终于促成了西安事变。对于杜重远在西安事变中的作用，习仲勋曾有这样的评价："世人对张学良、杨虎城的这次具有历史意义的爱国行动都给予高度评价。在这里应当记住，杜重远是促使张学良与东北军转变的最初推动者。正是他根据周恩来的指示，对张学良反复做了大量的工作，才会有以后发生的事情。杜重远功不可没。"西安事变中蒋介石被扣，正在江西景德镇的杜重远则被国民党软禁，直到张学良送蒋介石回南京后，杜重远才获自由。

由于杜重远的声望和影响，在有宋子文、宋美龄、周恩来、张学良、杨虎城参加的和平解决西安事变、改组南京政府的谈判中，周、张、杨曾联合推荐杜重远同宋庆龄、沈钧儒、章乃器等人入行政院，以宋为领导人，杜、沈、章为次长，但这一方案后来未能实行。1944 年，杜重远在新疆遭盛世才迫害，壮烈牺牲。

对于杜重远和中国共产党及民族解放事业的关系，习仲勋说："杜重远不是共产党员，但是他一身正气，刚直不阿，为国家的独立、民族的解放追求真理，在中国共产党最困难的时候认识共产党，并毅然接受共产党的领导，为实现第二次国共合作作出了重要贡献。"正因为这样，才会有多位党和国家领导人对杜重远或有题词，或致信其女儿杜毅、杜颖，表达对杜重远的深切缅怀与纪念。

在纪念杜重远先生 120 周年诞辰之际，令人欣喜的是我们找到并确认了当年肇新窑业在沈阳的工厂旧址和相关窑址。那天，一大群沈阳的文保志愿者和我一起走进了经过 95 年历史风云，数次变换主人的肇新窑业工厂，航拍图和当年肇新窑业生产的青花瓷盘上的工厂全景图几无二致。厂房用的全是窄而厚，质地坚致，与民国时期所建东北大学教学楼同样的肇新窑业机制红砖。当年炼釉所用耐火砖垒成的熔炼竖炉还在，炉边高大的铁烟囱虽已锈迹斑斑，但仍能感受到当年窑火熊熊的热烈；而炉边数个炼釉的坩埚，则通身沾满了厚厚的色釉，斑驳而沧桑。

肇新窑业工厂遗存将使沈阳 7000 年的陶瓷史鲜活起来，相信时间不会太久，肇新窑业遗址就会变成独具个性的陶瓷文化主题公园和创意工坊，那将是我们对杜重远先生最好的纪念。就这样想着，我离开肇新窑业办公楼，回首间，发现楼旁的碧桃花开得正好，路边的残雪也掩不住那一抹粉红的旖旎。

春天来了，又见肇新。

杜重远与景德镇

　　"九一八"不仅打断了东北新建设蓬勃发展的现代化进程之路，同时也破灭了杜重远在东北实业救国的梦想。然而沈阳肇新窑业的成功无疑使杜重远成为工业时代机制陶瓷的领军人物，这不仅在工业技术上，更重要的是在民族品牌经营和现代企业管理上，他都成为当时不可多得的关键人物。这一点，在 20 世纪 30 年代景德镇陶瓷业的复兴过程中，越发显出杜重远的价值。

　　中国陶瓷业在景德镇经历了清三代官窑的高峰期之后，即逐渐走上了一条衰退之路。寂园叟陈浏在成书于光绪三十二年（1906）的《陶雅》中慨叹道："于华之瓷业近益凋瘵矣，其犹能以其瓷蜚声于环球，而为环球之人所称道弗衰者，则国初之旧瓷也。居中国之人不能使其国以坚船利炮称雄于海上，其次又不能以其工业物品竞争于商场，而仅凭藉其国初所出之瓷之声誉，以相与夸耀，至使环球之人目其国为'瓷国'者，则有司者之辱也。居瓷国而不通瓷学，又使环球之人嗤其生长于瓷国，而并不知其国之瓷之所以显名，则吾党之耻也。"而稍后成书的许之衡《饮流斋说瓷》一书也在"概说"中表达了同样之意思："窃慨乎吾华瓷业不绝如缕，生瓷国而不能言瓷，厕工廨而不能知工，吾党之耻也。"《陶雅》和《饮流斋说瓷》两书都是晚清瓷学之名著，对当时中国陶瓷业如此真实写照和黯然慨叹，表现出了那个时代中国知识分子振兴瓷学的急迫和无奈之情。

而此时的景德镇，尤其风光不再，"陶都"的地位已岌岌可危。《景德镇瓷业状况述要》一文曾这样描述说："景德镇嗣又因河道渐淤，工艺因生意日衰而减退。降及光绪季年，明清御窑久已废圮，全镇虽有民窑110余只，坯房、红店之工艺皆不惊人。所赖以保全国粹者，仅恃名画工数人。每年所制仿古器，尤日形退化，盖以销数少，不求精也。"景德镇就是以这样的龙钟之态告别了大清王朝，告别了官窑时代，步履蹒跚地进入了民国时期。

进入民国之后，景德镇面对的则是势不可当的"洋瓷"入侵。洋瓷一时间成为时尚，为国人所追捧，进而洋瓷也成为景德镇模仿的对象，最后倒成为时代象征、民族记忆。虽然历史上景德镇瓷业长期大量吸收外来文化，但始终是以强者的姿态将外来文化消化，再转化为自有产品，反过来又对外部的世界产生影响。但这一次，却完全以山寨的方式，被动成为西洋瓷业的附庸。更为严重的是，贸易迅速恶化的程度，远比想象还糟。1930年，中国瓷器的进口量第一次超过了出口，并且瓷贸易的逆差在未来的数年间还在迅速扩大。仅在第二年，出口就从1930年的256万两白银减少到171万两，减少了33.2%。中国这个以瓷器命名的国度，而其看家的瓷业，却彻底败给了西方瓷业。

中国瓷业面临前所未有的危机。在东北，杜重远虽然以肇新窑业打败了日本，但中国却在更广阔的国土上失去了瓷器的半壁江山。

1931年末，熊式辉任江西省政府主席之位，江西本地人，督赣十年，政绩斐然，使积贫积弱的江西在经济上获得了快速发展，尤其是在工业化进程中，取得了前所未有的成就。而振兴景德镇陶瓷业，正是他工业发展计划中的一部分。当时在江西省政府里，相关部门综合一些专家的意见，欲将制瓷中心从景德镇迁往九江，理由是长江边上的九江交通便利，星子高岭土产地离九江也很近，如此在九江建机械化生产的瓷厂可行性更强。反观景德镇陶瓷从业者思想守旧，而且行派相互倾轧，瓷业凋敝。另外景德镇地处偏僻，公路和铁路交通几乎是空白，航运还须靠天吃饭，如天旱昌江少水，船运就很难到达湖口，费时既久损害又大。正是因为这些主客观因素，当时的江西瓷业公司经办人就因此将公司一分为二，设立本厂、分厂两处，本厂设在景德镇，分厂设在波阳城内高门，以便于对瓷器的改良。熊式辉也很赞同上述观点，着手安排得力之人主持瓷业振兴。他接受了宋子文的推荐，向杜重远发出邀请。

熊式辉主政江西十年，曾广揽天下人才，这与景德镇"工匠四方来，器成天下走"的理念是颇为一致的。陶都自称景德以来的 1000 多年间，制瓷名家包括匠人大都来自全国各地，外来工匠带来的不仅仅是新的制瓷工艺、釉料配方，更有其他地域文化、艺术理念与经营之道，也正是这些外来事物与景德镇本土势力的碰撞与融合，从而将景德镇陶瓷业一次又一次地推向高峰。

依旧是实业救国的理念在推动着杜重远，他接受了熊式辉的邀请，于 1934 年 8 月的一个傍晚，在蒙蒙细雨中，经过 11 个小时的车程，和同伴们终于从南昌抵达景德镇。风景佳幽，山水环抱，竹木繁生的景德镇让这位东北汉子有朝圣般的心情愉悦。在距镇十里之地，就已望见柴窑"黑烟缭绕，高入云霄"，杜重远也不禁感慨颇多，他在后来的《景德镇瓷业调查记》中曾这样记述："据同行汤君云，景镇在极盛时代，每年营业至一千四五百万两，窑户四千余户，工人二十万人，驻镇庄客和当地商人三天一小饮，五天一大筵，麻雀通宵，娼妓遍地，极人间之逸乐，间不料景镇之有今日凌替也。车近镇边，已见其衰落景象，盖烟筒百余座，出烟者不过十之一二耳。"这种景象让杜重远深感重振景德镇瓷业需要下一番大功夫。

在景德镇期间，杜重远对当地的陶瓷产业进行了深入的考察，然后将自己的考察结论，写成了调查报告，这就是著名的《景德镇瓷业调查记》。此文最早在《江西民国日报》上连载两天，反响特别强烈。

杜重远在《景德镇瓷业调查记》中谈及调查原因时说："因欲改革瓷业，必先明了瓷业的衰落原因，欲知瓷业的衰落原因，不能不调查中国第一瓷区的景德镇。"经过深入调查，他认为景德镇的病象是："劳力而不知劳心，分工而不知合作；视惯例如成法，嫉革新如寇仇；营业尽管萧条，而组织一仍其旧；样子尽管陈腐，而制法毫不更新；若晓以世界情形、国家利害，更如对牛弹琴，痴人说梦。"而病因则是"政府之放任所致也"。因为杜重远在充分调查基础上提出的振兴景德镇的改革计划有理有据，再加上杜重远与宋子文的关系，熊式辉对此改革计划慨然应允。1934 年 12 月，江西省陶业管理局在景德镇成立，杜重远担任局长。在局长任内，他主要从以下四个方面对景德镇的瓷业时行改革，并收到了明显的效果。

首先，杜重远提出了振兴景德镇瓷业的主张，确定"陶都"不可动摇的位置。当时面对景德镇陶瓷产业式微，大多数窑厂被迫关闭的情形，省城有人主张将瓷业中心从景德镇迁往九江，也有人主张迁往波阳。杜重远通过实地调查后，在《景德镇瓷业调查记》开篇即说："景德镇为我国第一产瓷名区，亦全世界瓷业之发源地，其景况之隆替，非特系乎民生之荣，抑且关于文化之兴衰，国人对此当甚关心。"这是他给景德镇的定位，也是他对瓷都的自觉认同。他在找到了景德镇衰落的原因后，疾呼"实业当局，各方领袖，急起设法，速谋补救，勿使此千年国粹而淹没沉沦，则幸甚矣"。因此盲目将瓷业中心迁往九江不妥。应当将现代管理制度引进景德镇，建一模范瓷厂，设一模范合作社，培养新型人才。还建议在景德镇和九江之间修建轻轨，改变景德镇陶瓷运输过度依赖昌江的局面。由此可见，杜重远挽救瓷都急切之心，溢于言表。经过多方交涉，江西省政府才最终采纳了杜重远的意见，决定重振景德镇瓷，并由杜重远主持其事，从而避免了景德镇制瓷中心的转移。

其次，成立陶业管理局。杜重远在《景德镇瓷业调查记》里指出："查景镇历代没有窑官专理大事，工人疾苦，劳资纠纷，不能彻底明了，因势利导。自民国以来，纯取放任主义，由地方官代为管理（洪宪时代为重建御窑，曾设过一次陶业监督），而地方官不悉陶业情形。遇事敷衍，不肖之徒，反目为发财渊薮。如景镇县长，及公安局长，素有肥缺之称。试想以数十万无知愚人，处于利害相反之地位，纠纷自所难免。而每次纠纷发生，官府不能代决。或决而不得其平，工人只有遵守古法，或诉之武力，以求自决。墨守古法，则近于顽固，施用武力，则纠纷愈多。结果，强凌弱，众暴寡，卤莽灭裂，残破支离，一至于此。救济之法，政府首当设一陶政管理机关，隆其职位，大其事权，择一精于陶业，而又热心工人福利者，文于其位，遇事则直接处理，无待周折。"他在这里已将景德镇多年来陶瓷生产无政府状态说得非常透彻，且毫不客气。他坚定地认为："至于救济景镇，非无办法。只在政府有无决心耳。"杜重远提出的改革计划有理有据，熊式辉对此改革计划慨然应允。1934 年 12 月，江西陶业管理局成立，杜重远担任局长。杜上任后，邀请了张浩等许多陶瓷专家前往陶业管理局任职。同时，杜重远还希望瓷业改革能获得地方政府的更多支持，于是向熊式辉推荐爱国人士阎宝航的胞弟阎模凯担任浮梁县县长。

其三，制定了一系列改革陶瓷工业的措施。当时景德镇瓷业生产存在着许多陈规陋习，杜重远认为，瓷业振兴只有各方面加以改革，百弊尽除，才能发扬光大。其提出了以下诸项改革措施：一是取缔每年春节后连续两个月不烧窑的"禁春窑"行规；二是禁止窑工向窑主交钱获得上岗的"买位置"；三是取缔宾主固定制，各行各业可以货随客便；四是确定窑身规格；五是筹建原料精工厂，统一下料配方；六是建模范窑厂、瓷厂；七是筹建陶瓷工业研究所；八是建议改革烧瓷燃料结构，将烧柴改为烧煤；九是兴建陶瓷陈列馆；十是设立陶瓷推销处，广开瓷器销路；十一是建立陶政管理专业机构，加强陶瓷工业管理；等等。这些体现了杜重远作为一名实业家风格的改革措施，虽然其中许多未能最终实现，但在当时引起很大反响，让景德镇人格外兴奋。成为陶业管理局局长的杜重远则大力推行他的这些改革措施，依照改革计划，在景德镇开办了模范瓷厂和模范窑厂，向景德镇瓷业展示了现代瓷厂的管理和运营方式。两厂打破了昔日行规，完全按照市场化的经营模式，并有行政权力保障。同时还创办了陶业试验所，在试验所里，人们可以参观到机械化的制瓷方式，对景德镇的现代工业化制瓷起到了推动作用。

其四，创办"陶业人才养成所"。"陶业人员养成所"位于风景秀丽的莲花塘畔，与陶业管理局办公室相邻。该养成所由杜重远亲自兼任所长，并聘请了十几位陶业界知名人士任教，如聘请张浩兼职筑窑教师，聘请邹如圭讲授陶瓷分论，程伯卿和江梦九担任陶瓷工艺方面课程。养成所的主要目的就是为景德镇的陶瓷改良计划培养人才，同时还要为在九江设立的新式瓷厂——光大瓷厂输送人才。养成所课程设置有陶瓷总论、陶瓷分论、筑窑、图画、汇色、工场调查等陶瓷公益方面的课程。此外还开设政治学、社会学、经济学、公司法、法制等课程，还有英文、俄文、日文选修课。养成所内还设有一个陶瓷实验工厂，供学生实习。1934年初冬，一则招生信息出现在了杜重远在上海主办的《新生》周刊上，招生对象是高中毕业生或同等学力者，录取的学生将送往景德镇学习陶瓷知识。上海的许多青年学生慕杜重远大名纷纷前来，杜重远亲自组织笔试和口试，第二天就在上海录取了30多名考生，加上在南昌的考生，陶业人员养成所共招收了72名学生，时人将其与孔子座下的"七十二贤人"相比，一时成为佳话。这些来自赣、沪两地的精英学子很快便在杜重远的瓷业改革计划中发挥作用。杜重远为让景德镇人了解世界格局和景德镇的落后现状，举办了多场露天讲演，学员们根据听学轮流上阵，这样的讲演吸引了许多景德镇人的关注，每次讲演现场都是人山人海气氛热烈。养成所还创办了《民众》月刊，除刊登讲演内容外，还有调查报告及陶业管理局的告示等内容，这份刊物发行量达到了 2000 册，在当时识字人数不多的景德镇，已是一个发行量很大的刊物了。另外杜重远还设立了几个夜校式的工人训练所，分期分批招收 1600 多位景德镇的陶业工人入学，由养成所的学员任训练员，目的是培养陶瓷工人的文化技术，提高陶瓷工人队伍的素质，逐渐形成一支改良陶瓷工业的基本队伍。

杜重远大刀阔斧的改革收效显著，依赖行规的行业垄断被打破，景德镇陶瓷产业终于迎来中兴局面。杜重远也因此深孚众望，时人誉为瓷都的"杜督陶官"，将他和康乾时代的臧应选、郎廷极、年希尧并列在一起，在中国陶瓷史上取得了重要地位。

1935 年 7 月，杜重远因《新生》周刊刊载《闲话皇帝》一文被监禁。1937 年 6 月，杜重远在景德镇作了最后一次讲演，之后再没能回到瓷都。没有了杜重远的景德镇，改革事业流产，瓷业重归行派把持，景德镇重新陷入艰难时期。但陶业养成所培养出来的"七十二贤人"却成为后来景德镇陶瓷业和其他方面的重要人才。他们有的去了九江的光大瓷厂，有的跟随杜重远奔赴抗日前线，有的留在了瓷业管理局工作。新中国成立后，还有多位当年的学生在人民政府里担任要职。

直到今天，在景德镇陶瓷业和文化圈里，对沈阳都有着不可言说的深厚情感，诚如著名陶瓷艺术大师王锡良先生在题词所写："沈水昌江一脉通。"这缘于"陶圣"唐英和中兴时代的杜重远。如果说唐英让景德镇的官窑走上了世界陶瓷的高峰，那么杜重远则保住了景德镇的"陶都"地位。

打高尔夫的粉妆丽人

女子打高尔夫的姿态是很美的，短裙高袜，束腰长发，挥竿伸臂的瞬间，展示了最活泼和最激情的一面。但去过的几家高尔夫球场，见到打球的人多是男性，颇有些想不通。我就此曾同一位《高尔夫》杂志的编辑探讨过，他不无幽默地说大概女子都在写字楼或厨房里忙吧，没工夫出来打球。偶然在古玩店里得了一件民国时期的彩瓷蜜粉盒，盒上的图案为景德镇刷画工艺，画两位穿旗袍的仕女正在打高尔夫球，这在瓷器上倒是少见的情景，但它却证明了从高尔夫进入中国的那天起，球场上就不难见到粉妆丽人。

高尔夫（golf）是由绿色（green）、氧气（oxygen）、阳光（light）和步履（foot）的第一个字母缩写而成，也就是在明媚的阳光下，踏着绿色的草地，呼吸着新鲜的空气，在大自然的怀抱里，边散步、边打球、边聊天、边交际。人们形容打高尔夫球是神仙过的日子，所谓潇洒人生一挥而就。

高尔夫运动的起源有种种不同的说法，有人认为它起源于公元 8 世纪末的中国唐代，说那时有一种步行持杖打球的运动，名叫"步打球"。为此我查阅《全唐诗》，在花蕊夫人的《宫词》里有"步打球"出现："殿前铺设两边楼，寒食宫人步打球。一半走来争跪拜，上棚先谢得头等。"辽、金时，步打球又称为捶丸。捶丸曾大盛于宋、金、元三代，上自皇帝大臣，下至三教九流，皆乐此不疲。现藏于北京故宫博物院的明代绘画中，也有描绘贵族女子捶丸的图画。还有人认为高尔夫起源于 14 世纪的荷兰。但流传最广的说法是高尔夫起源于 15 世纪的苏格兰，据说有一位苏格兰牧羊人在放牧时，偶然用一根棍子将一颗圆石击入野兔洞中，从中得到启发，发明了后来称为高尔夫球的运动。率先打高尔夫球的是苏格兰北海岸的士兵，后来逐渐引起宫廷贵族和民间青年的浓厚兴趣，最终成为苏格兰的一项传统项目。这个说法能为大多数人接受，是因为高尔夫确实与苏格兰有着诸多的联系。比如高尔夫球运动的名称（golf），就是来自苏格兰的方言（gouf），意为"击、打"。而高尔夫球场无论建在世界何地，均必须仿照最初玩高尔夫球的苏格兰特有的生长着草丛的海边沙地进行铺设，既要有平坦的沙滩和葱绿的草皮，又要有一定起伏的沟壑溪流。世界上第一家高尔夫球俱乐部就设立在苏格兰的爱丁堡，而现在最有名气的高尔夫球俱乐部也是在苏格兰，即圣安德鲁皇家古典高尔夫球俱乐部。世界上第一家女子高尔夫球俱乐部也建于苏格兰。高尔夫球运动最初的规则就是由苏格兰的爱丁堡高尔夫球俱乐部制定的。

高尔夫 19 世纪末传到美洲、澳洲及南非和亚洲。由于打高尔夫球最早在宫廷贵族中盛行，加之高尔夫球场地设备昂贵，故有"贵族运动"之称。19世纪末 20 世纪初，高尔夫运动传入中国。1931 年，上海成立了高尔夫球游戏中心，同年，中、英、美商人合办高尔夫球俱乐部，在南京陵园体育场旁开辟高尔夫球场。1900 年，第二届国际奥林匹克运动会曾把高尔夫球列为表演项目，1984 年，国际奥委会批准高尔夫球为奥林匹克运动会的正式比赛项目。从高尔夫发明至今，这项运动已经从英伦三岛之一的苏格兰流传到世界各大陆，历时 500 年而不衰的生命力不仅在于它是男女老幼咸宜的"绅士淑女"运动，而且还在于高尔夫球同拳击和网球一样，是当代体育个人比赛中奖金数额最高的项目之一。有的运动员一年之中可获高达 65 万美元的奖金，有人戏称，举手之劳就能成为一个高尔夫百万富翁。

高尔夫运动进入中国的时候，恰逢清末民初，新的思想荡涤着古老而传统的华夏大地，因此，这项运动一经开展，就为女性解放的思潮注入了新的内容。再加之高尔夫球的特点是一项不太激烈但却很美的体育运动，蓝天绿地、碧水柔沙配以精致器具，每个运动者都是衣冠楚楚、文质彬彬，根本看不见一般赛场上大汗淋漓、追逐纠缠的情形，因此特别地适合女性参与。大约正是这种种条件，才有了民国时期女士打高尔夫的时尚，才留下了蜜粉盒上女士打高尔夫的倩影。

这只粉盒高 5 厘米，直径 7.5 厘米。盒盖上绘有两位美貌女子，均着鲜艳的半袖旗袍，细眉樱唇，轻柔玉臂，衬以嫩绿色的草地，充分展示了新淑女运动中的阳光画面，同当时的月份牌上的女性当属于同一时尚。两位女子，左边正欲伸杆击球的那位所穿的旗袍是红底黄花，右边挂杆而立那位的旗袍是白底粉花。二人短发轻拢，粉装艳影之下似乎难掩刚刚步入球场的激动抑或拘谨。这也难怪，女性穿着旗袍打球的时代如同我们所经历的 20 世纪刚刚改革开放时黄球鞋配西装领带一样，有着当然的拘谨和难免的局促。按理说女士打高尔夫球比男士更有得天独厚的优势，柔软的身体，优雅的击球姿态能更快地掌握球场上的基本要领。阳光下，草地上，淑女邂逅高尔夫，每一次挥杆之间都有一种优美高贵的心灵火花迸现，在高尔夫球场上女性比男性当有更多的自信。

粉盒上女子旗袍是紧身和高衩的，那是 20 世纪 30 年代海派旗袍的典型样式。某种程度上说海派旗袍是海派文化的神韵，当时的上海和紧邻上海的苏州，是上流社会名媛的乐园，她们的奢华生活和追赶时髦，在中国历史上空前绝后。她们热衷游泳、打高尔夫、学习飞行和骑马等，非常崇尚西式服装的合体与便利，加之 30 年代欧美服装流行趋向收腰，这就注定了旗袍会变得长而紧身，开高衩，从而符合 30 年代精致玲珑、开放活泼的理想形象，以前那种女学生式的倒大袖和平直的腰身也就逐渐消失了。这就是粉盒上两位女性穿旗袍打高尔夫的文化背景。

高尔夫球场上的女士装束，往往都是当时最为时尚的代表，如今的高尔夫球场，旗袍虽然不见了，但依然是一派粉装，粉紫、粉红、粉绿等偏向"娘味"颜色的高尔夫球袋、帽子、裙子、上衣，种类繁多，几至"乱花渐欲迷人眼"的程度。其实，在蓝天绿草的背景下，打高尔夫女性真应当在着装上来一番讲究，短裙、长袜、薄衫，让女性的魅力尽现无遗。我曾在夏威夷的一本杂志上见过一幅《女运动员在高尔夫球场上裸体比赛》的照片，五个裸着上身的女子同四位衣帽齐整的男子打完高尔夫后在一起的合影，每个人的脸上都荡漾着灿烂的阳光。尽管天然，但还是缺少一种雅致的美，如果说 20 世纪初中国女性穿着旗袍打高尔夫是一种拘谨，那么今天这种裸着上身而打球的女性则是一种放浪了，同样不舒服。

粉盒上打高尔夫球画面的背景是苏州的盘门。盘门位于苏州市城西南隅，始建于春秋吴王阖闾元年伍子胥筑城时。画上的城门重建于元至正十年（1350），是苏州现在较为完整的古城遗址。它由两道水关、三道陆门和瓮城相互组合而成，地处水陆要冲，京杭大运河环抱城垣，自北向南绕城而过，然后折向东去。从盘门登舟，沿运河溯河北上，至胥江口，折而往西，即可抵达太湖。往南可达江浙咽喉要地吴江松陵、平望等镇。陆道纵横交叉，四通八达。它是出入苏州古城西南的交通要道和重要屏障。向有"中吴锁钥"之号，又有"北有长城之雄，南有盘门之秀"的称呼。这幅画说明在当时的苏州盘门附近可能有高尔夫球练习场，并成为上海绅士名媛们的乐园。手头上有一本反映旧上海十里洋场的《郭建英漫画集》，集中有一幅《春之姿态美》，一位腰身窈窕之女郎，也许就是在蜜粉盒上的盘门郊外吧，双手举杆击打高尔夫球的瞬间：近处绿草地轻波起伏，远处一抹树林隐隐，轻柔的风吹过女郎的身体，使她的腰身更加娉婷曼妙，画名《春之姿态美》可谓相衬。画面下配有一首作者的小诗："春——高尔夫的季节。明亮的太阳，跃动的青春。女孩子，她的脸色开着鲜花，打了，雪白的小球飞驰去——飞，飞，飞到青的地平线那面。旋转了的肉体，在浅绿的背景里呈着春之美丽的姿态！"郭建英的绘画语言或可对粉盒上的女子作补充性诠释：动感的线条轻松地勾画出上海青春女性在高尔夫球场上的媚人形象：活力四射，轻佻活泼，充满性感、无拘无束。

如今，高尔夫已不再是新淑女运动的代表，而是健康女性和职业女性一展身手的地方。据说亚洲女子的娇小灵敏身材特宜于高尔夫球运动，往往能出好成绩。如韩国的女高尔夫球选手朴世莉，能在美国举办的职业女子高尔夫球协会赛中称霸，其他如泰国、菲律宾，还有中国香港的女球员也有不俗的表现。

粉盒上除了画面外，还有四个字的书法题款："法外之人"。读来颇耐人寻味，冲破封建樊篱，自然身在"法外"。我想，当年养在深闺搽脂抹粉的女性，一边对镜上妆，一边欣赏粉盒上打高尔夫的丽人，定会心旌摇荡，绿色、氧气、阳光、步履，那是怎样的情色诱惑？涂了他的粉，定然要去打他的球。深闺中的那颗心，早已飞到了浅绿色的背景里。

附记：

收藏是一种缘分，走了全国许多古玩市场，但少能见到这种民国时女士打高尔夫图案的瓷器，然而就在我写完此文不久，周六在沈阳的古玩市场上却意外地再得两件这样的民国瓷。一件为茶壶，一件为笔筒，且都是全品相。过一年，又于大连一古玩店中得绘有此图案的公道杯一件，同时又得到 20 世纪 30 年代杭樨英创作的打高尔夫仕女月份牌，是专为哈尔滨骆驼牌香烟所绘制的。原来瓷器上的同类画面都是从月份牌上克隆的，不知当时杭樨英得了多少版税，抑或是盗版，也未可知。三件瓷器中我尤喜这笔筒，底款竟是矾红双喜字，这大概也是当年新嫁娘的嫁妆一类。入得洞房，出得厅堂，染得书香，时尚的新嫁娘但怀一脉文思，也总是难忘高尔夫球场上那挥杆一击的昨日旧梦。

烟霞翠微里的平山草堂

喜欢汪家山水瓷画当是十几年前的事。那时于南昌得到一件汪野亭瓷板，瓷画上山峦重重，草树青青；云烟澹澹，古塔悠悠；溪水漾漾，村落迤迤。近景一荷锄农夫，蓑衣斗笠，匆匆板桥之上，给人想象，给人神往。整幅画面纵深千里，尺幅烟霞，花光岚色，翠微欲滴。当时，"珠山八友"还刚刚引起藏界重视，瓷画市场也远没有今天这样火热。因为当时我正属意浅绛彩瓷，所以对汪家山水并没有太重视。过了几年，我曾将元鉴先生此板发到了雅昌网上。当天版主"曙光"韦兄就给我发短消息说："正在景镇网上与熊中荣先生看您这块野亭先生瓷板，颇好，为汪氏中年代表作，十分难得，定当宝之。"听到韦兄此言，我又拿出此板细细品鉴，从而进一步认知了汪野亭和汪家山水瓷画的价值与意义。

从那时候起，我即有了收藏所有汪家山水瓷画的想法，于是淘到了汪少平的墨彩执壶，汪小亭的茶杯，汪平孙的瓷板、笔筒，汪沁的豆青釉粉彩、墨彩开光瓶。在这些汪家山水瓷画中，我尤为欣赏汪野亭的洗练与华滋，汪小亭的苍劲与老辣，汪平孙的隽永与文气，汪沁的秀雅与清丽。

汪家山水瓷画的开山者汪野亭，师承彩瓷名家张晓耕、潘匋宇。到景德镇后又深受晚清浅绛彩瓷开山大师程门的影响，开始专攻粉彩山水。程门浅绛彩瓷作品以山水为主，其云烟供养之文人雅范，深得汪野亭的崇尚与服善。所以在汪野亭的早年作品中多有程门山水瓷画的影子。后来，清初"四王"和石涛的绘画风格对汪野亭多有影响，尤其是苦瓜和尚石涛，可说是深入了汪野亭之骨髓之中，不仅学其画风，而且名之斋堂。石涛于1707年去世，埋骨扬州平山堂后万松岭。石涛墓前平山堂，二百年后汪野亭在此堂中加一"草"，以"平山草堂"名之于自己的室号，既含有他尊崇石涛，墓前入堂，又表达了自降一格，甘居"草堂"的谦逊之情。正是这种苦学石涛的艺术追求，再加之他对自然山水的师法与描摹，从而形成了山水瓷画大家的独特艺术风格。

汪野亭的瓷画艺术风格，最突出的是其师法自然性。胸有烟霞，他的瓷画作品，从构图到用彩，多以自然山水为摹本。从乐平故里的翥山、乐河，到景德镇的珠山、昌江；从溢浦庐山、浔阳江，到徽州的黄山、练江，赣北和皖南的山山水水，都让他"搜尽奇峰打草稿"，融入自己的瓷画之中。这一点，是他作为汪家或是汪派山水瓷画最为可贵之处。

汪野亭在瓷画创作中深谙石涛绘画"截取法"之三昧。他初学"四王"，但在创作中又感到"四王"虽临古工深，却失之于墨守成规，缺乏创造性，构图千篇一律，有严重的形式主义倾向。而石涛则在师法自然的基础上，创造出一种独特的构图技巧——"截取法"，即从不同角度截取部分景物加以渲染，以特写之景传达深奥之境，结构新奇，变化万千。这种创作构图法在他的《粉彩山水文房三件》《湖山秋思》《六桥春暖》等作品中都有典型体现。

从现存的汪野亭作品看，他可称饱读诗书之人。老私塾塾师的底子，加之灵山秀水的浸润，使他作品中的书卷气和文人画意蕴越发浓厚。其瓷画上的题跋也颇具文人情致。如他在1933年所绘瓷板上的题跋："老树数株，茅屋三间；良田几亩，流水一湾。有时负手门前，数长空飞鸟，万户候，何足道哉。"其文人的悠然个性跃然瓷上。1937年所创作的青绿山水粉彩瓷板上题诗云："谁将笔墨写秋山，点缀烟霞尺幅间。欲访高人在何许，寒林渺渺水潺潺。"读来颇有唐人韵味。另一瓷上题跋则说："既慕朱老画，复着米家船。一帆风雨里，正好拥书眠。"其诗其画可谓相融相契。在"朱山八友"中，能与瓷画上经常题自作诗者并不多见，其中王野亭当数最多，这既是汪野亭山水瓷画文化内涵丰厚的表现，也是汪家山水瓷画的一大特色。

以上诸点不唯汪野亭，在以后的汪家山水瓷画中均有体现。特别是取意石涛一路的作品，时有所见，如汪野亭的墨彩《茅亭秋思瓷板》《寒林鸦集印盒》，汪小亭的《溪山雨后瓷板》，汪平孙的《青花四季山水中堂瓷板》，汪沁的《春江双耳瓶》等，其创作构思与笔墨运用都与石涛的《十开山水册页》有着异曲同工之妙。当年石涛对自己曾有很正确的估计，他说，"此道有彼时不合众意而后世鉴赏不已者，有彼时轰雷震耳，而后世绝不闻问者"，而"余画当代未必十分足重，而余自重之"，至于今人不能欣赏我，"我也无知之何，后世自有知音"。石涛作品，不仅在纸绢画上找到了如张大千等的众多知音，而在瓷画上也找到了如汪家这样的知音。平山堂后，那颗孤傲的心灵，也颇堪慰藉了。在山水瓷画中得石涛之真谛，这也可以说是汪家山水瓷画的看家本领，荣誉出品。这些在汪家第二代汪小亭身上表现得尤为突出。

汪小亭天赋极佳，即使是在战事连连的年代，他也是"农事不荒，瓷艺不误"。他在20世纪40年代以后一改"四王"那种干笔淡墨，典丽细腻之风，转而学石涛兼用粗、细、干、湿各种笔墨，尤其善用湿笔浓墨，横涂竖抹，使线条粗犷拙朴，坚实老辣。以此种笔墨，或绘危崖峭壁，或写寒水古木，信笔挥洒，逸兴遄飞，显出一种不可一世的气概，一种沉雄痛快、元气淋漓的绝大气魄。令人过目不忘，心生敬畏，成为汪家山水中最具个性，最具视觉冲击力的创作，极为珍贵。

　　为什么汪小亭的创作如此个性突出，这与他所生活的那个时代和他的境遇分不开。或多或少，他与石涛有着某种相似，惺惺相惜之情自然融入他的骨子里。所以，他师法石涛的人格，更师法石涛的艺术风格。他把他的全部人格和精神都投入他的作品之中，这些作品是他那颗政治和传统都锁不住的自由而孤独的灵魂所发出的凄愤啸声，以至他笔下的山水草木和文字题跋都含有一股倔傲、乖戾之气。诚如石涛的一首诗所写："书画图章本一体，精雄老丑贵传神。灵幻只教逼造化，急就草创留天真。""精雄老丑"四字何尝不是汪小亭瓷画的风格特点呢。

　　汪家山水瓷画第三代传人汪平孙，某种程度上说是其家族中的集大成之人。虽然 60 岁始绘瓷作，但却大器晚成，天分与悟性令人刮目，短短 20 年时间，其创作成就似不在国家级工艺美术大师之下。

　　汪平孙的创作，集中了其祖父汪野亭的师法自然之道，父亲汪小亭的个性特点，同时又融入了石涛的写意笔法。其创作既有其祖父的厚重，也含有其父亲的元气淋漓。尤其是晚年作品，洒脱而不失规范，厚重而时兼灵动，风格成熟，个性突出。如墨彩《冬云瓷板》《卧看流泉瓷板》《山水执壶》《暮春三月笔洗》《夏江渔乐笔筒》《青花四季山水中堂》等，大气而富于艺术表现力。在他的作品中，尤以《潇湘八景》最为知名，八块瓷板虽然尺幅都不太大，但画面极其典雅，可谓汪派山水中最具书卷气的一组创作，先人有所不及，后人难以企及。

　　庚寅之年，汪平孙先生曾应约为我画了一件口径 20 厘米的"自置"款通景山水大笔海。山石、云树、村舍、行舟，一派烟云供养之气。题款为："青山隐隐水迢迢。"晚唐杜牧《寄扬州韩绰判官》诗中句。整个笔海瓷画，既有汪野亭的山水逼真之势，又有汪小亭的曲岸简括之状，再加上汪平孙所独有的远山岚影和苍茫花树，此大笔海构成了汪家山水的独特风格和书卷韵味，每每令我反复欣赏而欲罢不能。

汪平孙的学养在当今瓷绘家中鲜有可比。他大学中文系毕业，出于院派，兼及家传，能诗能文，文人气十足。胸有烟霞成竹，自然瓷滴翠微，其创作也得心应手。尤其是他的诗词，格律精湛，富于别材别趣。其《缱绻集》《蚕烛集》中的诗词诸作，每一首都可读可赏。书法也自出一格，拙朴而富于书卷气。在对瓷绘艺术的审美和鉴赏方面，自然也高人一筹。因此，他的山水瓷画创作，自然有居高临下，其格不降的阵势。其瓷绘技法自不必说，单是瓷上诗文题款，就很难有人企及。如其在己丑年所绘瓷板上的题跋："今又重阳，满院秋光。西风劲，落叶飘黄。云穿幽谷，雾锁山冈。看峰峦静，流水急，鸟飞忙。树木行行，隐隐白墙，矮矮平房。坡上菊，发散清香，喜鹊一双，栖息枝头，昂首望，欲翱翔。"此为《行香子》词之一阕，读来韵味十足。再如《匡庐访友》瓷板，近五百字的题跋，当之无愧一篇生动的散文，其情节生动奇异，堪比《桃花源记》，甚至可入《聊斋》之中。

汪家第四代传人汪沁，在陶瓷世家的环境熏陶下，自幼酷爱艺术，高中毕业后即随其父习画陶瓷，深得其父真传。其作品集曾祖父之典丽，祖父之自如，父亲之文气，同时更注重构图的精巧，透视的科学以及层次的丰富，使其作品形成秀雅清丽之风格。如其《扇形山水瓷板》《豆青釉粉彩、墨彩开光瓶》《春夏秋冬四屏》《南国风光瓷板》《秋山红叶方笔筒》等，都保持了汪家山水的一脉心香。

更为难得的是，汪沁还有与人合作的作品，如《青花斗彩山水人物瓷板》《粉彩夜静山水圆瓷板》等。其创作质朴中满蕴诗意，典雅里不失活脱，画面颇具情致与妍婉之态。尤其是那件《青花斗彩山水人物瓷板》，江边细柳下，岸石山花边，骑牛归来的牧童悠闲地吹着短笛，似乎远处轻雾迷蒙中的点点帆影都为笛声所动，不忍遽然驶去。让人一下就想起宋人雷震在《村晚》诗中的句子："牧童归来横牛背，短笛无腔信口吹。"诗中有画，画中有诗，这大约就是汪沁创作的艺术追求。希望汪沁能在今后的创作中应注重吸取祖父汪小亭的个性和汪平孙的学养，于秀雅清丽中多注入一些汪小亭式的朴拙和汪平孙式的书卷气，同时更要和祖上就尊崇的石涛这位大师保持亲近。如此，汪沁这位第四代汪家小子定会青出于蓝而胜于蓝。

汪家山水瓷画在中国美术史上和中国陶瓷史上是一个绝无仅有的艺术现象，其瓷绘创作历经四代而不衰，代有才人出，这本身就是一个奇迹。中国瓷画历经清末的浅绛彩瓷和民国的"珠山八友"，实际上已进入一个更为全面和个性学养突出的时代。我在为《浅绛百家》一书所写的序言中首次提出了"中国瓷本绘画"这个概念。"瓷本绘画"将中国瓷、中国画、中国诗、中国书法、中国印五种最具中国文化要素的符号集中在一起，形成堪称国粹的"瓷本绘画艺术"。所以，这种艺术对创作者的要求更高，甚至比当年的官窑器更具难度。所以，瓷画的创作者必须提高自己的艺术个性和艺术学养，这样才能对得起"中国瓷本绘画"这种艺术形式。汪家山水瓷画在"中国瓷本绘画"这条道路上已经越走越远，它已经成为一个民族品牌，一种非物质文化遗产。汪家山水瓷画已与我们民族艺术和民族文化息息相关了。从这个角度说，汪沁，任重而道远。

又是一年芳草绿，朋友约我再去景德镇，还去看浮梁遗址，珠山云树，昌江帆影；去看御窑厂、龙珠阁、高岭古村、绕南古窑。当然最想要看的还是烟霞翠微里的平山草堂。

文人画的瓷上涅槃 ①

　　林声其人其事其名不用我多说，世人多知。几年前他数次到景德镇和浙江龙泉，亲身体会和坯入窑，挂釉绘彩的工艺过程，并创作出一大批瓷画作品。今结集成书，谓之《玩陶集》，约我为序。我惶恐不迭，连说不敢，可不敢。为人作序须有三条件：一是长者，二为师尊，三是同道中的佼佼者。我三条件均不具备，何以为序？无奈林公坚持始终，我只好应允，只是不敢称序，特拟此题，算作采访记，或说读画记。

一

　　秋日的午后，林公没有休息，约我在家中会面。先是在他的客厅和书房里一件一件欣赏瓷作，然后就到他院中的金银花藤架下品茶聊天。

　　早就听说林公家的金银花藤架很有名，这次见了果不虚传。出得楼门口，

① 本文原为《玩陶集》所写序言。《玩陶集》，林声著，沈阳出版社 2008 年 12 月版。

就可进入一条爬满金银花藤架的曲折长廊，一直走到楼前的园中。那金银花棵棵主干已有杯口粗，藤架密实，几不见光。据林公介绍，这一架金银花是20年前亲手所植，当初只有几棵，如今却已繁殖成这十余米长的藤荫花廊。从长廊一端出去，为一小园，里面种满了果树和蔬菜。回望整架金银花，只见在绿色的枝叶衬托下，小巧而清秀的花朵竞相开放，朵朵都是银瓣金蕊，新开的白花雅洁似银，早开的黄花温润如金，微风中一缕缕花香悄悄袭来，又阵阵飘散，深吸细品，其香有如茉莉，又似桂花。林公向我介绍说这金银花是一种攀缘缠绕性藤木，春末夏初开花，至秋不绝，花的颜色是先白后黄，黄白相映，故称"金银花"；到了秋末虽然老叶枯落，但叶腋间又有紫红色的新叶簇生，凌冬不凋，所以又叫"忍冬"。因它是藤本植物，花叶对生，人们又给它起了个颇具浪漫色彩的名字"鸳鸯藤"或"鸳鸯花"。这样的藤花，光听名字都已经觉得够美丽，能在她的藤架下，与颇有情致的林公品茶闲话，真是一种享受了。藤花架下有两个石桌，多个鼓形石凳。我们就坐在石凳上，喝着林公亲手沏的上好云雾茶，听他谈人生，谈绘画，谈诗词，谈刚刚欣赏过的瓷绘作品。

谈起人生经历，林公有说不完的话。他16岁参加革命，28岁被错划成全国最小的"右倾"机会主义分子，6次见过毛主席，1年下放到煤矿当放炮工人，3年农村改造，5年市长、8年副省长座位。大半生埋首革命，还有官场政治，满肚子的信念、矛盾甚至还有点不合时宜。经历过新中国成立前后的激情岁月，领受了1957年的残酷与屈辱，身陷"文革"十年的癫狂时代，最后全身心于改革开放的潮流中从政为民。他的经历不能不说丰富，然而他骨子里最难割舍的还是文化的一脉清气，郁结诗情，伏案书画，求一池春水，一架藤花，半帘斜阳，数剪花魂，求得文人生活的静雅和入骨相思。正因为如此，他刚参加工作就跟上了蔡天心和江帆一起搞土改；16岁就是《辽东日报》的模范通讯员，3个月发表了16篇稿子；后来到《鸭绿江》杂志工作，一天一夜就创作出大鼓书《王大妈防疫》，在《鸭绿江》发表后，又为辽北省委机关报《胜利报》全文转载。正因为如此，他才会身居官位而难舍文人之情，编著出版那么多有价值的图书，《中华名匾》《中国百年历史名碑》《灯花吟草》《九一八事变图志》《中国教育改革琐言》《中国科技道路新探》《林声诗书画集》等等，如今都已成为藏书家搜求的紧俏之作。

离休前，他就是知名的书法家、散文家、诗人。离休后他有了时间和心境深入绘画领域，拜当代师，读古人画，在省政府大院中，他的画室每天晚上都会亮灯到下半夜一两点，自己还装了一台书画装裱机，亲手画，亲手裱，能尽快见到自己的笔墨效果。他说他退休后的工资收入大都买了名人画册，每天都会捧读这些名人作品，学习古人的笔墨技法。去北京最爱逛的地方是琉璃厂和潘家园，因为在那里能买到自己喜欢的绘画书籍，能搜到他崇拜的徐青藤、八大山人的精美画册。

功夫不负有心人，他终于成了画家，如今又成为瓷画家。说起离休生活，林公颇有哲人式的理论。他说：以当下的医学水平，人会活到 90 岁，那么就有三个 30 年。前两个 30 年生活事业可能不完全由个人做主，最后一个 30 年，则完全由自己支配了。人生真正能认识和收获美、享受美的是后一个 30 年。在这 30 年里，人会忙闲自如，人会按着自己的意愿去做事，所以这个 30 年是人生最有味道的阶段。大概正是在这种理论的支配下，林公才有了那么大的激情进行绘画和瓷画创作，才会向世人奉献出那么多有味道的文人画和文人画的瓷上涅槃之作。

二

文人画是中国绘画独有的概念，又是一个需要谨慎赋予的概念，不是任谁都当得起这个词，因为即使是文人画家的作品也未必都是文人画。我称林公的绘画为文人画，那是与其人其事相关的，是与他的文化修养、艺术造诣和风骨心性相关的。

唐宋以来，文人画为中国绘画创造了独特的文化形态，从个性化、心灵化的人本，到诗书画印一体的文本，文人画以纯正经典的东方气质和意蕴，而有别于西方绘画。中国人自古作画与作文用的是同一工具，都是纸墨笔砚，文人对工具性能十分熟悉。他们用毛笔和宣纸写文章，写文章的同时也是写书法，写书法的过程又如同作画，诗文书画不分彼此，很容易相互丰富和融合，即所谓的"诗画一体"和"书画同源"。所以对于文人来说，最先成熟的艺术品种就是书法，最综合的艺术就是画完画题上诗。印章当然也是书画中常用的，特别是水墨画，盖上两三方朱红小印，就能倍增其优雅。这样，当诗、书、画、印这四种艺术美合为一体的时候，不仅增加了绘画的文化含量和艺术含量，同时一种中国文人独有的艺术美的形态也就创造出来了。

然而，虽然文人画与文人最为接近，但它又不是任哪一个文人都可以画两笔的，因为文人画并不等同于"文人的画"，它有着一个特定的历史概念，也是一个特定的艺术概念，甚至还是一种特定的审美形态。文学性是文人画的重要特征，这一点从文人画的鼻祖唐人王维开始就已经确定了。某种程度上说，它不是供人观赏的，而是供个人抒发性情的；它不从属于眼睛，而从属于心灵；它不是唯美的，而是唯心的；它不是技术的，而是心性的。一句话，文人画是文人直抒胸臆的艺术，是文人心灵的要求。所以说文人画不等同于"文人的画"。然而令人遗憾的是，由于近代绘画与写作所用工具的分化，从清末民初开始，中国文人逐渐离开绘画，文人画几乎在画坛销声匿迹；与此同时文人退出书坛的情况更为明显，导致今天年轻一代书法家很少自己写诗，大多是抄诗，书法变成与内容无关的笔墨功夫，成为书法艺术最大的危机。因为书法相比绘画更是纯粹的文人艺术，而绘画只是文人介入的艺术。

文人离开绘画，文人画逐渐衰落的现象早在1921年就为陈师曾所发现，他在《文人画的价值》中说："文人画终流于工匠之一途，而文人画特质扫地矣。"痛感文人画的衰落，同时他又给文人画下定义说：文人画要表达独立精神、个人思想与情感，以及个性之美。陈师曾的时代，传统文人已到了最后一代，文人画也快走到了末路，其香火亟待后人来承接。

说到这里，我无意将林公提高到接续中国文人画香火之高度，但他确是有意无意地在实践着这样的行动，最有力的证明就是他的书画作品。

林公从小写作就是用毛笔的，也是从小就用毛笔写诗的，所以他是无意成书法家而成书法家的。在今天看来，这真是一种最高华的气派。退休后，当林公涉笔绘画时，笔墨功夫已有很好的基础，那是天性中就有的。因为"书画同源"之定律，大大丰富了笔的情致与文化内涵，而书法恰恰又是林公的擅长，这就使得他的创作一登场就活力无限和魅力十足。所以他能在较短的时间内就画出了那么多的文人小品，那么多的文人画。

林公当年曾跟宋雨桂先生学画，谈起那段往事，林公深有感触，他说："宋先生给了我信心，给了我勇气。我有时画得不好，他也会毫不客气地当场撕掉。那是一种刺激，其实也是一种鼓励。""还有杨老，杨仁恺先生。对我的绘画给予了多方面的指点，使我对艺术的认知和感悟有了很大的升华，应当说是杨老将我领进了艺术的殿堂。"这是林公的谦逊。在我看，也有他深植于心灵的艺术慧根，还有他对艺术的敏锐而通达的感悟力。

我一向认为，没有天赋不要尝试跨过文学艺术的门槛，否则付出太多最终还是没有回报。林公是那种天性就有文学艺术天赋之人，所以才会离休之后见成效。比如他早期创作的《苇塘夕照》，那种利用光的变化，水的倒影，树的独立，草的摇曳，山的邈远所构成的画面颇为生动，墨彩运用自如，开合变化纯熟。画面以橘红色和黑色为主，只有数只白鹤点缀其间，表现了苇塘夕照下的辉煌和静谧，以及闲逸中的蓬勃与灿烂。正是这种先天禀赋，才使他在退休后不到几年的时间里，绘画天赋就显露出来，作品频频出现在各地的报刊和画册中，还出版了《林声国画精品选》《林声诗书画集》《林声自题画诗》等三本书画作品集，成为圈内圈外内行外行都认可的画家。

平心而论，按着院派的绘画理论，林公的绘画作品可能会有许多地方不合原则，但为什么人们还认可他，认可他的作品呢？究其实，还是因为他的心性和由心性所创作出的文人画。他是中国高级官员中为中国传统文化情结所缠绕，平生消受中国文化绝代风华的一辈人，所以笔下无论青山秀水，无论红莲绿瓠，无论茅舍楼台，无一不是胸中逸气的抒发。和他坐在藤架石桌边品茶聊天时，这种感觉会更加明显。他人很温文，也很严谨，传统的矜持融会现代的通达，精致的品味和自然的逸气是先天加上读书读出来的。看他画集里的画，可用倪云林的话来评价，就是"仆之所谓画者，不过逸笔草草，不求形似，聊以自娱"和"聊以写胸中逸气耳"。他的画与他的个性结合起来，其鲜明的文人气质和书卷气就会扑面而来。宁静、寂寞、冲澹、孤高，这些都是他内心与性格的写照，也是他思想与精神的一个范本。

三

我没有问过林公，是什么原因促使他将文人画绘到瓷器上。或许不用问，还是他的天性和由天性产生的兴趣与爱好使然。

从 2003 年开始第一次到景德镇，至今他共去了四次，每次在那里要住上半个月。其间还去了一次龙泉窑。在景德镇期间，他早上 8 点钟就到窑厂，晚上 12 点才出来，每天都是解衣盘衬，大汗淋漓，浑身的泥土和釉彩。民间曾有"世间三苦事，打柴、烧窑、磨豆腐"之说，当年毕加索要画瓷画，也是到西班牙的陶瓷工厂，花了两年时间学拉坯、学制釉。可见，艺术创作都是要经过一番透骨之苦的。在窑厂中，他完全以清澄纯净的情怀，进入一种非功利的审美情态中，画笔或在素胎上点染，或在素瓷上挥洒，从早到晚，釉上釉下，都以一种忘我的情态进行创作。林公对我说：陶瓷有很大的窑运成分，有时你以为画得很好，但一出窑，完了，几乎没一个好的；有时你自感画得一般，出窑却个个成，窑变得好。每次开窑之前，他都会心跳加速，看到自己的作品烧制成功，他都会一夜难以入睡。历经艰辛，他终于收获了自己的近百件瓷画作品。

这些瓷画作品，大都画在瓶上，少量画在瓷板和罐上。作品有粉彩，也有青花，内容多是果蔬、水仙、梅、兰、柿、荷、松等文人画中常见的题材。这些作品集中国瓷、中国画、中国诗、中国书法、中国印这五种最具中国特色最有文人气的艺术于一体，可谓国粹艺术的大集合，成为与纸本、绢本画一样结构一样味道的"中国瓷本绘画"。

尽管如唐代铜官窑上也出现了绘画与题诗，磁州窑和明清民间青花器上也有诗画创作；尽管清代著名督陶官唐英所制的"唐窑"也将诗、书、画、印集于一体，脱开了宫廷官窑的碧丽堂皇和缺少文化内涵的窠臼，但这些毕竟都是灵光一现，没有形成大的气候。真正将诗、书、画、印入瓷，将文人画入瓷的是清道光朝之后出现的中国浅绛彩瓷，那是真正的一种创作，由一人独立完成的瓷本绘画。

清末，徽商没落，造成新安书画业的萧条，导致大批新安派画家开始"西进"——到景德镇去改绘"瓷本"。于是产生了浅绛彩瓷，于是景德镇瓷画家中有了那么多的徽州画家，于是带动并延续了70年的浅绛彩瓷创作繁荣时代。浅绛彩文人瓷艺家，瓷上彩绘注重一个"写"字，写真山真水，写胸中逸气。因此，他们用笔率真，随意性较大，尤其是浅绛彩开山之师程门和金品卿、王少维、王凤池的瓷画，显出一种超凡脱俗的艺术风骨。另外，浅绛彩瓷不仅将诗、书、画、印自然地在瓷器上统合为一体，而且让瓷上属名成为一种必不可少的创作因素。瓷绘艺人将自己的名字落款于瓷画，这件事看似简单，但这在浅绛彩瓷之前却是难以想象的，虽然历史上的民窑陶瓷作品中也有落款的，如宋代磁州窑枕上的"张家造"，清代民窑青花上的"漱玉亭""凤翥具"等；官窑如清代的御制作品和督陶官唐英的作品等，但那只是偶然的个案，根本没有形成一种自觉和集体意识。究其原因，不管是御窑厂还是民间瓷绘家，他们所从事的都是地位低下的工匠之事；而舞文弄墨、赋诗作画从来都是上层文人所为，二者是风马牛不相及的。到了浅绛彩的时代，瓷绘艺人个体价值观开始觉醒，重视自己个性化的劳动记录，勇敢地在自己的作品上用自己的书法，题上自己的诗句，签上自己的姓名，报上自己的雅号，公示自己的斋馆，钤上自己的印章。中国瓷绘史上第一次有了知识产权的意识，这是一次破天荒的大转变。瓷绘艺人真正地登上了大雅之堂，他们从来没有得到过这样的放松和尊重，他们的艺术个性得到了最大程度的张扬与腾跃。那可能是中国政治、经济与社会最为晦暗和压抑的时代，但对于景德镇的瓷绘家们来说，那可是他们这一领域里最为灿烂缤纷和最有成就感的时代。

然而，浅绛彩瓷绘家却犯了一个致命的错误，他们过于重视瓷绘艺术，却无形中忽视了瓷器的工艺性，没有在陶瓷工艺上真正地深入进去，致使作品瓷胎粗糙，低温烧就，虽然颜色中也渗有一定比例的溶剂，能产生一些光亮，但毕竟以生料为主，因此烘烧后，光亮度十分有限，年深月久，经过磨蚀和空气氧化自然会失去光泽甚至模糊不清。另外，浅绛彩的瓷绘家还对颜料工艺性能把握不够，瓷上用料常常会显得过"生"或是过"火"。这种现象虽然不是出于浅绛彩瓷绘家的本意，但却证明了他们对陶瓷工艺的把握不够。浅绛彩之后的"珠山八友"则注意到了这一点，他们吸取前辈的教训，深知作为陶瓷艺术家，没有对其工艺技术的深入研究和熟练的把握，一切艺术追求都将无法实现。他们对粉彩的工艺性能，尤其是填色工艺非常重视。作品除了工艺上的精到之外，还有新的创造。如王大凡创制的"落地粉彩"，刘雨岑研究出的"水点桃花"，在用色上都能达到运用自如、驾轻就熟的程度。然而"珠山八友"虽然在工艺上比他们的前辈进了一大步，但却矫枉过正，在瓷绘上过多地使用

"描"和"彩"，过分地追求事物的细腻、立体和真实之感，导致文人画率意、纯真、心性风格的丢失，使作品更流于"甜"和"腻"。这种风格可能会为一般大众所接受，但以文人画的审美要求来衡量，不免流于俗气。"珠山八友"的实践说明，中国瓷本绘画的完全成熟，必须依靠中国文人画的瓷上涅槃。

然而现代以来，中国文人画是走着一条式微之路的。在这样文人画越来越少的时代，如林公这样少许文人画家们能深入窑厂，在瓷上创作文人画，其本身所赋予的文化意义和对中国瓷本绘画的建树也就非同一般了。

四

一件件欣赏林公的瓷画创作，每一件的瓷胎和釉色都感觉极好，没有一般浅绛彩瓷的胎质粗糙，或生或火，光亮不足之缺陷，件件都是胎质细密，釉色鲜亮，玻化感极强。在瓷绘上虽然不具备"珠山八友"作品中的细腻、写实，但却避开了"描"和"彩"，没有一丝俗的感觉。我问林公，你的这些作品和当年的浅绛彩瓷、珠山八友比，都有哪些地方超越了呢？林公答我：艺术之间无法超越，只能区别。

林公之语，可谓精到，让我回味再三。忽然想起了清人包世臣《艺舟双楫》中的一段故事：翁方纲的女婿是刘墉的学生，翁方纲挖苦女婿老师的字说："问汝师哪一笔是古人？"女婿转问刘墉，刘墉说："我自成我书耳，问汝岳翁哪一笔是自己？"这不正是林公"艺术之间无法超越，只能区别"的最好注脚吗？

林公瓷画，一如他宣纸上的作品，多是生活中的眼前物，有的甚至是他院中果蔬的写意。他处理这些瓷上作品的时候，总是在克制"形"的约束，而放纵"神"的笔墨，甚至完全抛开了院体派那一整套既成的技术与程序。它不是制作，而是心灵走笔。粉彩作品是这样，青花更是如此。如那四只青花瓶，或是荷鱼，或是兰草，或是双鹤，或是柿树，都画得简约而满蕴生气。再如那只双松罐，画面重点突出松的双干，松枝与松针略略点染，但却画出了双松的非凡气势，诚如题款"松老无风韵自寒"。我惊讶林公在瓷上的运笔为何这般纯熟，一般讲，瓷上绘画不管是素胎还是素瓷，都与纸绢上大不一样，胎涩瓷滑。但从林公的作品中却看不出生涩与露怯之处。他的青花作品中既有元青花"一笔点染"的表现手法，又有晚明"分水青花"的技法运用，笔墨简练、纯熟，抑扬顿挫，浓淡有致。尤其是那些树木花果，笔势的顺逆往返，釉彩的轻重缓急，线条的粗细疏密，都表现出强烈的节奏和韵律。这种用笔的纯熟和技法的得当，不是得益于大量快速的生产方式，而是得益于他对艺术敏锐的感悟和深情的恋执。再如他的龙泉窑作品，更有一种"见朴抱素"的美感，一种"绚烂至极归于平淡"的美感。这正如朱熹在《太极图说解》中所言："上天之载，无声色臭味，而实造化之枢纽，品慧之根底也。""无声色臭味"正是老子所说的"大音希声"，也是这些龙泉窑作品的艺术精髓所在。

金银花藤下，林公的话题越说越多，越说越有趣，如同他瓷画上的意韵。在花的幽香和茶的清香里，太阳已从藤架顶上转到藤架边上。

我步出藤架，见小园中颇有些田园意境。墙边栽有桃、杏、李、枣、樱桃、山楂、香椿、丁香；园子里则种着大葱、生菜、黄瓜、丝瓜、瓠瓜，还有芍药、月季、蜀葵、牵牛花等。满园绿色，满园花香。林公见我喜欢园中景色，就拍着我的肩膀说："不要总是在忙碌中生活。忙是最要命的。你看：'忙'字是竖心加'亡'字，意思是'心灵的死亡'。要想法让自己有'闲'，那样生活才会有色彩，才是富有的人生。"林公此话，颇为入心，只有"闲人"，才是"贤人"。这是一个真正走过生活的人所道出的经典妙语。

站在园中，林公说他现在住的这个房子搬进来已有二十多年了，中间有关部门要给他换一个条件好些的新房子，他没有换，因为他对这里有了很深的感情。他刚搬进来时，这里是个破烂院，堆满了石头垃圾，他亲自动手收拾，好几年才有了这样田园式的风景，一草一木都有了性灵。房前一棵大榆树，房后一棵大杨树，这两棵树是林公搬来后自然生长的。有一年下大雨，房后的杨树倒了，后勤管理人员要将它砍掉，他劝阻说服了他们，最后重新扶正培土，还用石头砌了一个台保护它。林公说他对这两棵树的感情来源于20世纪的三年困难时期。那时他正在阜新工作，儿子有病，要到北京治疗，每个月要多给儿子8斤粮，这样他家里一个月就要有几天断顿。那时他住的地方也有这样的两棵杨树和榆树，不过和这正相反，杨树在房前，榆树在房后。饿得没办法就吃榆钱，榆钱吃完了就吃榆叶，还在晚上将房前大杨树上的枝叶采回来，煮了充饥。忆起往事，林公饱含深情："似乎上天知我心意，我搬到这里后，又自然地长出了这两棵树。这一榆一杨是我的救命恩人，也是我家的福祉，所以我对他们感激不尽。"还有更重要的情结萦绕在林公的心中，这个院子让他时时想到母亲。林公母亲享寿102岁，老人家是戊戌变法那一年生人，1999年12月25日逝世，只差6天，她就会走到第三个世纪了。林公告诉我："母亲在这个院子里住了很长时间，我每天下班回到家坐在金银花架下，她就会从屋里出来和我唠嗑。直到今天，我坐在老藤下时，眼前还会浮现出母亲坐在小板凳上的情景。"忆及此，林公湿润的眼眶里不时闪着泪光。

夕阳光照里，藤架下不时有几朵熟透的金银花簌簌落下，那声音，像宋词，又像元曲。我在林公的园子里摘了两根熟透的黄瓜种，准备拿回做老黄瓜种汤喝。林公说我这个选择很好，老黄瓜种清香愈烈，他也尝试做一餐。

林公还说，等过一段时间天气再凉爽些要为我画一幅荷花，这样细致的雅意我自然衷心感激。林公画作中，我最喜欢他清雅的小品，文人气息浓得很。在他的书橱中有一纸板红莲图，一朵盛开，一朵含苞。题款："诗堪入画方称妙，官到能贫乃是清。"清癯入骨，清气里藏不住傲气，傲骨之气，实在儒雅。

金银藤花架下的聊天果然是一次典丽的交会。林公走过20世纪后半叶的岁月，心事与襟怀一样邈远，文思与友情一样深邃，短短一个午后，我们坐对藤花架下茶烟袅袅的旧事履痕，既感叹经济繁荣过后的文化淡漠，也庆幸时代多元之下的精神放松。告别林公，我再一次回首那一架金银花藤，在传统庭院文化渐渐稀薄，文人画已然式微的时候，这里还有一位清雅之人可聊天，还有几架文人瓷画可欣赏，深感人间万事纵然消磨尽了，文化还有个依靠。

因为辽宁，所以辽瓷 ①

　　林公六年前出版有《玩陶集》，收自制青花、粉彩、龙泉青瓷等 90 余件，嘱我为序，因写《文人画的瓷上涅槃》一文。今林公又有《辽彩新韵》出版，收其近年所制辽三彩瓷 80 余件，再嘱我作序。我实不敢称"序"，因我一向认为作序须有三条件：一是长者，二为师尊，三是同道中的佼佼者。我三条件均不具备，何敢称"序"？所以，只好为自己设一惯例，所有盛情命我作序的长者，我均置题，以示尊重。多少年来，正是因为有这么多信任和喜欢我的长者，才有我今日的快乐与充实。这就像本文的题目，如果没有辽宁，就不可能有辽代陶瓷的重生与辉煌。

一

　　20 世纪 20 年代初，在北京琉璃厂的古玩市场里出现了一种工艺粗糙、

　　① 本文原为《辽彩新韵》所写序言。《辽彩新韵》，林声著，辽宁人民出版社 2015 年 8 月版。

纹饰质朴，与中原和南方风格迥然不同的瓷器，人们不知道这种瓷器出自何处，只知道是从东北地区流出来的，于是就称其为"北路货"。后来由于金毓黻的偶然发现，人们才知道原来"北路货"就是千年之前的辽代陶瓷。

金毓黻第一次发现并确认有"辽瓷"的时间是民国十九年（1930）4月22日，地点是辽宁沈阳。他曾在这一天的《静晤室日记》中写道："大东边门外有农户掘土得一瓦棺，其形甚小，与在辽阳出土之瓦棺相似。棺前有花纹，镌字开泰某年，登仕郎赐紫绯鱼袋孙某，盖辽代所葬也。又有古瓶一、烛台二。白子敬举以相告，余嘱送博物馆保存。"这座辽墓让金毓黻放心不下，12天之后，他亲往墓地考察，其情形在当天的日记中也有记载。当时金毓黻正在辽宁省政府秘书长任上，但他对学术和考古之事仍亲力亲为，其学者风范，令人敬佩。

沈阳发现的这座辽墓的价值，显然在金毓黻的辽史研究中占有一定的分量。1931年1月，金先生又在辽宁省教育厅编译处编辑出版的《东北丛镌》上发表了《辽金旧墓记》一文，再次述及沈阳发现的辽孙允中墓，并在插图中刊发了"孙允中石棺"和"孙允中墓内发见之物"两幅图片。从后一幅图片中可看到墓中出土的青釉黑花瓶。从器型上看，这件瓶正如金先生所说，为壶形，庄重古朴。据曾与金毓黻先生一起筹备国立沈阳博物院、见过此瓶的佟柱臣先生在《中国辽瓷研究》中说："黑花瓶属于辽瓷的证据是，石棺前上角刻有'辽开泰七年岁次戊午承奉郎守贵德州观察判官试大理司直赐绯鱼袋孙允中'。辽圣宗耶律隆绪开泰七年为1018年，贵德州为今辽宁铁岭，可证该墓石棺中出的青釉黑花瓶属辽中期。青釉黑花瓶高25.2厘米，腹部最大直径14.2厘米。肩部和下体均绘有野菊，而器面三个六角形中，绘有高士、立鹤、伏兔，草丛之间，一兔惊顾。此等野菊与野兔，均为契丹民族游牧生活中习见的景物，亦为辽瓷的写实画面。这是辽瓷中第一件出土地点最清楚，年代最明确，而为金毓黻先生最早向学术界发表的辽瓷。金先生当为辽瓷之父。"从辽朝初始有辽瓷到1930年的辽宁，一千年的时光，任谁也难以想到，辽瓷竟与辽宁有着这样的因缘际会。如果没有辽宁的发现，如果没有金毓黻的考察，辽瓷不知还要在地下沉睡多少年。

在此之后，金毓黻先生对辽瓷多有关注，据佟柱臣先生介绍，金先生还是发现赤峰缸瓦窑辽代窑址的第一人。而陪同金先生发现缸瓦窑的另一位学者也是辽宁人，即最早对辽瓷进行系统研究的李文信先生。大约正是受当年随金先生考察缸瓦窑的启发，或受其影响，从那时开始，李文信先生即进入辽瓷研究领域。他曾主持多个辽墓和辽代窑址的发掘与调查，对当时出土的近千件辽瓷分门别类地做了系统的考察与研究。1958 年，他发表了《辽瓷简述》一文，这是李文信先生研究辽瓷最具代表性的文章。在这篇文章里，他第一次给辽瓷下定义："此处所谓辽陶瓷，系指辽土烧造和辽人使用的输入陶瓷器而言，包括硬质日用瓷器和单色或三色釉陶器，素陶器不录；在时间概念上是以契丹建国开始至灭亡为止的，即由 907 年（康天祐四年、后梁开平元年）至 1124 年（北宋宣和六年）的 200 多年间为限，而辽建国以前和西辽时期，因无资料，皆不讨论。在地理分布上，则以东北辽、吉、黑三省及内蒙古自治区和河北、山西两省北部出土物为主。本土烧造的瓷器应为辽瓷正品，而中原传入的瓷器虽也是辽人日常用物，但它不具备辽瓷特色而为中原各窑所烧造，故只能算作辽土使用的瓷器而不能用它们来代表辽代陶瓷技术文化。"这是中国学者给辽瓷下的第一个定义，在辽瓷研究史上具有里程碑的意义。同时在此文中还将辽土烧造的即狭义辽瓷概括为四类，将辽瓷中最具特色的鸡冠壶分为五种基本类型。1962 年，李文信与朱子方合作，在文物出版社出版了《辽宁省博物馆藏辽瓷选集》，这是国内外第一部辽瓷作品集，在辽瓷研究领域颇具权威性与影响力。直到今天，辽瓷研究中的许多成果都是李文信当年确立的，他的这些研究成果仍为陶瓷界所沿用。

李文信之后，辽瓷研究在中国不断深入。令人欣慰的是接续金毓黻、李文信辽瓷研究史上两位先学的后来学者几乎都是辽宁人，如冯永谦、佟柱臣、关宝琮、路菁等。如今，林公又以辽宁人的身份，复制和创新辽三彩，出版《辽彩新韵》一书，让辽瓷走进大众欣赏与实用的视野，成为辽瓷新生第一人。辽瓷千年史，不仅在辽宁发现与研究，更在辽宁辉煌与传承。由此说来，如果没有辽宁和辽宁人的发现、研究与传承，中国陶瓷史上，可能不知何时才能有"辽瓷"一名，辽三彩也不会像今天这样重获新生与光大。

二

我们知道，林公在为官之余，离休之后，曾以诗、书、画名世，70岁之后迷上陶瓷制作，曾数次到江西景德镇和浙江龙泉，亲身体会和坯入窑，挂釉绘彩的工艺过程，并创作出一大批瓷画作品，结集成书，谓之《玩陶集》。80岁之后又迷上辽三彩，三上赤峰，拜著名陶艺专家、郝家窑的郝中立先生为师，亲手刻制烧造了一大批辽三彩，圆了自己多年的一个梦想，终于实现了玩陶制瓷的第二次飞跃。

一般人难以体会甚至理解林公对于陶艺的爱好与兴趣。他开始学制辽三彩是在2010年。那一年他80岁，带着儿子林晓东到赤峰，最多时他会在郝家窑待上半个月不回家。每天早上7点就到窑上，中午在窑厂吃点饭，晚上六七点才回到住地。那段时间他每天都是一身的泥水，一身的釉彩，活像个做泥活的老农，又恰似窑厂里的老窑工。他在郝师傅的指导下，在半干不湿的泥胎上游刀驰骋，或写或刻，或画或抹，再苦再累，他也兴趣其中，每天都是如痴如醉，十分惬意。

五年下来，终于有了收获，当有一天他把最后一批亲手烧制的辽三彩从赤峰运回家中的时候，兴奋得一夜未眠。他把这些三彩瓷都摆到书房的地板上，然后盘腿而坐，一件一件地端详、欣赏、抚摩、琢磨，一会兴奋地站起来，一会又若有所思地坐下去。抚摩这个，端详那个，一遍又一遍，摆弄来摆弄去，像亲昵自己膝下的孩子，却不知，他自己此时倒像个孩子。这样的情状，谁能想到他已是一位 84 岁的老人了。此情此景，让我们想起林公对我说过的一句话："通过这十几年制陶的过程，我深刻体会到，心领神受的玩陶是老年人稳定心态、陶冶性情最好的养生之道。"

这当然是林公的性情而谦逊之言，其实他对辽三彩的烧制过程，不仅仅是"陶冶性情"和"养生之道"，更重要的是他对辽代文化的重视与研究，对辽瓷艺术的继承与发扬。

辽宁人清楚，林公在任副省长之时，最重视地方文化建设，任内建树颇多。离休之后，仍关心文化事业，且亲力亲为。同时他对任内所为多有反思，曾多次说过：在阜新市长任内，没有很好地重视辽文化的挖掘与整理，是个很大的遗憾。因为阜新当年是辽代的懿州，萧氏后族所在地，辽代文化积淀丰厚，自己没有认识到阜新的这种文化优势，没有将这种文化做成品牌，很后悔。

大约正是因为这种反思的结果，2011 年，我参与林公主编的《中国地域文化通览》辽宁卷的编写，在此书大纲的数次讨论中他都强调辽瓷在辽宁文化中的历史地位与艺术价值，基于他的提议，才增加了由我执笔的"辽宁陶瓷艺术"一节，这是文献典籍中第一次出现对辽宁陶瓷发展历史的系统性总结，从而确立了辽瓷和辽宁的关系。实际上，那时候林公已到赤峰郝家窑开始学习烧制辽三彩了。在他身上，那种继承与发扬辽代文化的情结始终不能让他闲下来，正如他在本书自序中所言："这些年，我经常感到掩埋在辽海大地下的辽文化，特别是辽三彩在呼唤着我们。把千年来压在老山背后销声匿迹的辽三彩挖掘起来，使其重见天日大放异彩，这是我在职期间未有完成的任务。我用离休后这段时间补这一课。"与此同时，他对辽文化也多有所思。

林公是个颇具人文情怀的人。他老来不闲，喜欢思考，喜欢做事，即使休闲也闲得有意义。他不时会约一拨文化投缘的人到他家里，在院中的藤花架下品茶聊天。话题自然都是与文化有关的，更多的时候他喜欢和我聊陶瓷，说辽代文化。他曾对我说："契丹是一个伟大的民族，也是我们的祖先。这是一个善于学习和创造的先人，给我们留下了许多宝贵而精彩的文化遗产。陶瓷不说，我们现在能看到的那些沿长城修建的古塔古寺，多数是辽代建的，每一座都令后人惊奇，如辽阳白塔、义县奉国寺、朝阳北塔、山西应县释迦塔、大同上寺下寺等，都是全国重点文物保护单位，并成为世界文化遗产。"他还特别地对我强调："我们在研究中国辽代史时，要特别注意草原文化的位置与作用，了解草原文化与中原文化融合、交流而形成北方地域文化多元化的特色。实际上，自契丹族在北方广大地域建立辽代王朝后的千年来，除明代200多年是汉族统治以外，其他800多年的历史都是由契丹、女真、蒙古、满族等少数民族统治的，由此才形成了中国北方多民族融合的，各具特色的多元文化。"这种对辽代文化的体认和开阔的文化思路，在当今的官员层次中，实为少见。

也正是因为有了这样的历史观和文化见识，才使林公开始对辽瓷文化进行深入的审视与研究，才有了辽三彩在辽宁大放异彩的结果。

三

辽三彩是受唐三彩影响，运用中原技艺和本民族的独特艺术手段烧制出的适合契丹人生活习惯和艺术欣赏情趣的低温彩色釉陶制品，并通过色彩、纹饰、器型等，表现出鲜明的民族性格和时代气质。辽三彩多用黄、绿、白三色釉，与唐三彩的区别除胎土不同外，主要是不用蓝色，施釉不交融，釉面少流淌。辽三彩在20世纪初为世人发现后，并没有引起大的注意，随着金毓黻先生对辽瓷的发现和李文信的系统研究，辽三彩的价值才逐渐让人认识。到了20世纪80年代以后，随着收藏热的出现，辽三彩出现仿品。这些仿品的出现，虽然使得艺术品市场鱼龙混杂，客观上却探索和恢复了辽瓷艺术的烧造。但这也仅限于仿制，而未见从文化史的角度，自觉意识上对辽三彩的继承、发扬与创新。只有从林公的《玩陶辽三彩》开始，才算是真正有了对辽瓷在继承基础上的系统烧造与创新。林公所制辽三彩，从创新角度看，大致有以下三个方面。

首先是器型与釉色上的创新。

传统的辽三彩器型主要是生活用具，有穿带壶、龟形壶、兔形壶、鸡冠壶、海棠式长盘、莲花式碟、印花暖盘、三角形碟等。林公此次所制三彩器，有辽瓷中的传统器型如鸡腿瓶、鸡冠壶、凤首壶等，但更多的是与现实生活相关的新器型，如细口瓶、双耳瓶、鸡心尊、敞口尊、四方斗、笔筒、卷缸、玺印、碗、钵等。

在器型上，林公还能集古创新，如在这批作品中有一组 12 件仿商周出土古陶器型的辽三彩器，每一件上都刻有出土时间和地点。这种将商周古陶器型与辽三彩釉色结为一体烧制出的艺术品，古朴大方，拙中有巧，给人一种不同寻常的审美冲击力。

再有是大件器型的烧制，如高 45 厘米的鸡心尊，一面写意刻花石畔牡丹，一面为自作诗和长款题跋。器型硕大，浑圆饱满，沉实敦厚，豪放浑然，古朴中不乏典雅，纯静里蕴含灵秀，既有传统意味，又具时代美感。

在釉色上，林公这 60 余件作品大部分为三彩釉，其中也有黄釉、白釉、黑釉、褐釉、绿釉等。三彩釉中以白、绿、黄三色为主。对于这三色，林公有着自己的体会："辽三彩中为什么多用白、绿、黄三色，我想是契丹人始于天然、载于天道之故，反映这个马背上民族对大草原对马牛羊的眷恋。人畜共存，载于天道。畜牧所食之草，春夏是绿色的，秋冬是黄色的，牲畜吃了绿黄的草转化的奶是白色的。出窑的三彩，其白如乳，其绿如草原，这是我出于热爱敬仰辽文化的感悟。与草原共存，与畜牧共存，这是契丹、女真、蒙古族可敬可爱之处。他们最重视生态的保护，视生态为生命，视保护草原爱护牛羊为天道。"这是林公对契丹民族敬畏自然的礼赞，更是对辽三彩釉色的独到理解。这大概也是他独爱辽三彩，烧造辽三彩的初衷。

在对釉色的具体使用上，林公也有自己的体会和方法。辽三彩釉和景德镇的青花、粉彩釉料不太一样。景德镇的青花、粉彩料是糊状，而辽三彩的釉料是水汤状，且多含铁。铁易沉淀，所以要边画边不断搅动。同时这种汤状料不易停留，在胎面上难以坐床。为了使画面的釉色留住，必须将画刻在陶胎上，这样就能使导流釉液凝留在刀痕之中，使其与底釉分界，由此形成写意画，并能三彩分明，效果显著。

其次是文字题款上的创新。

当年的辽三彩是"有图无字"，不仅没有汉字，甚至连契丹文字也没有。林公所制辽三彩几乎每一件上都有文字，或是书法自作诗，或是名篇佳作，如《陋室铭》《茶经》《心经》《岳阳楼记》《爱莲说》等。一件细口瓶上题有林公最喜欢的《菜根谭》中的一段："日既暮而犹烟霞绚烂，岁将晚而更橙橘芳馨。故末路晚年，君子更宜精神百倍。"这或许就是他老来自勉的座右铭吧。而在书体上，不仅有行书，还有草书和篆书。这些书法刚劲有力，比纸上更具精神。由此在一件三彩作品上，就形成了中国瓷、中国画、中国诗、中国书法、中国印等五种最具中国特色的艺术符号于一体，并有纪年和名款，从而为辽三彩这种陶瓷艺术注入了新的内涵与生命。

其三是写意刻花上的创新。

一千年前的辽三彩纹饰大都是印花，由工匠压模制成。林公此次创烧的辽三彩瓷纹饰则全是写意刻花，方法与工艺都有很大的改变，既是一种创新，更是一种进步。不仅是工艺上的进步，最重要的是增加了纹饰的意境与书卷气。

刻花的目的是留住釉料，所以釉料花色的浓淡变化也就决定刻纹的深浅度。刻纹饰的工具如同篆刻刀一样的铁笔，在瓷胎上刻花或是写字，先要胸中书画，再是眼中书画，然后才是笔下书画，不能刻错写错，因为瓷胎不能修补。所以要一笔一划，既是刻，又是写。这个过程既滞且涩，还须用力，力的把握很有学问，只有该深的深，该浅的浅，刻写出的字和纹饰才有变化，才有精神。这种瓷胎上刻划的过程让林公很上瘾，尽管很累，但他一坐就是三个小时，不知疲倦，不知时间，有时刻得手腕都僵硬了，但他仍是乐此不疲。

这种在传统基础上的刻写纹饰，让釉色更加温润，纹饰更加活脱，三彩上的写意画，看上去几乎与纸绢画没有多少区别。而林公选择的题材也多具文人色彩，如牡丹、松树、柿树、菊花、兰花、水仙花、玉米、果蔬等，再加上书法诗文题款，其书卷气跃然三彩之上，这是千年之前的辽瓷所不具备的。

林公刻绘烧制辽三彩五年，不仅自己终获成功，随行的儿子、沈阳理工大学陶瓷专业副教授、辽宁省工艺美术大师林晓冬也同样创获颇丰。他的辽三彩瓷雕《古道飞蹄》一举夺得辽宁省工艺美术创作大赛金奖，父子双双成为传承辽瓷艺术的新一代辽宁陶人。

今年盛夏八月，我陪同林公到辽阳参观考察辽时"五京七窑"之一的江官屯古窑，当时省考古队正在现场发掘。冒着酷暑，林公不辞辛劳地在太子河边的发掘工地里爬上爬下，看遍了每一个窑厂，探察了所有的窑坑，后背的衣服都被汗水湿透。他像个小学生请教老师一样，抓住当时考古队的负责人梁先生问个不停，从窑厂到窑具，从窑口到器型，从胎质到釉色，逐一询问，问题之细之专业，让在场的许多人都颇为惊叹。从江官屯回来，大约是辽宁在辽代东京时的古窑激励着他，或许还有金毓黻、李文信等辽瓷先哲们鼓舞着他，于是林公开始着手编辑《辽彩新韵》。如今，此书即将付梓，辽瓷于千年之后，又在辽宁添上华彩的一笔。故此我说"因为辽宁，所以辽瓷"。

旷世风华"半刀泥" ①

在景德镇过元旦，很惬意，无风无雪，只有如北方春天般的暖阳，还有蓝天白云，珠山绿树，昌江碧水。更惬意的是著名瓷绘家钟振华先生开着他的奥迪越野车，拉着我去浮梁，不是买茶，是考察。考察高岭古村落，高岭土古矿床；考察昔日最繁华的东埠古镇，运输高岭土的古码头；还有瑶里的狮冈古宅，绕南的龙窑釉果。振华天生好口才，一路将景德镇的陶瓷发展史如数家珍般地说给我，尤其强调高岭村和高岭土的历史价值，一句"成就中国，震动世界"让我充分感受到了高岭土之于景德镇，之于中国的意义；同时也深受振华那种通晓陶瓷史，醉心陶瓷艺术的感染，倍觉此次在景德镇过元旦的值得。所以当振华让我为他即将付梓的《钟振华陶瓷精选》一书写篇序言的时候，我当下应承，同时也感谢振华给了我一次进一步了解陶瓷，了解景德镇所独有的"半刀泥"艺术，了解他这个人的契机。

---

① 本文原为《钟振华陶瓷精选》所写序言。《钟振华陶瓷精选》，北京工艺美术出版社 2014 年版。

一

此次来景德镇，主要是为了筹备"瓷韵迎春——首届沈阳、景德镇文人瓷画联展"一事，不到一周的时间，拜会了七位中国工艺术美术大师，十几位江西省工艺术美术大师。这些大师们对历史上景德镇与沈阳的渊源深有感触，对从沈阳走出去的唐英和杜重远两位更是敬重有加。在这些大师里，最年轻的当属钟振华，他热情开朗，我们在他的工作室谈瓷赏器，品茶聊天，我不仅惊异于他的瓷绘成就，感叹他对"半刀泥"技艺的继承与创新，更欣赏他对景德镇陶瓷史和陶瓷艺术的研究与担当。

我最早知道振华是在一个名为《中国瓷珍》的电视栏目里，那期介绍他的题目是《承古拓今——钟振华的双面人生》。片中有一个镜头让我记忆深刻：只见他搬起一个200件的影青釉刻花大瓶，轻轻一举就掼到地上，一下摔碎，理由是这件刚烧出来的瓶质量不合格。据说在振华烧窑的地方，他每年都要摔掉好多件瓷器，可见他对作品质量的重视。见了振华后我对他说："求你一件事，以后别摔了，莫不如送我，做一个'振华残瓷雅集馆'，作为以后研究你的资料。"振华听后哈哈大笑："断不可为！"

振华就是这样一个既率真又认真的人。我们在高岭村几千年前留下的窑工走过的石阶路上，听他讲他小时候的故事，也是认真而生动。他本是赣州于都客家人，曾祖父钟良题是一位著名的士绅，经营食盐和茶叶，鼎盛时期在赣州和湖南就有50多家分店。因为家境关系，他的祖父在1949年之后曾被定为黑五类关进过牛棚，父亲也被下放到鄱阳湖畔新建县（今新建区）的恒湖垦殖场。为了改变自己，更重要的是孩子将来的命运，经农场一位厨师介绍，父亲娶了一个家里三代都是贫农的女民兵，后来生了振华，那一年是1978年。在鄱阳湖畔，他受尽了乡间的苦难，上小学的路上要走10余里湖达大堤，曾有两次不小心掉进湖里，险些丧命。父亲为了他的前途，不得不投奔在景德镇工作的大伯。正是景德镇改变了这个来自鄱阳湖畔烂漫孩童的命运，不仅让他柳暗花明，更让他成为著名的瓷绘家，在景德镇，甚至在中国陶瓷史上创造了那么多的之"最"。

——最年轻的"江西省工艺美术大师"。

——最年轻的江西省"非物质文化遗产"陶艺类"半刀泥"代表性传承人。

——最年轻的"江西省百千万人才专家"入选者。

——景德镇市最年轻的"全国青年岗位能手"殊荣获得者。

不仅如此，他还是景德镇市拔尖人才、江西省青联委员、景德镇市政协委员、景德镇市美术馆副馆长、景德镇市陶艺制作中心陶艺制作处处长。他的陶艺作品10余年来曾获得20余项国家级大奖，其中2001年，半刀泥刻花斗彩瓶《绿荫》获得"第二届中国工艺美术大师暨工艺美术博览会"金奖时，他才23岁，曾一时震动中国陶瓷界。他曾先后在吉隆坡、北京、上海、香港、台湾等地举办过个展及联展。他的作品也获得多处收藏，如英国珍宝博物馆、日本驻云南领事馆、中国国家博物馆、江西省博物馆、中央电视台等都收藏有他的作品。同时，他还致力于研究瓷绘史和瓷绘艺术，出版有多种如《中国当代瓷画艺术》等颇具影响的图书。中央电视台、凤凰卫视、《人民日报》《文汇报》等多家媒体都曾对他的陶艺成就做过专题报道。

二

他以天赋才华和丰富的人生阅历，让他的作品有着超越年龄的感悟和思考，从容与自信，同时也赢得了收藏家、消费者和专家学者的广泛认同与赞誉。

中国工艺美术大师张育贤说："钟振华的人品艺品都值得我们老一辈

学习。"

中国工艺美术大师熊刚如先生说:"钟振华的创作,既有师徒传承,又有学院派的准确造型。他让绘画和半刀泥的艺术融为一体,给人一种清新淡雅的感觉。他能把两个方面的技术结合起来,这是一个新的探索和新的发展,使整个作品有了更好的艺术效果。"

中国陶瓷工业协会副理事长傅维杰说:"钟振华作为一个景德镇的青年才俊,以半刀泥的刻花装饰,继承了景德镇的传统工艺,还有院校的清新气息,可谓是景德镇的一个代表。"

清华大学美术学院教授张守智说:"钟振华的作品很清新,很明快,代表了这个时代年轻人从事陶瓷艺术一个审美理念。"

原中国工艺进出口公司总裁刘培金说:"他把釉料的立体感和胎刻画的立体感,有机地结合到一起,在景德镇绘画艺术史上,创造了一个新的路子。"

空政文工团军旅艺术家韩静霆说:"像钟振华这样的佼佼者,不是很多。这样崭露头角,又有绘画功力,又有工艺水平的省级工艺术美术大师,我相信他还会有更多更好的作品问世。"

这些不仅仅是对他的称赞,在振华看来,更是对他的鼓励和期许。他对我说:"这些成就的取得,是我生长在这个时代的幸运。先生们的鼓励会让我更加发奋,不断创新。"

创新是振华的成就之源,更是他的艺术生命,也是这些大师和专家对他赞誉有加的重要理由。其中在振华的瓷绘过程中最具创新意味的就是将传统的作为纹样为主的半刀泥技法运用到作品主体的现代装饰上,在刻化造型的同时,又进行第二次装饰,所以他的半刀泥称为"半刀泥刻花装饰"。这种结合了传统工艺和现代技法的半刀泥刻花装饰,与近现代的釉上彩绘结合起来,使创作出来的瓷绘作品既有"半刀泥"法刻出的立体质感和传统影青釉如冰似玉、晶莹剔透的质感,又有釉上彩绚丽明媚、时尚华滋的现代审美效果，看上去新颖别致、个性十足，给人一种神奇的美感。正是因为此项创新技艺，才使振华在 2011 年获得了江西省文化厅命名的"省级非物质文化遗产项目·景德镇手工制瓷技术·半刀泥刻花装饰代表性传承人"。

三

关于"半刀泥"技法，振华有《陶瓷装饰中的半刀泥技艺》一文。他在这篇文章中说：半刀泥是在泥坯上进行雕刻的一种技法，属于刻花装饰，始于宋代影青瓷。半刀泥法在操作时用刀具、桠扒在半干的泥坯上刻制出花纹，然后施釉或直接入窑烧成。刻划的刀法属"单刀侧入法"，在用刀具雕刻时，刀锋一侧深，一侧浅，截面倾斜，因此，在陶瓷饰行业，被称为"半刀泥"技法。采用半刀泥技法刻花，线条有宽有窄，转折变化多样。刻在坯体上的装饰纹样，整体感强，装饰效果颇佳。半刀泥雕刻的基本技法有刻、划、剔、扒等。振华瓷绘的主体创作基本都是运用这种技法，其形式有影青刻花、青花刻花、刻花斗彩、色釉刻花等。对于半刀泥技法的独特妙，振华有自己的体会。他说："半刀泥雕刻中的'斜角形'线条，犹如中国绘画中的'钉头鼠尾描'，讲究用线的力度，'铁线形'犹如'铁线描'，线条粗细均匀，流畅自如。'月牙形'线条如同'兰叶描'，柔中见刚，富有弹性，灵活多变。丰富的轮廓线形式，构成半刀泥雕刻纹饰。在雕刻轮廓线时，用刀的轻重缓急，随线条的方圆、曲折、长短、疏密而变化，刻粗长细条，轻指畅快；刻婉转处，精细缓慢。"

振华的这些实践总结，在他的作品有着充分的体现。如他的半刀泥刻花装饰瓷瓶《荷韵》，分为四个画面，分别表现春、夏、秋、冬四个季节之荷，把他在鄱阳湖畔儿时所见的荷花记忆都表现在了一只瓷瓶上。荷花的春之娇嫩、夏之清雅、秋之妖艳、冬之凋零都表现得各具特色。其中半刀泥雕刻出来的荷花和彩绘荷花交相呼应，使作品既有传统影青瓷玉出昆冈般的釉色之美，又有现代审美的华丽清贵之感。再如半刀泥刻花装饰瓷盆《绿荫》，深根老藤，虬枝茂叶，炎热的夏天里，两只小鸟在枝头绿荫下嬉戏，仿佛一对情侣在呢喃低语。作品通过拟人化的手法，将禽鸟的情感世界，淋漓尽致地展现在观者面前。其中，半刀泥雕出的古藤虬枝，与翠绿的藤叶相互衬托，老树的苍然静态与枝头小鸟的悠游动感对比呼应，别具一格的创作手法，给人以强烈的艺术感染力。

不仅如此，再如他制作的全封镶器《香远》等器型，也是前无古人的。这些创新真可谓承古拓今，风华旷世，在景德镇陶瓷史上，振华可谓书写了最亮丽的一笔。

在创新的同时，振华还在景德镇陶瓷史和陶瓷艺术的研究方面下了很大功夫。他要求自己要不断学习，要有学养，因此他最欣赏著名清史研究专家阎崇年先生对他说过的一句话："到一个瓷绘艺术家那里，只有闻到了茶香、书香，才会有瓷香！"他始终认为这话说得很有道理，一个瓷绘家如果不与茶结缘，不与书结缘，就不会有好的学养，当然也不会有好的瓷绘。文化与学养，是一个优秀瓷绘人应当最先具备的。

基于此，他要求自己要有担当，要有社会责任感。他时时用著名史学家司马光在《资治通鉴》中的那句话警醒自己："币厚言甘，人之所畏也。"厚厚的钱币，甜甜的美言，这最是人之所畏惧和警惕的东西。他说："长期以来，政府已给我们很高的荣誉，收藏家给我们很多的赞美，在这些成就面前，我们尤其不能飘飘然，也没有任何资格骄傲自满，更没有理由过度地追名逐利。尽管你有了一定的高位，但你的作品可能还没有达到一定的高度；尽管你的作品有了高价，但你的艺术却没有达到高峰。这是包括我在内的所有瓷绘人都应该时时记取的。"正是在这种精神理想的感召下，他才在瓷绘事业上执着追求与不懈探索，他才勇于担当多种社会职务，热心社会公益事业，以传承和发扬中国悠久的陶瓷艺术为己任，每年都会策划和举办多场大型公益活动。2008 年，由他策划的"首届中国书画与瓷器艺术论坛"曾在艺术界引起强烈震动，纸绢画家与瓷绘家既激烈交锋，又相互交流，从而推进了两种载体的绘画艺术的深度融合与相互促进。同年，他又融资百万，编辑出版了《中国当代瓷画艺术》一书，发行万余册，大大地推动了中国瓷绘艺术的发展。

在景德镇过元旦的日子里，虽然和沈阳比起来，室内很凉，但振华的热情与激情，每天都在温暖着我，感染着我。元月 16 日，振华会应邀到沈阳参加"瓷韵迎春——首届沈阳、景德镇文人瓷画联展"，到时我们还会再见面。那时他的《钟振华陶瓷精选》已经印刷完毕，他会把书带到沈阳展会上，到时我会在书里见到我写的这些文字。

旷世风华"半刀泥"，我期待着振华到陶圣的故乡来。

泥哇鸣

到银川参加中国图书博览会，其间游览以碧水、柔沙、苇丛而闻名的沙湖景区，于水鸟唧啾和驼铃叮当声中忽然闻得一种幽咽之音，远远传来，如歌如诉，如怨如泣，掠过平沙，掠过水波，掠过苇尖，在广袤的沙湖上空飘荡萦绕，无形中为纯自然的塞上江南平添了几许神圣、典雅、神秘与高贵的人文气质。

循着声音过去，发现在一个卖艺术品的小摊上，一个脸上堆满沧桑的中年男人正在全神贯注地吹着一只埙一样的泥制乐器。他吹出的声调既不是中国传统的古音乐，也不是时下流行的现代音乐。一种我听不懂的曲调，但却极有抑扬顿挫、连绵起伏的音乐品质。那种声音似乎一下将我全身穿透，让我立时暴露在大漠旷野之下，顿生一种孤独之感。同时又勾起一种时光流逝的愁绪和失落，继而又生发出淡淡的伤感和悲凄。

什么乐器能让人这样？埙，看样子和听声调又不像埙。当中年男人吹奏完，沧桑的脸上恢复平静之后我问他："这是什么乐器？"他回我说："泥蛙（哇）鸣。"我看了他手中拿着的，确实形如青蛙，就接着问："是从青蛙的叫声得名的吗？"他笑着摇了摇头，纠正我说："不是'青蛙'的'蛙'，是'泥哇呜'。"同时用手在摊上比画着"哇"字。噢，原来是这样。说完他又麻利地从摊下拿出了五六只，摆在一起，有娃娃头形的，牛头、牛角形的，青蛙形的，鱼形的，扁豆和桃形的，每个上面都刻着贺兰山岩画般的花纹。

见我对此感兴趣，中年人于是进一步讲给我说：泥哇呜是宁夏回族特有的一种古乐器，现在已成为非物质文化遗产。古时称"泥箫"，黄胶泥捏成后，用芨芨草棍扎几个小孔，晒干后就可吹奏，乡下人都会做。讲究点的则刻上花纹，放在砖窑里烘烧。吹起来有"呜哇"之声，民间以此消愁解忧，倾诉情感。青年人用它学各种鸟叫之声，音调也形象逼真，悦耳动听。心领神会的聪明姑娘往往能从哇呜声中听出哪个是心上人吹的，并以此作为悄悄外出相会的信号。

有意思，这泥哇呜背后竟有这样丰富的民间人文色彩。于是我决意买一只，并请中年人为我推荐。他说刚才你称"泥蛙呜"，那你就拿这只青蛙形的吧。这也正合我意。这只蛙形泥哇呜正面七孔，背面双孔，红泥紧致，花纹古朴，我试着吹了吹，一脉的清幽之音。

我又问他这泥哇呜是谁做的。他一边为我包装一边说："这是我的老师杨达吾德的作品。老师祖上三代都以烧制泥哇呜为生。到了杨老师这一代，他在民间造型和民间装饰的基础上加以整理开发，研制出了30多个品种，使泥哇呜的外形更漂亮，音域也从过去的4个音增加到了14个音。不仅能吹奏宁夏古曲，还能演奏现代的所有曲目。"他还告诉我说，杨老师就在沙湖旅游区附近，这里有他的回族器乐坊。遗憾的是因为时间关系，我不能拜访这位民间泥哇呜音乐奇人。

手握着沙湖淘来的泥哇呜，回味着刚刚听来的不知名的曲调。我深感这不是一件把玩的乐器，而是一件沉思和怀古的乐器。质厚之德，圣人贵焉，一把黄土的生命就在这哇呜声中复活和新生。由此，我感佩宁夏人如杨达吾德的聪明，他们将埙这一类中国人吹了几千年的史前乐器改造成具有 14 个音阶的泥哇呜，让埙的音乐文化进入了一个更为丰富多彩的时代。这可能是我来塞上沙湖的一大收获。

一墨青花

桑落时节，在景德镇画瓷的杨一墨兄通过长途货运给我寄来了一只笔筒，到货站取出来一看，哪里是笔筒，竟是一只青花大笔海。搬回家中一量，高25厘米，直径25.8厘米，重达5公斤。这样的大笔筒让我的写字台显得太寒酸了，看来我得更换书桌，非3米长独板大花梨案不足以承载此笔海矣。

笔海为青花通景：远山近岩，山泉溪涧，春色葱茏，春水荡漾。梨花丛中，掩映农舍柴扉；几株细柳，水边低垂摇曳。一杖藜老翁，溪桥边踽踽而行，身后童子抱琴相随。行书横款："杖藜扶我过桥东。己丑年九月一墨于珠山古窑。"后钤两朱印："杨""一墨"。这么大的笔海，这样意境阔大幽远的青花通景，均以"分水法"画就。环读一过，直似欣赏一幅仲春时节烟雨朦胧的水墨长卷，青花钴料在瓷绘者的笔下似乎完全变成了中国传统国画中的水墨，其色彩浓淡的技法变化，令人赞叹不已。想不到绘瓷三年的一墨兄，竟将青花"分水法"运用得如此地道高妙。

我与一墨兄相识近20年，20年来他都是一如既往地那样温雅和诚恳。他出生在古城开原县，那后来因一部电视剧而出了名的象牙山下，其实早在那部电视剧之前象牙山就很有名了，而象牙山下的杨一墨在画界的名声更比群山里的象牙山大多了。20 世纪 80 年代末，一墨带着享受过乡村爱情的妻子和一身的墨香进到了"大城市"铁岭做官。然而官位似乎对他吸引力并不大，他还是沉浸在他的书法里，他的绘画里，最终是他的指画创作中。

当年他初学指画，得其同乡、中国指画大师高其佩的真谛，又得另一位也具指画造诣的同乡郑文焯的影响，创作有如神助，指法纯熟，形神兼备。1993 年他先后为高其佩造像，一为全身，一为头像，曾得到杨仁恺先生的充分肯定，于画上题识曰："予于十年前在上海博物馆库房中见藏画《高氏休憩图》一帧，为同时人涂克陆嘱所作。上有高氏自题。今一墨以指识之，颇得神似也。"前些天我到杨健兄家中，见杨老书房还是旧时模样，一墨兄的高其佩头像指画依然挂在书案前，画上杨老的题跋与一墨的指画相融相谐，高华得令人称绝。

二十几年下来，一墨兄不仅使自己的指画走向世界，同时又开办了很有规模的"中国指画研究院"，培养出众多指画弟子，使铁岭成为名副其实的指画之乡。同时又创办了中国第一份《指画研究》杂志，在中国指画研究上独领风骚。二十多年过去，他不仅成为铁岭最有名的艺术家，同时也成为中国最知名的指画家。2006 年入选"盛世中国——最具影响力百名画家"，从而完成了他从象牙山走向世界的涅槃过程。

2006 年秋，他开始去景德镇绘瓷。临行前他将我收藏的程门、金品卿、王少维、王凤池的浅绛彩瓷和"珠山八友"中王野亭等瓷画精品进行了逐一的研读，我还介绍了一位收藏瓷器的南昌朋友接待他。在南昌他第一次使用釉彩画了一只盘子，朋友说他出手不凡，在瓷绘上定会有大成就。于是他一发而不可收，那一年他从景德镇运回了半个集装箱的瓷器，还特地为我画了一块《二乔原是读书人》的浅绛彩瓷板。美中不足，画面上读书的二乔肥胖有余，不似三国佳丽，倒像盛唐美人。一墨兄对我解释说："画时人物苗条，谁想出窑就胖了。"第一次画瓷，当有这个过程，况且烧瓷是很讲"窑运"的。我告诉他下次到景德镇画瓷时一定要拜一拜"佑陶灵祠"里的"风火神"，拜一拜我们的辽海乡贤——"陶圣"唐英。

　　一墨兄就是有这样的福分，当第二年秋天他从景德镇回来时，作品就和第一次画的大不一样了，尤其是那些浅绛山水，已经见树见林。在宗法宋元山水的传统基础上，融入晚清"浅绛彩瓷四大家"的笔法，或以溢浦黄山为题材，或以开原象牙山为对象；或临古谱，或纯写生，不管是崇山寒林，还是古道梨花，都达到了出神入化的境地。我见此半开玩笑说："有唐英护佑，你的窑运来了。"如今，拜过"佑陶灵祠"的一墨兄，不仅在浅绛彩瓷创作上步入堂奥，以清雅的书卷气，使一度黯淡了的清末民初具有"文人瓷本绘画"之称的浅绛彩瓷再度发扬光大，同时在青花瓷尤其是"分水青花"的创作上也达到了入室之境。

　　"分水青花"是元末明初就开始使用的一种青花瓷绘方法，到了康熙朝时这种瓷绘技法得到充分发挥，到了民国"青花大王"王步笔下则达到了炉火纯青的程度。这种技法是根据画面的需要将青花钴料调配出多种浓淡不同的料水，在坯胎上直接作画，因为水的作用，所以出现浓淡不同的色调。这种方法后世称为"分水法"。运用"分水法"画青花，虽然只使用了单一的青色，但因为"料分五色"的功能，致使烧制出来的青花瓷都能达到"墨分五彩"的水墨画效果。

　　在收到漂亮大气的笔海后，因为惊异于一墨兄的"分水青花"技法，于是寻了一个周末特地到他的画室里专门欣赏他从景德镇运回的青花瓷。作品中有瓷板、大罐、赏瓶等多种器型，题材多以家乡象牙山的春景梨花和古代人物为主。尤其是那些具有写生性的梨花山水，其"分水青花"的效果特别明显，有的大笔劈皴，有的侧笔点染，有的则直如泼墨。

　　欣赏了一墨兄的青花作品，我暗自思忖，最早以画水墨画见长，后来画指画也以水墨为主，涉瓷又以浅绛彩入手的一墨兄，在瓷上用"分水法"画青花，大概并非难事，稍加实践，即可登堂入室。谁知当我将这种想法说出来之后，却遭到一墨兄的断然否定："不是，不是的。画青花与画水墨有相同处，更有许多不同处。比如国画中有'没骨法'，这一点与'分水青花'有相似之处。最早画分水青花是先勾线，在线条以内分水。我画时则不勾线，以水料流动直接分水，通过水的流动来完成瓷绘的形态，一片叶子就是一滴水流过去。这就同画水墨画要一笔画过去，不能中断，更不能一笔一笔描一样。然而画'分水青花'在用笔上却与画水墨画截然不同，它的笔不能直接接触陶坯，这就是'分水青花'最独特的'悬笔法'，是由青花先绘画后上釉烧制的特性决定的。"一墨兄的这番话，已俨然一位瓷绘大师的专业表述，让我颇感新鲜。

我问为什么画"分水青花"要用"悬笔"？一墨兄指着瓷画上的花树对我说："你看，未入窑的坯体见水就会松软甚至成泥，如果笔触坯体，就会损坏坯胎，拖起泥水，烧制后的青花肯定会颜色混浊。"原来竟是这样，看起来画青花真有些神秘色彩呢。

见到我的诧异，一墨兄又对我解释说："人们都知道'分水青花'就是中国画的泼墨在陶瓷坯胎上的应用，这话说起来容易，实际操作中技巧却大不相同。首先纸上用墨，笔墨效果层次立即呈现；青花料则不然，它一到坯胎上就是一团黑，看不见料色厚薄和层次，全靠画者心中有数。其次纸是平面，水的晕染只向周围呈现，而陶瓷尤其是立件，它是立体的，画时特别要注意笔的导向和收水的位置，否则就会'洪水泛滥'，四处乱流。其三是水墨接触宣纸就会渗出墨韵，料水接触胚体则马上会渗透干净，所以国画要控制水的渗出，青花则要控制水的吸干。"难怪一墨兄能画出这样好的"分水青花"，原来他有这么高精深的体会。

在探讨"分水青花"的"水"上，一墨兄也多有见解。在一套《梨花山景》四条屏前，他指着梨花瓣对我说："'分水青花'在用水上十分讲究。景德镇的青花料分五色，头浓、二浓、正浓、正淡、影淡，如何区分这五色，最要紧的是用水，即根据画面的要求采用高水、中水、低水。只有分水得当，才能使画面或疏落或茂密，才能在坯胎上呈现出深浅浓淡变化不同的丰富形象，体现出特有的节奏和韵律，从而达到中国水墨画'墨分五色'的美学效果。"按着一墨的说法，我再看他的梨花瓷板，更能感受到那一朵朵梨花不同的颜色与分明的层次，或深或浅，竟是那样的生动。

那一天，我和一墨品茶论瓷，相互交流，颇为畅快。在品评过程中，我发现，虽然这些作品都用"分水法"，但他却很少用此法中的"平色水"和"水迹纹"，而是多用"晕水"和"洗水"。如画梨花几乎都用"晕水"，画山和树干则多用"洗水"，不知为什么？询问一墨，他则蹲在地上指着画面说："你看，用'晕水'画梨花时笔肚饱蘸料水，笔尖留一小水珠保持在坯体上，慢慢晕染素胎，胎体随着笔动而将料水吸收。在这个过程中笔尖停留的时间越长，水色则越浓；停留的时间愈短，则色愈淡。这样就使色阶变化不大，感觉笔端蕴秀，梨花色彩柔和而洁净。而用'洗水'画枝干，具体操作时笔尖蘸浓水，笔肚含淡水，迅速一划而过，流畅而明快。这种方法虽然一笔画下，但却能色分数种，色阶变化较大，色度丰富多彩。"他的这番解释，既专业地道，又清晰明快，听起来比听那首青花瓷的流行歌曲还要动听。"素胚勾勒出青花笔锋浓转淡"，这就是眼前一墨兄给我的美感。

原来这"分水青花"竟有这么多的讲究，看着一墨笔下那或恬静，或冲和，或淡逸的一树树瓷绘梨花，我愈发明白，"分水青花"的独特个性，它不仅有水墨画的共性，更有其土、水与火的个性；不仅需要瓷绘者高超的绘画艺术，还依赖于烧成后白里泛青的釉色美。"天青色等烟雨，而我在等你。"如此说来，"分水青花"比水墨画更具神秘感，那是分水之后，窑火明灭之时冥冥中的一种艺术神会和邂逅。

一墨兄终于再次完成了他的"墨"与景德镇"青花"之间的相融相契。我也开始一遍一遍地欣赏起我的青花笔海。"杖藜扶我过桥东",宋人志南的这句诗我也喜欢。我想我是该有一张花梨大案来放置我的青花笔海了,当是"沾衣欲湿杏花雨,吹面不寒杨柳风"的时候吧。

我的"浅绛轩"

　　文人清雅，讲究个性与脱俗，虽然家境贫寒抑或没有一间书房，也要起个书斋名，置上几件文玩，闲来摩挲研究，以解眼下清愁，求得片时的慰藉和愉悦。我的书斋名"浅绛轩"，因收藏浅绛彩瓷而来，自然也是这种文人慰藉与愉悦之属。

一

　　称书房为"书斋"寓有高洁清雅之意。《说文》云："斋，洁也。"古人又云："夫闲居平心，以养心虑，若于此而斋戒也，故曰斋。"可见从古人开始就认为入得书房，心神俱静，于此修身养性，就如同斋戒一样。

　　斋而有名，自古已然，最早见于记载的，大约是曹操之子曹衮的"遂志堂"。从此以后，许多文人墨客多喜给自己的居室起名，用以寄情明志，自勉自励。明清两代直至民初，此风更盛，不少作家、教授、画家、艺术家都会给自己的书斋起个好名字。比如京剧的"四大名旦"就都有各具情趣的斋名，梅兰芳的叫"缀玉轩",程砚秋的叫"御霜簃",尚小云的叫"芳信斋",荀慧生的叫"小留香馆"。

文人书斋多以"斋""阁""堂""馆""屋""楼""龛""坡""轩""庄""山房""小筑""精舍"等作名。以"斋"为名的如蒲松龄的"聊斋",王鸣盛的"耕养斋",语言学家王力的"龙虫并雕斋";以"阁"为名的如叶梦得的"绌书阁",张岱的"云林秘阁";以"堂"为名的如钱大昕的"潜研堂",陈寅恪的"寒柳堂",丰子恺的"缘缘堂";以"馆"为名的如龚翔麟的"玉玲珑山馆",齐白石的"惜山吟馆";以"屋"为名的如徐渭的"青藤书屋",梁清标的"蕉林书屋",惠周易的"红豆书屋";以"楼"为名的如陆心源的"十万卷楼",冯其庸的"瓜饭楼",杨仁恺的"沐雨楼";以"龛"为名的如傅山的"霜红龛",苏曼殊的"燕子龛";以"坡"为名的如苏轼的"东坡",查为仁的"莲坡";以"轩"为名的如归有光的"项脊轩",胡天游的"傲轩";以"庄"为名的如梁寅的"书庄",何汶的"竹庄";以"山房"为名的如胡应麟的"二酉山房",吴敬梓的"文木山房",邓石如的"铁砚山房";以"精舍"为名的如邵宝的"二泉精舍",张金吾的"爱日精庐"等。这些书斋名起得精巧含蓄,读起来也颇为好听。从这些书斋名中不仅可以知人论世,透视主人的志向、情趣、修养、操行和心曲,还可以揭示当时的文化风尚,为后来人的研究考证提供可信的史料。

因为书斋名所寄寓的深厚的文化含量,所以文人雅士也就自然在斋名上颇费心思,以斋言志,借斋托情,斋中自得其乐,每个人的书斋名都有自己的出处或是一段故事,以求无一字无来处。如南宋大诗人陆游晚年称自己的书斋为"老学庵",取自"师旷老而学"之典,表示活到老学到老之意。清代文学家蒲松龄则取书房名为"聊斋",作者屡试不第,憎恨科举,晚年以闲谈鬼狐,聊以排遣寂寞之苦。清末思想家梁启超的书斋取名"饮冰室",语出《庄子·人间世》,形容内心为国家前途忧虑焦灼,欲饮冰以镇之意。近代藏书家章钰书斋名为"四当斋"，就是缘于尤袤对其书斋"饥读之以当肉，寒读之以当裘，孤寂而读之以当友朋，幽忧而读之以当金石琴瑟"的亦矜亦炫的自述。鲁迅的老师寿镜吾的堂号叫"三味书屋"，"三味"之意是"读经味同稻粱，读史味同肴馔，读诸子百家味同醯醢。"著名哲学家冯友兰的书房取名为"三松堂"，因其所居北京大学燕南园中有三棵古松而得名。著名明史专家谢国桢的书斋名"瓜蒂庵"，他自己解释说，他爱藏书，可惜善本书籍、佳椠名钞，都买不起，只能人弃我取，拾些零篇断缣，"好比买瓜，人家得到的都是些甘瓜珍品，我不过捡些瓜蒂而已"，因起书斋名"瓜蒂庵"。"瓜蒂"，一个绝妙的书斋名。我有几位朋友的斋名也颇为讲究：一位教育界的书斋名"婴戏堂"，自然是喜欢孩子的多多玩耍；另一位的斋名是"三槐书屋"，因为他的楼前有三棵古槐；还有一位的书房叫"忆薇"，主人虽然没有透露，但我想那一定是到老还放不下心头惦念的她。

二

我的"浅绛轩"意义很简单，讲不出更多的出处。道其来历，主要是与浅绛彩瓷的收藏和我的居所有关。

本人多年来喜欢收藏，但也是"善本书籍、佳椠名钞，都买不起"，名人字画、官窑瓷器更不用提，也只能是"拾些零篇断缣"，老葫芦、"文革"绘画、民国月份牌、出口转内的青花梧桐纹外销瓷、浅绛彩瓷等。其中浅绛彩瓷的收藏还约略说得过去，同时也是喜欢浅绛瓷画的文人逸气与书卷韵味，故以此命名，又特请晏少翔先生与杨仁恺先生题写了匾额。

杨老大名鼎鼎，书画鉴定界无人不晓，他是辽宁省博物馆的名誉馆长、国家书画鉴定五人小组成员，现藏北京故宫博物院的北宋张泽端真本《清明上河图》就是这位老先生于 1949 年在东北博物馆的旧纸堆中拣出来的。

晏公当年曾师从黄宾虹与张大千，就读辅仁大学美术系时的创作就为胡适先生所收藏，后为"湖社"评议。其工笔重彩画独具一格，20世纪30年代即与徐燕荪先生齐名，时人称为"徐晏"。我与晏公交往20多年，情义难却，"浅绛轩"是他平生唯一的一次画外题字。他在款中说我"嗜浅绛瓷，富收藏"，实是一种鼓励。我曾将程门、金品卿、王少维、王凤池等"浅绛四家"的瓷画作品拿到他的画室中请他品评，与之交流。对此类作品，他说即使在民国初年也只能从少数士大夫家中见到，在当时即属艺术精品之列。晏公年轻时曾是北京古玩市场中的常客，经常骑一德国产自行车，牵一条名种黑犬在琉璃厂出入。以至今天他拿出的收藏品均是我们无从见到的稀罕物，也因此他才有资格和实力一直用乾隆赏赐给王公大臣的御制墨作画。我藏有一只汪照藜为其老师特制的大笔筒，笔筒上绘有"三松一柏"，挺拔劲健；树下一红衣高士拄杖欲行欲立，神韵悠然。尤其是松柏的绘制，虬枝老干，古意苍苍，与晏公纸绢画上的松柏异曲同工。我将这只笔筒拿给晏公品评，他一见即神情怡然，说当年没曾留意，瓷上竟也有这般好松树。他还说浅绛瓷画中的精品实乃继"元四家""吴门四家""清初四王"一脉，宗法宋元绘画传统，打出了一片瓷绘的新天地。晏公对浅绛瓷画的认可，为我的"浅绛轩"注入了许多底气。

有了斋名，有了收藏，也须有相适的居所。文人的居处之所以被自己所珍爱，其实最重要的原因就在于内中有书。"吾亦爱吾庐，芸窗几卷书"，因为拥有自己的书屋，我们才拥有了自己独特的生活。旧时代，书屋往往可以虚化，只要有书，随处可成书屋。所以历史上许多文人的书屋、书斋名是有其名而无其实的。如清代嘉道年间天津诗人梅成栋的书斋名叫"欲起竹间楼"，其实无竹也无楼；还有俞平伯在清华园的书斋名叫"秋荔亭"，那里既无荔也无亭，不过是文人的一种安贫乐道。甚至有的人终身居无定所，形如萍踪，书屋又从何谈起？真正有意义的是以书为伴。某种程度上说，书也是文人退居的地方，是用语言构造的天地和空间，是一种特殊的"家园"，只有在这里，文人才会适意适性，找回自己，归依本我。尽管文人身无居所也可有斋名，但在今天，我还是不欣赏那种有名无斋的寒酸，也不赞同为收藏文玩而导致寒酸。小说家弗兰茨·卡夫卡在他的日记中说："我经常想，我最理想的生活方式是带着纸笔和一盏灯，在一个宽敞的闭门杜户的地窖最里面的一间里，饭由人送来，放在离我这间最远的地窖的第一道门后。穿着睡衣，穿过地窖所有的房间去取饭，将是我唯一的散步。然后，又回到我的桌边，深思着细嚼慢咽，紧接着马上又开始写作。"我很欣赏卡夫卡这种耐住寂寞回归书斋的心态，但我却不赞成他这种闷在地窖里的做法。换了我，不会蹲在地窖里，那里空气不流通，潮湿难耐，景致也不佳。我会经营一处阳光斜射，花木扶疏的居所；一室有禁书珍本，有书案电脑，有文玩和浅绛彩瓷的书房，这才是我的精神家园。我可以不追求大富大贵，但我要求日子过得"殷实"，尤其是对于我们这种扔下四十奔五十的中年人而言，有一处自己喜欢的居所，居所中有一室自己的书斋，是快乐的基本保证。

记得宋人宋洪迈在《容斋随笔》中引中书舍人朱仲友的话说，人生有五计：生计、身计、家计、老计、死计。其老计说："五十之年，心怠力疲，俯仰世间，智术用尽；息念休心，善刀而藏，如蚕作茧。"一处称心的居所，一室如意的书斋，恰同蚕之茧壳，舒服而居；无居无所或寒酸之居，自然亦如蚕之无茧或裹之破茧，那蚕该怎样过活。由此，我几乎遍考沈阳城的地产，最终选定处于西北角的万科四季花城"情景园区"的二楼。

三

为什么选择西北角，按中国旧时的说法，西北为尊；再从科学上看，北方城市的空气质量多在冬季不佳，而冬季多是西北风，西北角居住区接受的自然是郊野吹来的新鲜空气。而这西北角之地又与 7000 年前沈阳先民新乐人居住地一脉相连，是古时沈水北岸的第一台阶区。

选择二楼是因为我看重它有个十多平米的露台，露台门通楼梯。进家须先进露台，从露台入厅，露台有如小院。"小院"外是一排排分隔园区的白桦林。一楼的每家院中都有一株枫树，树高正抵过我家的二楼露台，风吹来，枫叶如裙裾逗弄着我家的阑杆。秋天里，白桦林的树干白得清晰，轮廓如同墨线勾勒；树叶或淡赭或嫩黄，一片片像是画家点染过一般。相比桦树，枫叶色泽多显沉实，形同淡墨渲染。每次在"小院"中看秋景，都如同在欣赏一幅天然的浅绛画本。我还在"小院"里置一大古瓷卷缸，缸中养游鱼数尾；再于水中放一小花盆，盆中植荷花一株，盆面铺雨花石十数枚，时得鱼戏莲叶之趣。又种丝瓜、苦瓜数株，秧蔓自然缠绕爬行，门楣窗棂藤悬叶挺，瓜迷绵绵。

阑干半倚，露台之上，清晨可见远处新乐、昭陵一带草树青青，雾露迷蒙；夜晚一轮明月当头，灯影憧憧，树影婆娑。此情此景促使我撰对联一副悬于中厅："晓起凭栏，一脉乐郊都到眼；晚来把酒，三分无赖正当头。"说的正是我家小院中的情景。

从小院进厅，厅东西开间八米，南北五米。按常见的浅绛彩瓷方印盒上"西园翰墨，东壁图书"的文字，我家厅中东西两壁尽是图书，最上层则置浅绛瓷一排。在厅的北墙正中，是一个半通透的影壁，两侧以藤杆装饰，自然古朴。北面即为书房，厅与书房借壁而通，夏天可得自然之穿堂风。壁上悬晏公题写的"浅绛轩"匾额，中堂一幅戴敦邦先生的浅绛人物《曹雪芹著书黄叶村》，两侧为当年晏公所赠民国时的竹刻对联，为吴湖帆所书："十亩苍烟秋放鹤，一帘凉月夜横琴"。下面又放一红木条案，案上置程门浅绛山水插屏，两边摆汪照藜浅绛人物大方瓶一对。如此北边一壁，中轴设置，瓷画相间，也算映衬得体。

书房只 12 平方米，南面借壁为博古架，架上列浅绛瓷与竹刻大笔筒数十只。东面悬杨仁恺题写的"浅绛轩"匾额，西面一墙及北窗两厢皆为书架，架上几千册珍本书籍，都是从原来我的几万本藏书中淘选出的珍爱之册。我想好了，在这里，我可以像于谦那样乐观与逍遥："书卷多情似故人，晨昏忧乐每相亲。眼前直下三千字，胸次全无一点尘。"也可以如陆游那样："万卷古今消永日，一窗昏晓送流年。"多情书卷多情人，尽可晨昏相亲。

四

书房中我最得意之物是自制的书案，此书案受王世襄先生的启发所得。王世襄先生的收藏可谓宏富，但在他的所有藏品中，包括 2003 年 11 月 26 日嘉德举办的《俪松居长物——王世襄、袁荃猷珍藏中国艺术品》专场拍卖会全部拍出的 143 件艺术珍品，我最喜欢的是他书房中那件自制的花梨独板面大画案。此画案长 271 厘米，宽 91 厘米，高 82 厘米。独面板 7.6 厘米，有六七百斤之重。足端无榫，板上无卯，四足以牙条与横秤固定，案板只需平置四足之上，自然安稳。大案全法明式，但在明式之特点上更加厚重。用王先生自己的话说，传世大画案，未见有如此之长者，而板独材，未见有如此之厚者，腿足如此之壮者。又说，桌案如此结构，常于宋画中见之，故可称为"宋式"。他又在画案的牙板上自撰案铭，刻后染以石绿。铭中有这样的感叹："庞然浑然，鲸背象足。世好妍华，我耽拙朴。"王先生真是好情致好雅兴，什么是大玩家？见过此大画案，才明白这称呼的名与实。2001 年 11 月，在北京迪阳公寓里的这张明式花梨木大画案上，王先生为我的散文集题写了"不素餐兮"的书名。从那以后，心中总是萦绕着花梨木大画案的情结。

终于有了一个机会，我通过朋友购得巴西高山花梨独板数块，运至好友鉴古堂主人丛军之工厂，请南通宋金怀按王世襄先生所制款式制案。宋金怀兄弟三人在沈阳做装修近 20 年，其木工手艺独到，装修技术一流，为人淳厚可靠，我和朋友等多个家庭装修均出自宋氏兄弟之手。我曾在《人民日报》上刊出过《茨菰》一文，写的就是宋氏兄弟的故事。

经过一个多月，四个仿王世襄款的大画案终于做成，几位朋友，分别据之。选入我浅绛轩的独板大案最终尺寸是长 3.3 米，宽 1.1 米，厚 12 厘米，高 80 厘米，总重 500 多公斤，没有着色涂漆，木质天然的暖色调，让人感到自然古朴。我撰写的案铭镌刻于案子的牙板上："花梨木，斫书案。筹十载，斯乃现。鲸象式，畅安款。濡笔墨，常相伴。己丑之春于盛京望花厂肆得独板花梨，喜甚。爰以畅安老之鉴古堂仿宋图样，劳南通之宋金怀君绳墨操斧椎琢成案，又烦同窗振中兄书丹，好友胡子非先生镌字，以为书案点睛也。"书案造就之后，拆门卸窗、费了九牛二虎之力才搬进二楼的书房。过后曾有人相商，欲出高价购买。我告诉他，搬进搬出太难了，我实在折腾不起。有了这个大画案，可能此生都不想再换房了。

有了这个大画案，不能当作摆设，于是重新置上笔墨纸砚，开始临帖写字作画，充分感受伏案之乐。

流水账一般对我的"浅绛轩"述说这许多，完全是一种自我欣赏的心态，或说是"家有敝帚，享之千金"的心态。有时我想"敝帚自珍"也未尝没有一点可取之处，且不说收藏就是"敝帚"堆里拣宝贝的过程，另处它也是一种珍惜生活的态度。还说王世襄先生家，一般人只知道他家中藏有古典家具、古琴、铜佛、竹刻、匏器、漆器、书画，但不知他家中还珍藏有一件"敝帚"。王先生的夫人袁荃猷对此藏品是这样记述的："'文革'中，我与世襄分别在静海团泊洼、咸宁甘棠乡两干校，相距逾千里。一日世襄用小邮件寄此帚，谓用爨余竹根，霜后枯草制成，盖藉以自况。而我珍之，什袭至今。"谁能说这种"敝帚"不应当珍之呢？

既然敝帚可以自珍，那我的述说也还有意义。意义的要旨是文人要有自己的居所，更要有自己喜欢的书斋，还要经营好自己的"斋"或"轩"。其实，对居所的装饰，对书斋的布置是必要的，浓妆艳抹的时代固然过去了，淡扫蛾眉的分寸正是修养之所在。董桥在《语文小品录》卷四中说的一段话正说到了我的心思上："在文化意识上，我很怀旧，却也不甘心放纵自己化为故纸堆中的书蠹。我只希望在安装了空调设备的现代书房里，依然会有一盏传统的明灯照亮我的原稿纸和打字机。新和旧是可以同时存在的：多少前朝旧宅的深深庭院里，处处是花叶掩映的古树。房子和树是老的；花和叶是新的。"有了这样的环境与心境，我才能不管何时归去，都能做个闲人与忙人。才能在我的"浅绛轩"里，或捧一杯新茗，或赏一架古瓷，或伏一张书案，或看一溪流云。在书斋与小院间，让我陶陶乐尽天真。

后 记

沈阳是"陶圣"唐英的故乡。

其实我从小就喜欢陶瓷，那时根本不知"陶圣"是谁。印象最深的是辽西老家几乎家家都有的嫁妆瓶和吃饭用的青花碗。上大学时读闲书，涉猎许多描写陶瓷的诗，其中如晚唐陆龟蒙《秘色越器》中的"九秋风露越窑开，夺得千峰翠色来"一联最是喜欢。大学毕业后到南方出差，为了这两句诗，特地跑到文物店里寻找越窑粉盒。后来喜欢收藏浅绛彩瓷，喜欢辽瓷和地方窑口，并逐渐开始相关研究和写作陶瓷方面的散文，出版了《沈阳陶瓷图鉴》和《沈阳陶瓷文化史》。

《瓷寓乡愁》共收有关陶瓷的散文44篇。这些散文大体分为三个部分，第一部分13篇，为辽到清以前的陶瓷散文，其中涉及辽瓷的有5篇，其他则是明清陶瓷作品和有关景德镇三位从辽宁走出的著名督陶官的文字；第二部分21篇，全部为晚清浅绛彩方面的散文作品，这是近年来我所写作陶瓷散文的主体；第三部分10篇，主要为民国和当代陶瓷，如关于杜重远创办肇新窑业的文章，汪派山水以及为朋友陶瓷著作所写的序言等。

《瓷寓乡愁》是应古耜之约而成书的。古耜兄一向是我所敬重的谦谦君子，彬彬才人。他的学养、情怀、见解、风范、文笔，都令我服善，成为学习的典范。所以 4 月份时接到他要编这本书的电话，我即着手整理文稿，补写相关文章。尽管在这期间，其他事情也接二连三地找来，讲了两次有关陶瓷方面的专题课，去了一次景德镇考察，又筹备组织"函可入沈 370 周年暨'冰天诗社'复社座谈会"，但我对于书稿之事仍是不敢怠慢，终于在昨天的"冰天诗社"复社座谈会之前完成了所有书稿，只余此后记。

陶瓷文化是一个博大精深的领域，我所涉猎的只是其中一个小小的角落。所写文字难免会有许多不妥和露怯之处，还望方家和读者批评指正。

沈阳今日细雨纷纷，清凉如水。370 年前的今天，农历四月廿八，函可入沈"焚修慈恩寺"。昨天在寺里举办座谈会，中午食斋饭，有函可当年吃过的"大酱蘸生茄"和豆腐，用的都是蓝边白瓷碗，说这碗在寺里用了几十上百年，当年函可用过的，也未可知。看到这样的碗，自然挽起我的乡愁，还有函可的乡愁。

却原来，都是瓷上寄寓的乡愁！

戊戌蒲月于盛京浅绛轩